Pia G

Tausche Ehegatten gegen Mann im Kilt

Herstellung und Verlag: BoD - Books on Demand, Norderstedt

ISBN: 9783738638516

Pia Guttenson
Silvanerweg 17
74376 Gemmrigheim

Manchmal denkt man, es ist stark festzuhalten.
Doch es ist das Loslassen, das die wahre Stärke zeigt.

Für
Basil,
Simone & Corinna
Ihr seid mein persönliches „Dream-Team",
ohne das dieses Buch nie das Licht der Welt erblickt hätte!

Kein perfekter Anfang

Lou war völlig am Ende mit den Nerven. Der Flug war noch das Einfachste gewesen. Allerdings hatte es ewig gedauert, bis sie ihren total verstörten Hund Doc wiederbekommen und all ihr Gepäck sicher auf dem Gepäckkarren verstaut hatte. Der eigentliche Albtraum fing jedoch mit dem Autoverleih an. Sie verstand fast kein Wort, da ihr Englisch doch ziemlich eingerostet war. Außerdem hatte sich ihr gebuchter, netter Kleinwagen als Monsterjeep herausgestellt. Natürlich mit Schaltgetriebe. Schon beim Ausparken hatte sie das Auto dreimal abgewürgt, war dann mit Ach und Krach auf der linken Fahrbahnseite gelandet, wo sie den Bordstein ordentlich tuschiert hatte.

Gefühlte hundert Kreisverkehre weiter, war sie schweißgebadet und kurz davor in Tränen auszubrechen. Stunden waren seitdem vergangen. Jetzt stand sie inmitten des schottischen Hochlands, dessen Bildgewalt sie sich so sehnlichst herbeigewünscht hatte. Leider wirkte die Landschaft im Moment keineswegs zauberhaft. Ganz zu schweigen davon, dass ihr nicht ein einziger Romanheld über den Weg gelaufen war. Der erneut drohende Wolkenbruch machte es auch nicht besser. Vom Vermieter ihres Feriencottages fehlte jede Spur. Sie hatte das Feriencottage auf eine Annonce hin gemietet, da es Komfort sowie Abgeschiedenheit gleichzeitig versprach. Kildermorie, der nahe gelegene Ort, hatte sich jedoch als enttäuschend winziges Kaff herausgestellt.

Seufzend zog und zerrte Lou mit aller Kraft an ihrem schweren Koffer. Doch dieser bewegte sich keinen Millimeter aus dem matschigen Kiesbett, in dem er mit seinen winzigen Rädern feststeckte. Zu allem Überfluss veranstaltete Doc auf dem Beifahrersitz einen riesen Terz, weil er endlich an die Luft wollte.

„Himmelherrgottsackzement", stieß sie fluchend aus, während die Pfennigabsätze ihrer teuren Jimmy Choos nun ebenfalls im aufgeweichten Boden versanken. Womit hatte sie das verdient? Wer erfand auch derart mickrige Räder? Vermutlich ein Mann. Schließlich hatten alle Männer dieser Welt es darauf abgesehen, sie leiden zu lassen.

Warum nur ging gerade jetzt alles in ihrem Leben den Bach hinunter? Gut. Schottland, Jimmy Choo High Heels sowie ein Jill Sander Kostüm, passten ungefähr so gut zusammen wie der Papst und Marylin Monroe. Sicher, sie hätte die Wanderstiefel anziehen sollen, die irgendwo in den Untiefen ihrer Koffer versteckt waren. Nur in welchem der fünf? Zwischenzeitlich fing es einmal mehr zu regnen an. Docs herzergreifendes Jaulen war alles, was die prasselnden Tropfen durchbrach.

„Schauspieler", zischte Lou zornig, während sie den Absatz aus dem Boden zog.

Super, die Schuhe waren so gut wie ruiniert!

Ärgerlich holte sie mit dem Fuß aus, gab dem Koffer einen festen Tritt. Mit einem *Platsch* kippte das gute Stück mit der vollen Breitseite um. Ein Schlammregen ergoss sich über Lou. Entsetzt keuchte sie auf. Jetzt konnte sie die Tränen nicht mehr zurückhalten. Ihr war als würde in ihrem Inneren ein lange aufgestauter Damm brechen. Hier inmitten von nirgendwo brach ihr seit Jahren erschwindeltes Selbstbewusstsein zusammen wie ein Kartenhaus. Tiefe Schluchzer entrangen sich ihrer Kehle. Träne um Träne rann mit dem Regen vermischt, wie ein kleiner Sturzbach ihre Wangen hinab. Konnte nicht ein einziges Mal etwas in ihrem Leben glatt laufen?

Warum war sie nur auf die unsägliche Idee gekommen, in die Einsamkeit der Schottischen Highlands zu fliehen? Wegen der Verfilmung eines Romans mit einem Helden, in den jede zweite Frau verliebt war und einer bildgewaltigen Serie, die sie nicht mehr losließ? Unwillkürlich musste sie an das Frühstück anlässlich ihres vierzigsten Geburtstages denken. Kaum zu glauben, dass es erst wenige Stunden her war. Vierzig Jahre und allem Anschein nach vollkommen übergeschnappt. Hatte sie etwa doch die Midlife-Crisis erwischt?

Warum sonst stand sie jetzt hier im strömenden Regen, durchnässt bis auf die Haut und mit Schlamm besudelt? Dabei hätte sie in diesem Augenblick auf ihrer sicherlich schweineteuren Geburtstagsparty tanzen und Spaß haben sollen. Himmel, Alexander würde ausflippen, wenn er feststellte, dass sie fehlte.

Deutschland

Am Morgen zuvor …

In der Designerküche herrschte reger Betrieb. Rosalita, die spanische Köchin und Einzige, die etwas mit den teuren Kochtöpfen anfangen konnte, wirbelte in der Küche umher wie ein Tornado. In ihrer frisch gestärkten weißen Schürze wirkte die Mittfünfzigerin wie aus einer kitschigen Soap. Zufrieden ließen sich Louises Männer von ihr bedienen. Lou hasste die Selbstverständlichkeit, mit der sie Rosalita bedachten. Was hatte sie nur bei der Erziehung ihrer Söhne falsch gemacht? Wirklich alles?

Alexander hatte ohne Kuss oder gar Geburtstagsglückwunsch bereits vor einer Stunde das Haus verlassen. Alles, was an ihren heutigen Festtag erinnerte, war ein üppiger Blumenstrauß. Diesen hatte wie immer Frau Butt, die Chefsekretärin, die gleichfalls die gute Seele des Hauses war, besorgt. Wie jedes Jahr. Außerdem war da noch ein schreckliches Gebilde aus Zellophan mit einer überdimensionalen roten Schleife, in dem eine Schmuckschatulle von Cartier steckte. Schon wieder neuer Schmuck. Schmuck, den sie nur trug, wenn sie dazu gezwungen war. So viele Jahre war sie mit Alexander verheiratet, doch er hatte immer noch nicht begriffen, dass sie sich nichts aus diesen Klunkern machte. Von dem aufdringlichen Duft der Lilien bekam sie bereits Kopfschmerzen.

Ich hasse Lilien. Sehe ich aus, als ob ich auf eine Beerdigung will?, stöhnte Lou innerlich auf. Tief enttäuscht und fürchterlich gefrustet, starrte Lou in ihre Tasse Schwarztee. Bemühte sich, ruhig zu werden. Es schien ihr, als wäre sie für alle Luft. Waren Beachtung oder Wertschätzung zu viel verlangt?

„Ma, hast du eigentlich meine Lieblings-Shirts von der Reinigung abgeholt? Ach und was ist mit dem Termin für meine Haare, steht der?", stieß ihr großer Sohn mit erhobenen Augenbrauen aus. Sein Blick wirkte dabei wie immer leicht genervt.

„Also ...", hob sie verdattert an, wurde jedoch sofort unterbrochen.

„Verdammt, Ma. Du hast es echt vergessen oder?"

Mit einem Ruck stand Louise auf, funkelte ihren Sohn an.

„Vermutlich hab ich das. Du bist 21 Jahre alt. Vielleicht kannst du zukünftig solche Dinge selbst erledigen!", stieß sie zornig aus.

„Ach jetzt komm schon. Spielst du jetzt die Beleidigte, weil ich dir nicht zu deinem Geburtstag gratuliert habe oder hast du jetzt eine Midlife-Crisis? Schon gut. Ich gratuliere dir, Mama. War's das? Kannst du jetzt tun, wofür du da bist? Bitte!"

Tun, wofür sie da war? So weit war es schon gekommen.

Gott, wie ich mich auf das Chaos freu, das hier ausbrechen wird, wenn ich in Schottland bin! Ich sollte Kameras installieren lassen, um eure blöden Gesichter zu sehen.

Zähneknirschend ignorierte Lou ihren sichtlich ärgerlichen Sohn, der ihr ein unverschämtes „Als ob du so furchtbar viel zu tun hättest, Ma!" hinterher brüllte. Mit energischen Schritten flüchtete sie in ihr Schlafzimmer. Sie hatte einfach keine Kraft, um schon wieder zu diskutieren. Tief in ihrem Inneren wusste Lou, wenn sie es heute nicht schaffen würde zu gehen, dann würde sie unweigerlich mit Depressionen in der Psychiatrie landen. Doc blickte sie aus wissenden Hundeaugen an und beobachtete all ihr Tun. Zutiefst traurig sank sie auf ihr Bett. Die Koffer hatte sie bereits gestern mit Tobis Hilfe am Flughafen aufgegeben. Der Wecker zeigte ihr, dass sie noch eine Stunde bis zu ihrem Geburtstagsbrunch mit ihren Freundinnen hatte. Neue Tränen sammelten sich in ihren Augen.

Vorsichtig nahm sie Alexs Porträt vom Nachtisch, fuhr liebevoll die Konturen seines Gesichtes hinter Glas nach. Wie gerne hätte sie das am lebenden Objekt getan. Ihn berührt. Doch so nah wie diesem Porträt war sie Alex bereits seit Jahren nicht mehr gekommen. Alles hatte sie versucht, um die Gefühle zwischen ihnen beiden zu retten. Natürlich war ihr klar, dass die Zeit der Schmetterlinge im Bauch vorbei war. Aber war das Verlangen nach körperlicher Nähe und Verbundenheit denn so falsch? Sie hatte sogar eine von Konstanzes fürchterlichen Dessouspartys besucht, Unmengen an Geld für einen Hauch von Nichts ausgegeben.

Der Erfolg war ausgeblieben. Sicher, Alex und sie hatten Sex an jenem Abend. Genauer gesagt langweiligen, drüber – rein – runter – fertig Sex. Ganze zehn Minuten lang. Zwei Monate später hatte sie sich erneut lächerlich gemacht, als sie Alex lediglich in Dessous, High Heels sowie Rosalitas Spitzenschürze empfangen hatte.

Dummerweise hatte er just an diesem Abend Frau Butt im Schlepptau gehabt, einer Besprechung wegen. Am liebsten wäre sie im Boden versunken vor Scham. Irgendwann hatte sie es aufgegeben, um Zärtlichkeiten zu betteln. Stattdessen hatte sie sich in Liebesromane vergraben. Für ein Bücherblog schrieb sie regelmäßig Rezensionen über sogenannte *Nackenbeißer.*

Sie liebte diesen Nebenjob, verschlang Bücher ebenso wie E-Books in rauen Mengen. Am allerliebsten jedoch solche, die mit ihrem Lieblingsland Schottland zu tun hatten. Lou war noch nie in Schottland gewesen. Spätestens heute Abend würde sich das jedoch ändern. Seufzend griff sie sich das ziemlich mitgenommene Buch von ihrem Nachttisch. Eines der Highland-Saga-Bücher von Diana Gabaldon. Ihr Favorit unter den Schottlandromanen. Wie so viele Frauen und Männer, die dem Charme Schottlands verfallen waren, liebte auch sie alle Bücher dieser Schriftstellerin.

Die Verfilmung als Serie auf einem amerikanischen Privatsender hatte sie kaum abwarten können, bereits alles gesehen, was es zu sehen gab. Letztendlich hatte die Serie sowie die Annonce eines Feriencottages den Ausschlag gegeben. Die Buchung eines Fluges und die Miete eines Leihwagens waren schnell erledigt. Alles geheimzuhalten, erwies sich da schon als sehr viel schwieriger. Natürlich war ihr klar, dass Romanhelden wie Jamie oder Mr. Darcy im realen Leben nicht zu finden waren.

Und in einem längst vergangenen Jahrhundert zu leben, konnte sie sich ebenfalls nicht vorstellen. Romantik hin, Romantik her. Was sie jedoch ganz sicher wusste, war: Wenn sie jetzt nichts an ihrem Leben änderte, war sie reif für die Irrenanstalt. Die Zeitungen sowie Illustrierten waren voll von Frauen mit Burn-out-Syndrom und Depressionen. Sie dagegen steckte allem Anschein nach in einer Midlife-Crisis.

Eine Stunde später waren die rot geweinten Augen überschminkt. Aus dem Schaufenster, an dem sie vorüber ging, blickte ihr Spiegelbild ihr mit einstudiertem Lächeln entgegen. Wie an jedem ihrer Geburtstage hatte sie den großen

Tisch im Nebenraum des Coco's reserviert. Alle ihre Freundinnen sowie schwuler Bruder Tobias, der eigentlich als halbes Mädchen durchging, waren gekommen.

„Herzlichen Glückwunsch zum Geburtstag, Süße!"

Konstanze drückte sie fest an sich. Wie so oft kam sich Lou beim Anblick ihrer Freundin wie ein hässliches Entlein vor. Konstanze war die Chefin einer großen Consulting Firma und zählte seit Louise Alexander geheiratet hatte zu einer ihrer engeren Freundinnen. Dass die Endvierzigerin bereits dreimal verheiratet gewesen war, war für Lou kein Wunder. Sie hatte etwas Berechnendes an sich. Kein Mann schien der Frau mit dem Topmode-Aussehen das Wasser reichen zu können. Gut, es gab genügend Teile an ihr, die keinen natürlichen Ursprung hatten. Aber das Gleiche konnte man von Evas Brüsten und Desirees Lippen sagen.

Seit Alexander in ihr Leben getreten war, verkehrte Lou mit den Reichen und Schönen, oder wie ihre beste Freundin Debbie zu sagen pflegte, mit den Botox- und Lifting-Monstern.

Debbie reichte Lou augenverdrehend ihr Sektglas.

„Ich freue mich so auf die Gesichter dieser Möchtegern Damen, wenn du nach Schottland abhaust. Du willst es doch immer noch durchziehen, Süße, oder?"

„Natürlich. Wenn ich es jetzt nicht tue, Deb, werde ich mir nie mehr selbst in die Augen sehen können."

„Egal was passiert, Lou. Du weißt, dass du immer zu mir und Chris kommen kannst."

„Du meinst, seitdem ich dich gegen Jo im Sandkasten mit der Schaufel verteidigt habe."

Lou zwinkerte Debbie verschwörerisch zu.

„Unter anderem", erwiderte ihre beste Freundin breitgrinsend. „Aber Spaß bei Seite, Lou. Ich weiß, dass du hoffst, Alex entpuppt sich zum Romantiker und holt dich zurück.

Ich möchte nur nicht, dass du enttäuscht bist, wenn er das Arschloch bleibt, für den ich ihn halte!"

„Ich hoffe doch, du bist bei deiner Wortwahl im Kindergarten etwas gewählter", witzelte sie trocken.

„Schon gut. Ich weiß, was du mir in deiner unverblümten Art sagen willst, Süße. Ich werde nicht klein beigeben. Versprochen!"

„Gut. Dann hör auf, wie drei Tage Regenwetter zu schauen. Tobi, Chris und ich stehen hinter dir. Mit Chris hast du einen super Anwalt an der Hand und auf die anderen Weiber hier kannst du locker verzichten!"

Trotz all der Fröhlichkeit, die um sie herum herrschte, wollte sich keine Feierlaune einstellen. Was nicht zuletzt an einem der vielen Streitereien mit Alexander lag, die in ihrem Kopf umherspukten.

„Ich verstehe nicht, wie du mir so etwas antun konntest, Louise. Nackte Menschen, Louise. Du hast völlig nackte Menschen beim Sex gemalt. Was zum Teufel sollen meine Geschäftspartner von mir denken? Reicht es nicht, dass meine Frau in aller Öffentlichkeit Liebesschnulzen rezensier?", hatte Alexander sie am Abend zuvor angebrüllt, während er sich in einer hilflosen Geste die Haare gerauft hatte. Er verhielt sich wie ein Tiger, der im Käfig auf und ab ging.

„ … aber das ist Kunst. Alexander. Ich verstehe nicht … Außerdem habe ich einen Künstlernamen … ", hatte sie händeringend zu erklären versucht. Ganz zu schweigen das Sofie und Kai, die Aktmodelle, keinen Sex gehabt, sondern lediglich eng umschlungen dagelegen hatten.

„Brotlose Kunst. Du verstehst mich sehr wohl, Louise. Deine sogenannten Kritiken dieser fürchterlichen Schmachtfetzen und diese taktlose Malerei kosteten Zeit sowie ein Vermögen an Geld. Außerdem machte es uns … macht es mich vor der ganzen Geschäftswelt lächerlich!"

„Das ist doch nicht wahr, Alex … Außerdem ist es meine Zeit. Jetzt tu nicht so, als ob wir uns die paar Pinsel und Leinwände nicht …", hatte Lou widersprochen, damit aber lediglich erreicht, dass Alexanders Gesichtsfarbe ein ungesundes Rot annahm.

„Färben deine blondierten Haare jetzt auf dein Hirn ab? Bekommst du nicht alles, was du willst, Louise? Trage ich dich nicht auf Händen? Ich lasse dir und den Kindern alles durchgehen. Andere Frauen würden sich glücklich schätzen, über eine Putzfrau, eine Köchin und einen Sportguru verfügen zu können", zeterte er ungehalten.

Doc unterbrach seine Schimpftriade, in dem er knurrend vor ihr Stellung bezog.

„Nimm gefälligst dein scheußliches Vieh weg, wenn ich mit dir rede!"

„Doc ist kein Vieh. Er ist ein Hund", entgegnete sie entrüstet, schickte den großen Mischling sicherheitshalber dennoch auf seinen Platz, wo er sich mit leisem Grollen zusammenrollte, sie jedoch beide argwöhnisch beobachtete.

„Geld alleine macht nicht glücklich, Alex. Mich zumindest nicht", hielt sie ihm vor. Um ruhig zu bleiben, krallte sie die Fingernägel in das Polster der Couch, bis sie schmerzten. Lou war so unendlich enttäuscht.

„Was willst du damit sagen, Louise? Ich denke, wir tun einfach so, als wäre nichts passiert. Du hast nur eine kleine … nennen wir es Midlife-Crisis, Liebling", hauchte er mit gefährlich leiser Stimme, gespielt verständnisvoll. Er war bereits im Begriff zu gehen.

Lou wusste genau, dass es eigentlich besser gewesen wäre, den Mund zu halten. Sie spürte, dass sie sich auf hauchdünnem Eis bewegte. Schließlich war sie seit über zwanzig Jahren mit Alexander verheiratet. Aber hatte sie das nicht lange genug getan? Hatte sie nicht lange genug ihr angeblich loses

Mundwerk im Zaum gehalten? „Ich habe keine Midlife-Crisis, Alex", antwortete sie so ruhig, wie es ihr möglich war. Verbissen ignorierte Lou seine hochgezogenen Augenbrauen ebenso wie die Zornesfalte mitten auf seiner Stirn, als er sich zu ihr zurückdrehte.

„Ich habe Werbemarketing und Kunst studiert. Ich war die Beste meines Jahrgangs. Ist dir das eigentlich klar? Hast du dir je Gedanken darüber gemacht, was ich aufgegeben habe? Unsere Kinder sind alt genug, aber arbeiten lässt du mich immer noch nicht? Stattdessen habe ich einen Mann, der sein Büro seiner Frau vorzieht. Einen Mann, der mich weder küsst, noch mit mir schläft. Empfindest du überhaupt noch etwas für mich, Alexander? Was bin ich für dich?"

Der ganze Körper ihres Mannes war angespannt. Mit einer fahrigen Bewegung öffnete er den Krawattenknoten und die obersten zwei Hemdknöpfe, um sich, wie ihr schien, Luft zu machen. „Um was geht es hier eigentlich, Louise? Sieh dich um. Diesen ganzen Luxus haben wir meiner harten Arbeit zu verdanken. Findest du es nicht etwas herablassend, mir gerade *das* vorzuwerfen? Du bist die Mutter meiner Kinder und by the way: Zu Sex gehören immer zwei. Tu nicht so, als hättest du mehr Lust auf Sex als ich!"

„Hast du dir mal überlegt, dass ich vielleicht nicht immer darauf hinweisen möchte, wenn mir gerade nach Sex ist? Vielleicht möchte ich umworben oder erobert werden?"

„Du vergisst dich, Louise. Ich glaube, du steckst deine Nase zu viel in diese schrecklichen Schundromane. Außerdem hast du den da", er zeigte mit spitzen Fingern auf Doc, „mir doch längst vorgezogen!"

Tatsächlich schlief Doc mitten in ihrem Bett. Das tat er allerdings erst, seit Alexander auf ein eigenes Schlafzimmer gepocht hatte. Angeblich um sie nicht zu stören, wenn er wie so oft, nach einem langen, harten Arbeitstag erst mitten in der Nacht nach Hause kam. „Das sieht dir so ähnlich, Louise. Wie immer bin ich das Arschloch und du der Engel!", warf er ihr an den Kopf und verschwand mit lautem Türenknallen.

Noch immer konnte sie die genauen Sätze ihres Streits hören, die sie tiefer verletzt hatten, als sie zuzugeben bereit war. Mit Alexander hatte man noch nie streiten können. Alexander brauchte Kontrolle über alles und jeden.

„Was ist eigentlich los mit dir, Lou?", holte Tobias sie ins Hier und Jetzt zurück. Er musterte sie besorgt. Augenblicklich verstummte der immense Lärmpegel, den sieben lautstark plaudernde Frauen verursachten. Alle hingen mit gebannten Blicken an ihren Lippen. Lou schluckte trocken.

„Ich muss euch etwas sagen", verkündete sie, holte tief Luft.

„Wusste ich es doch. Mein Gott, das tut mir so leid für dich, meine Liebe. Wie lange geht es den schon?", bekundete Konstanze heuchelnd Mitgefühl.

„Ich verstehe nicht, Konstanze", antwortete Lou irritiert.

„Na bei einem Mann wie Alexander ist das doch kein Wunder", mischte sich Michelle ein.

„Und was genau willst du damit sagen, Michelle? Louise ist schließlich auch sehr hübsch", verteidigte Tobias seine Schwester erbost. Lou sah sich gezwungen, einzugreifen.

„Hört auf, bitte! Alexander hat keine andere ..."

„Du meine Güte. Respekt, Louise. Das hätte ich dir gar nicht zugetraut!", schnitt Konstanze ihr den Satz ab.

Lou musste sich schwer zusammenreißen, um ihrer Freundin nicht den Kragen umzudrehen. „Zum Mitschreiben für euch alle. Weder Alexander noch ich haben eine Affäre!", knurrte sie ungehalten.

„Du bist doch nicht etwa schwanger?", hob Katrin vorsichtig an.

„Um Gotteswillen. Nein. Wenn ihr mich endlich ausreden lassen würdet, bitte", stieß sie aus, rollte genervt mit den Augen.

Tobias Blick schien zu sagen: „Darauf bin ich gespannt."

„Ich werde mir für zwei Monate eine Auszeit von meiner Familie und ja – auch von Alexander – nehmen."

Alle starrten sie bestürzt an. Lediglich Konstanzes gekünsteltes Lachen durchbrach die Stille. „Wieso tust du ihm das an, Louise? Alexander erfüllt dir jeden Wunsch. Herrgott, der Mann sieht aus wie der Zwilling von George Clooney."

„Meine Güte, Mädchen. Du musst zu Hause keinen Finger krumm machen", warf Gabby ihr vor und heimste dafür zustimmendes Nicken ein.

„Geld ist nicht alles", flüsterte Lou mit belegter Stimme.

Tobias griff nach ihrer Hand, drückte diese verständnisvoll. „Aber er geht doch noch nicht mal fremd, Louise. Oder? Außerdem hast du Kinder. Du hast Verpflichtungen. Ich finde, dass ist völlig falsch, was du da vorhast. Geh doch mal zum Psychologen. Ich kann dir meinen ans Herz legen."

„Das werde ich sicherlich nicht tun, Katrin. Mit mir ist nämlich alles in Ordnung!", zischte Lou empört.

Das geflüsterte „Midlife-Crisis!" war für alle gut zu hören.

„Das habe ich gehört!", knurrte Lou erbost. Ihren wackeligen Beinen zum Trotz erhob sie sich, drehte sich einmal um die eigene Achse. „Seht mich an. Das bin gar nicht ich. Ich trainiere jeden verfluchten Tag drei Stunden mit einer unbezahlbaren Personaltrainerin. Ich mümmle Salat, wie ein verflixter Hase und versage mir jede unnötige Kalorie.

Ich weiß nicht einmal mehr, wie Schokolade schmeckt. Meine Haare sind blondiert, obwohl ich mit meiner eigenen, hellbraunen Haarfarbe immer zufrieden war. Aber blond ist ja so hipp. Meine Fingernägel sind manikürt und mit künstlichen Nägeln versehen. Verdammt. Es fehlt nur noch, dass ich mich unters Messer lege", stöhnte Lou.

„Aber du siehst doch klasse aus, Liebes. Das alles lohnt sich doch!", wandte Konstanze ein.

Lou schüttelte den Kopf. „Aber ich bin längst nicht mehr glücklich, Konstanze. Wo bleibe denn ich dabei? Ihr kennt mein wahres Ich doch überhaupt nicht. Habt mich nie richtig kennengelernt", warf sie ihren Freundinnen vor.

„Quatsch, Louise. Du übertreibst völlig. Natürlich kennen wir dich!", widersprach Katrin überzeugt.

Ein trauriges Lächeln legte sich auf Lous Gesicht.

Tobias flüsterte: „Wetten nicht!"

„In welchen Kleidern fühle ich mich am wohlsten?", fragte sie in die Runde.

„Dein rotes Armani Kostüm mit deinen Jimmy Choos", antwortete Konstanze wie aus der Pistole geschossen.

„Nein. Nein. Lou trägt am liebsten verwaschene Jeans, Turnschuhe und das karierte Flanellhemd, das an den Ellenbogen schon fast durchgewetzt ist. Zumindest wenn sie nicht im Malerkittel und zerrissenen Latzhosen malt", widersprach Debbie gelassen.

Lou nickte dankbar.

Fassungslos sahen ihre Freundinnen sie an.

„Ich mag noch nicht einmal George Clooney, auch wenn Alex ihm so ähnlich sieht …", bekannte sie offen und ein trauriges Lächeln legte sich auf ihre Lippen.

„Nee. Meine Schwester steht auf Männer mit Ecken und Kanten so wie Gerard Butler oder diesen Romanhelden Jamie so und so", bestätigte Tobias grinsend, während er ihr seinen nach oben zeigenden Daumen entgegen reckte.

„Deshalb konnte ich deine Männerwahl auch nie verstehen. Hättest Achim nehmen sollen. Damals", sagte Tobias mit einem aufmunternden Augenzwinkern.

In den Gesichtern ihrer Freundinnen konnte sie Überraschung, Unglauben sowie Entsetzen ausmachen.

„Das kann doch jetzt echt nicht dein Ernst sein, Louise! Und deine Party heute Abend …", erwiderte Konstanze völlig verwirrt.

„Wird ohne mich stattfinden!", antwortete sie mit einem tiefen Seufzen.

„Aber die Kinder?"

„Himmel, Katrin. Richard ist 21 und Philipp 17. Das ist alt genug, um endlich selbst auf den verwöhnten Beinen zu stehen. Mein Flieger nach Schottland geht heute Nachmittag", antwortete Lou mit fester Stimme in die bestürzte Stille hinein.

„Warum ausgerechnet Schottland? Da regnet es doch ständig. Außerdem ist dieser Menschenschlag völlig verschroben", hob Konstanze verständnislos an.

Lou war nicht mehr zum Lachen zumute. Sie fühlte sich einfach nur leer. Was hatte sie nur jemals mit diesen Frauen verbunden? „Ich mag eigentlich keine Hitze, Konstanze. Genaugenommen kann ich weder mit den Malediven noch mit der Côte d'Azur etwas anfangen. Das konnte ich noch nie. Außerdem wird mir auf Schiffen übel. Leider hat sich aber auch niemals jemand die Mühe gemacht, mich danach zu fragen. Ich liebe es naturverbunden, kühl und einsam. Nach Schottland wollte ich im Übrigen schon immer einmal. Ich freue mich darauf, den Zauber dieser Landschaft auf meine Leinwände zu bannen. Ich möchte vor dem knisternden Kaminfeuer Bücher verschlingen und dazu eine ganze sündige Tafel Schokolade essen ", versuchte sie, Konstanze ihre Entscheidung zu erklären. *Außerdem läuft mir vielleicht doch ein Schotte wie aus den Romanen über den Weg*, dachte sie weiter, ohne es auszusprechen. Dabei hätte sie sich die Mühe sparen können. Konstanze sah aus, als hätte Lou soeben ihr komplettes Weltbild zerstört.

Schottland

Ein kariertes Taschentuch in ihrem Blickfeld, gefolgt von einem Regenschirm, der über ihrem Kopf schwebte, rissen Lou aus ihrer Erinnerung. Du liebe Güte. Sie musste aussehen wie eine Vogelscheuche.

„Alles in Ordnung mit ihnen, Miss?", drang eine Stimme im tiefsten schottischen Dialekt an ihr Ohr. Völlig irritiert durch die stechend blauen Augen, die sie auf gleicher Höhe anstarrten, kam kein einziges Wort über ihre Lippen.

„Na wunderbar. Auch noch stumm wie ein Fisch", knurrte ihr Gegenüber unfreundlich. Kopfschüttelnd blieb sein durchdringender Blick an ihren Schuhen hängen, deren Absätze bereits erneut tief im aufgeweichten Boden versunken waren.

„Also ich …", stotterte sie. Jede weitere Erklärung blieb ihr jedoch im Hals stecken, denn der Fremde hob sie einfach auf seine Arme wie ein Kleinkind und trug sie leise vor sich hin schimpfend in Richtung Haus davon. Auf der kleinen Veranda des Hauses wurde sie unsanft abgestellt. Der große Mann steckte den Schlüssel ins Schloss, öffnete und tat so, als ob diese ganze Situation etwas Alltägliches und völlig Normales wäre.

„Alasdair Munro. Wer sind sie? Und was verdammt machen sie auf meinem Grundstück?", gab er mit gereiztem Unterton sowie einem rollenden R, das ihr durch und durch ging, von sich.

„Lou … äh … Louise Schulzinger, angenehm", stotterte sie völlig perplex, während sie dem Fremden automatisch ihre Hand zur Begrüßung entgegenstreckte.

Der Schotte ignorierte diese mit einem nicht zu deutenden Blick. „Louise Schulzinger, nicht Louis? Dearg Amadain!", hakte er knurrend nach, um sich dann ohne ein weiteres Wort von ihr abzuwenden und den Weg zurück zu ihrem

Wagen zu stapfen. Der Kerl tat fast so, als würde der prasselnde Regen, der jetzt sintflutartige Ausmaße annahm, nicht existieren. Scheinbar unbeeindruckt von Docs Bellen oder seinem gefährlichen Knurren und noch bevor sie ihm eine Warnung zurufen konnte, öffnete er den Kofferraum ihres Jeeps. Der Schotte lud ihr Gepäck aus, sammelte den von ihr stehengelassenen Koffer ein und trug immer zwei gleichzeitig zum Haus. Wobei er über ihre letzten Koffer lauthals fluchte, weil diese durch die vielen Bücher ziemlich schwer waren.

Das unverständliche Murmeln, das er von sich gab, trug auch nicht dazu bei, Lou zu beruhigen. In ihrem ganzen Leben war sie sich noch nie so fehl am Platz vorgekommen. Das wahre Leben entsprach nun mal keinem Roman. Dank des finsteren Blickes, mit denen der Schotte sie bedachte, wagte sie nicht, irgendetwas zu sagen. Tatsächlich war sein Gesichtsausdruck nicht schwer zu deuten. Blonde Tussi mit Modellfigur, in High Heels und Minirock was hieß: Total unterbelichtet und eingebildet.

Warum nur hatte sie nicht das Kleid samt den Schuhen gewechselt? Abwartend stand sie auf wackligen Beinen und sah zu, wie all ihr Gepäck im schummrigen Flur landete, in dem sie tropfnass bis auf die Knochen dem Mann ausgewichen war. Sie war unfähig, irgendetwas zu tun. Der wortkarge Mann machte ihr fast ein bisschen Angst. Sah er doch aus wie ein gefährlicher Wilder. Nein, einem Romanhelden glich er kein bisschen. Verzweifelt zupfte sie an ihrem Minirock und versuchte ihn unauffällig etwas weiter über die Oberschenkel zu ziehen, während sie auf die muskulösen Oberarme des Mannes starrte, die sich unter dem engen Jeanshemd abzeichneten.

Das Gesicht des Schotten war alles andere als hübsch. Es wirkte kantig und hart, ein Eindruck, der durch seinen Dreitagebart noch verstärkt wurde. Die Farbe seines kurz geschnittenen Haarschopfs erinnerte sie an gebeiztes Eichenholz. Eine große Narbe entstellte die eine Wange.

Zusammen mit dem durchdringenden Blick aus nahezu unverschämt blauen Augen verlieh es diesem Kerl eine gefährliche Aura. Ohne es zu wollen, bekam sie eine Gänsehaut, wich aus bis die grobverputze Hauswand in ihrem Rücken jeden weiteren Rückzug vereitelte. Sie kam sich fast vor wie die Beute eines Raubtiers. Mit dem letzten Koffer öffnete er ohne zu zögern die Beifahrertür und ließ Doc frei.

Entsetzt hielt sie den Atem an, behielt ihr vierbeiniges Monster im Auge. Doc war eine undefinierbare Mischung aus irischem Wolfshund mit Dobermann. Ganz entgegen ihrer Erwartung fiel der Hund jedoch nicht über den fremden Mann her. Im Gegenteil, das große Tier wackelte wie blöde mit seinem Schwanz, ließ sich sogar von dem Fremden die Ohren kraulen, als wären sie seit langer Zeit die besten Freunde. Das durfte doch nicht wahr sein.

„Du Verräter!", entfuhr es Lou entrüstet.

Verdammt.

Aus seinem Mieter war soeben eine aufgetakelte Mieterin geworden. Als ob er nicht bereits genug Probleme hätte. Konnte nicht ein einziges Mal in seinem verhunzten Leben etwas funktionieren? Das Pech konnte doch nicht sein ganzes Leben lang an seinen Fußsohlen kleben! Alasdair konnte den Ärger bereits riechen. Anstatt ins Haus zu gehen und sich abzutrocknen, wie es vernünftige Menschen tun würden, stand diese Touristin unbeweglich im Türrahmen und musterte ihn mit offenem Mund.

Mürrisch schüttelte er den Kopf.

„Wird sich den Tod holen, dummes Frauenzimmer", schimpfte er auf Gälisch vor sich hin, während er dem hässlichsten Hund, den er je gesehen hatte, die Autotür öffnete.

Der überließ dem Tier eine Hand zum Beschnüffeln und das dumpfe Grollen des Hundes ging in ein freudiges Winseln über. Leise redete er auf das Tier ein. Marge war so freundlich gewesen und hatte das Haus auf den Besuch seines neuen Mieters vorbereitet. Vermutlich hatte sie sogar den Kühlschrank gefüllt, so wie er seine Mutter kannte.

Die Gute würde nie begreifen, dass dies keine Freunde waren, die sie beherbergten, sondern Mieter. Er würde dieses Haus jedenfalls ganz sicher nicht betreten. Zu viele schlechte und nur wenig gute Erinnerungen hielt dieser Kasten für ihn bereit. Einmal mehr fragte Alasdair sich, wieso er das marode Stück nicht einfach verkauft hatte. Weil es seit hunderten von Jahren im Besitz seines Clans war? Oder war da noch immer ein winziger Funke in ihm, der an den wenigen schönen Momenten seiner Ehe mit Felicitas festhielt?

„Narr", schalt er sich selbst. Ächzend schleppte er das schwerste, wenngleich glücklicherweise letzte Gepäckstück den ausgewaschenen Kiesweg hinauf, aus dem der Regen einen Schlammpfuhl gemacht hatte. *Cac. Noch etwas, das ich dringend tun sollte: Den Kies ausfüllen!*

Am Haus angekommen, ließ er den Koffer unsanft neben die anderen fallen, die er gedankenversunken unter den argwöhnischen Blicken der Deutschen hochgeschleppt hatte.

„Dankeschön", wisperte die fremde Frau zähneklappernd aus Augen, in denen er sich einbildete, Angst zu sehen. Er blieb an ihren zitternden Lippen hängen, die vor Kälte fast blau aussahen. *A Dhia. Verflucht.* Sein Blick streifte ihre Finger, deren Nägel seltsam verunstaltet aussahen. Augenblicklich versuchte sie, diese hinter ihrem Rücken zu verstecken, als hätte sie seinen Blick bemerkt.

Ganz sicher haben diese Hände noch nie ein Kaminfeuer entfacht. Verflucht. Mit einem Mann wäre das hier alles sicherlich kein Problem gewesen. Eine hirnrissige Idee, ausgerechnet an Touristen zu vermieten.

Jetzt bringt mich eine A' gearmailteach *dazu, dieses vermaledeite Haus zu betreten, nach all den Jahren,* zeterte er im Stillen.

Aus den Augenwinkeln heraus warf er einen verstohlenen Blick auf die Frau. Sie war nur etwas kleiner als er mit seinen 1,85 Meter, was für eine Frau, wie er fand, recht groß war. Dafür war sie dünn. Für seinen Geschmack viel zu dünn. Das wiederum gab ihr das Aussehen eines verunsicherten Rehkitzes. Schwarze Schlieren ihrer Schminke verunzierten das sympathische Gesicht. Er musste sich schwer zusammenreißen, um seinen Blick von diesen weidwunden karamellbraunen Augen zu nehmen, die ihn bis tief ins Mark berührten. Rehaugen. Ein Seufzen entfuhr ihm. O ja.

Er würde nicht drum herum kommen, das Feuer im Kamin zu schüren, da das Haus über keine Zentralheizung verfügte. Mit einer Mischung aus Angst und Argwohn, so schien es ihm, sah ihm die Frau zu, wie er aus seinen schlammverschmierten Arbeitsstiefeln stieg. In Gedanken fluchte er über das Loch in seiner linken Socke. Entschlossener als ihm zu Mute war, trat er schließlich ins Halbdunkel des Flurs. Die Frau schien die Nase zu rümpfen. Beklommen fragte er sich, ob seine Arbeitshose nach Schaf- oder Rinderdung roch.

Als ob es mich interessiert, was eine aufgetakelte Blondine aus Deutschland von mir denkt, schoss es ihm durch den Kopf. Er war ein Bauer. Nicht mehr und nicht weniger. Seit über acht Jahren hatte er diese Räume nicht mehr betreten. Genau zwei Tage nach der Geburt seiner Tochter Grace, hatte Felicitas ihn verlassen. In ihrem Leben sei kein Platz für das Kind eines Schaf- und Rinderbauern, der in seiner wenigen Freizeit ein Café betrieb, das sich nicht im Geringsten lohnte. Felicitas Leben waren die großen Bühnen der weiten Welt. Nicht ein mickriges Kaff in den endlosen Weiten des schottischen Hochlands, an der Seite eines hässlichen Kerls.

Selbst als sich nach drei Monaten herausgestellt hatte, dass Grace Gehörlos war, kam sie nicht zu ihm und ihrer gemeinsamen Tochter zurück. Er hatte lediglich noch zweimal von ihr gehört. Bei der Zustellung der Scheidungspapiere, sowie an dem Tag ihrer Scheidung, an welchem sie höchstpersönlich, mit einem Lackaffen in Anzug und Schlips an ihrer Seite, erschienen war. Nicht ein einziges Mal hatte sie nach Grace gefragt. An keinem ihrer Geburtstage kam Post. In seinem ganzen Leben hätte er nicht gedacht, dass eine Mutter so herzlos sein konnte.

Von diesem Tag an war Grace zum Mittelpunkt seines Lebens geworden. Was hätte er auch sonst tun sollen? Grace war sein Fleisch, sein Blut. Frauen hatte er außer zu gelegentlichen Bettgeschichten abgeschworen. Das würde auch eine deutsche Blondine nicht ändern!

Louise pffft … Ein fehlendes E brachte ihm jetzt jede Menge Unannehmlichkeiten ein. Auf löchrigen Strümpfen schob er sich an der Frau vorbei, in sein ehemaliges Wohnzimmer, wo er geübt den Ofen anfeuerte. Den Lichtschalter rührte er nicht an. Er brauchte kein Licht.

Alasdair wollte nicht sehen, wo er einst, mit Felicitas eng umschlungen vor dem Kamin gesessen hatte. Keine Gefühle – keine Verpflichtungen und somit kein Herzschmerz! Bemüht versuchte er, jede knarzende Bodendiele sowie die damit verbundenen Erinnerungen zu ignorieren. Er nahm zwei Stufen auf einmal auf dem Weg ins Bad, um ja nicht die Quietschende zu erwischen, an der sich Felicitas einst das Knie blutig geschlagen hatte. Mit sicherer Hand tastete er nach dem kleinen Schrank, zog ein Handtuch heraus. Zähneknirschend ignorierte er den zarten vertrauten Geruch, der aus dem Frottee aufstieg. Eilig begab er sich wieder zurück nach unten. Wortlos drückte er das Handtuch der Frau in die Hände. Kurz bevor er die Haustür erreichte, besann er sich eines Bessern, drehte sich nochmals zu der Fremden um, die jetzt immerhin im Esszimmer stand, wenngleich sie noch immer völlig verunsichert wirkte. Aber das war ja nicht sein Problem.

„Klappe immer öffnen, bevor sie anfeuern. Holz ist hinter dem Haus, Miss ..."

„Schulzinger. Louise Schulzinger", erwachte die Deutsche aus ihrer Starre. „Was ist denn mit der Heizung, Mister ... äh Munro?", fragte sie.

„Es gibt keine", antwortete er knapp. Peinlich berührt riss er sich von den großen in Tränen schwimmenden Rehaugen los. Noch bevor Mistress Schulzinger neue Forderungen stellen konnte, warf Alasdair die Tür bereits hinter sich ins Schloss und stürzte davon. Keine Kompromisse. Keine Gespenster der Vergangenheit und somit keine neuen Verletzungen! Ärgerlich fluchte er vor sich hin, die Hände aufgewühlt in den nassen Haaren. Hatte er keinen Verstand mehr? Eine Touristin. Ein aufgetakeltes Modell.

Herr im Himmel, eine Frau!

Er hatte ihr sein Hab und Gut vermietet? Sicher, ihm stand das Wasser bis zum Halse. Zum Teufel. Ja. Er hatte keine Ahnung, wie er die nächste Tierarztrechnung – und die würde kommen, das war so sicher, wie das Amen in der Kirche – zahlen sollte. Aber einer A' ghearmailteach sein Hab und Gut vermieten? Verfluchtes fehlendes E!

A Dhia. Hoffentlich fackelt das Weib nicht das ganze Haus ab, betete er lautlos. Schließlich war er nicht gerade das, was man *ausreichend versichert* nannte!

Der ungehobelte Klotz von einem Mann ließ sie einfach stehen. Ohne mit der Wimper zu zucken, war er gegangen. Keine Heizung? Was sollte das den bedeuten? Scheinbar bedeutete *warm* in Schottland etwas anderes als in Deutschland. Der Knall der Haustür hatte sie aus ihrer Lethargie gerissen. Wacklig taumelte sie weiter. Sank auf einen Ohrensessel hinab. Minutenlang starrte Lou dem Rinnsal Wasser hinterher, das von ihren Haaren über ihren Rücken und die langen Beine perlte, um sich dann in einer Pfütze auf dem Boden vor ihr zu sammeln.

Herrje, sie würde noch das Holzparkett ruinieren.

Doc setzte sich vor sie, musterte sie mit seinen Teddybär-Knopfaugen. Ein Ohr erhoben, eines eingeklappt, winselte er eindringlich. Seufzend schlang sie sich das kratzige Handtuch um den Kopf, während sie liebevoll durch sein nasses, drahtiges Fell strich.

„Schon gut, mein Großer. Frauchen hat sich schon wieder im Griff", raunte sie ihm zu. Vor Kälte waren ihre Glieder seltsam steif. Ungelenk erhob sie sich, um noch mehr Handtücher zu organisieren.

Schließlich waren sie ebenso wie Doc wieder trocken und alle Wasserspuren beseitigt. In einer winzigen Küche hatte sie es, dem Gasherd sowie verbrannten Fingern zum Trotz, geschafft, Wasser für einen Tee in einem altertümlichen Teekessel abzukochen. Lou setzte in Gedanken Streichhölzer ganz oben auf ihre Einkaufsliste. Mit Feuerzeugen konnte sie einfach nicht umgehen, ohne sich zu verbrennen.

Dass ihre Nägel außerdem viel zu kurz waren, weil sie sich die künstlichen Nägel hatte abnehmen lassen, machte es auch nicht einfacher. In der Hektik und im Halbdunkel hatte sie keinen Wasserkocher gefunden.

Jetzt saß sie mit einer alten Patchworkdecke, die sie eng um sich geschlungen hatte, in dem abgewetzten Ohrensessel direkt vor dem offenen Kamin. Müde starrte sie in die knisternden Flammen. Sie fühlte sich völlig ausgebrannt. Innerlich leer. Hatte noch nicht einmal die Muse gefunden, sich in dem kleinen Cottage umzusehen. Eigentlich war sie eher der ängstliche Typ Frau, der alles verriegelte.

Sie vergewisserte sich immer gründlich, ob sie allein war.

Dabei warf sie stets einen Blick unter das Bett oder in die großen Schränke. Als ob ein Einbrecher sie bei diesem Tun nicht auch umbringen könnte. Seltsamerweise verspürte sie in diesem kleinen Cottage jedoch keinerlei Angst oder Panik. Dem mürrischen Schotten zum Trotz, fühlte sie sich heimisch. Ja. Fast schon willkommen. Außerdem war da ja auch noch Doc, der hoffentlich nicht in jedem Schotten einen Freund sah.

Ein Blick aus dem Fenster zeigte ihr Dunkelheit, sowie die Umrisse von großen Bäumen, deren Wipfel sich im peitschenden Wind und Regen bogen. Doch auch dieser Anblick ließ sie kalt. Das Smartphone in der Jackentasche ihres Blazers kam ihr in den Sinn. Mit spitzen Fingern zerrte sie es hervor, um nach der Uhrzeit zu sehen.

Es zeigte kurz nach 21 Uhr an. War das jetzt Deutsche oder Britische Zeit? Außerdem hatte sie 32 Anrufe in Abwesenheit sowie 12 Nachrichten. Lou schluckte ungläubig. Entschlossen drückte sie ohne auch nur eine einzige zu lesen oder irgendeine Nachricht abzuhören auf Löschen. Dann ließ sie das Smartphone entkräftet auf den Couchtisch gleiten. Aus ihrem Handgepäck förderte sie ein Karton Trockenfutter sowie eine Flasche Whisky zutage, die sie bereits am Flughafen erstanden hatte. Sie kannte sich ein wenig mit schottischem Single Malt aus und hatte einen 15-jährigen Cardhu eingekauft.

Nachdem sie eine großzügige Portion Trockenfutter für Doc in einen Suppenteller geschüttet hatte, schenkte sie sich einen guten Schluck Whisky in die leere Teetasse. Nicht wirklich stilecht aber in Ermangelung eines Whiskyglases zumindest okay. Erneut kuschelte sie sich in die bunte Decke hinein, machte es sich auf dem Sofa bequem. Doc beobachte sie fragend aus großen Augen. Als sie einladend neben sich auf das Sofa klopfte, nahm er Anlauf, sprang neben sie, um sich zu ihren Füßen zusammenzurollen.

„Glücklicher Kerl", murmelte sie mit melancholischer Stimme. Ihr ganzes Leben war ein einziges Desaster. Vielleicht war es doch ein Fehler, seinen geheimen Hirngespinsten zu folgen? Erschöpft schloss sie die Augen.

Deutschland zur selben Zeit

Alles war perfekt. Die Streicher erfüllten den großen Saal mit einem angenehmen Klang. Üppiges Kerzenlicht sowie große Blumenbuketts mit Lilien in allen Farben sorgten für eine festliche Stimmung. Mittlerweile waren auch die Gäste vollzählig. Nur vom Geburtstagskind fehlte jede Spur. Wo um alles in der Welt blieb Louise? Es sah seiner Frau überhaupt nicht ähnlich, zu spät zu kommen. Zu Beginn ihrer Liebe hatte sie ihn immer für seine Unpünktlichkeit gerügt. Tatsächlich war Louise sogar soweit gegangen, jeden ihrer gemeinsamen Termine um eine halbe Stunde vorzuverlegen, sodass sie beide zukünftig immer pünktlich angekommen waren.

„Du siehst heute Abend wieder sehr gut aus, wenn ich mir die Bemerkung erlauben darf, mein lieber Alexander", flötete Konstanze, die sich ihm unbemerkt genähert hatte. Lächelnd prostete sie ihm mit einem Glas Champagner zu.

„Mit deiner Schönheit kann ich nicht mithalten, meine liebe Konstanze. Du weißt nicht zufällig, wo mein holdes Eheweib steckt?", erwiderte er galant und musste Konstanze auf den Rücken klopfen, da sich diese just an ihrem Schampus verschluckt hatte. Ihr Gesicht lief dabei unschön rot an.

„Hoppla. Ist alles in Ordnung, Konstanze?", fragte er führsorglich und nahm der nach Atem ringenden Frau das Glas ab.

„Sie hat dir nichts gesagt?", hauchte Konstanze ungläubig.

Alexander bemerkte, wie sich seine Gesichtsmuskeln vor Sorge verkrampften.

„Was nicht gesagt?", hakte er nach, während sich seine Finger fest um Konstanzes Oberarm schlossen. „Was hat mir Louise nicht gesagt?" Unsanft schob er die Freundin seiner Frau in das verwaiste Foyer hinaus. Ein Räuspern ließ ihn jedoch zusammenzucken, wobei er sich seltsamerweise wie ertappt vorkam. Alarmiert drehte er sich um, sah sich seinem verhassten Schwager gegenüber.

„Tobias. Du hier?", begrüßte er ihn eisig, wenngleich überrascht.

„Da staunst du, Alexander", kommentierte sein Schwager die Begrüßung mit einem Grinsen, das alle Alarmglocken in seinem Kopf klingeln ließen.

„Keine Sorge du bist mich sofort wieder los, werter Alexander. Ich denke, was Konstanze dir soeben zu sagen versuchte, ist, dass Lou zwischenzeitlich in Schottland angekommen sein müsste", erklärte Tobias fröhlich.

Alexander musste die Hände zu Fäusten ballen, um seinem Schwager nicht das süffisante Lächeln aus dem Gesicht zu schlagen. Zweiundzwanzig Jahre war er mit Louise verheiratet. Er hatte sie gegen den Willen der eigenen Eltern geheiratet, obwohl die damals Achtzehnjährige unter seinem Stand gewesen war. Mit ihrem Bruder hatte er sich nie verstanden. Sicher war das wieder einer von Tobias dummen Streichen. Louise hatte ihn doch nicht wirklich verlassen? Er war ein Schulzinger, verdammt. Ihn verließ man nicht einfach!

„Lass deine unverschämten Witze, Tobias. Gerade du solltest wissen, dass ich derlei überhaupt nicht ausstehen kann."

Tobias zuckte verächtlich mit den Schultern.

„Ich bilde mir ein, dass Lou dir mehr als einmal gesagt hat, was sie will und was nicht. Ich sollte dir das lediglich ausrichten. Im Übrigen können Richie und Flipp jeder Zeit bei mir unterkommen, wenn es dir zu viel wird!"

„Richard und Philipp gehen nirgendwo hin. Schon gleich dreimal nicht zu einem … einem …"

„Schwulen? Homosexuellen? Man wird nicht schwul gemacht, sondern schwul geboren, Alexander. Du brauchst dir also keine Sorgen machen, dass ich mich an meinen Neffen vergreife."

Alexander brach der kalte Schweiß aus. Mit zittrigen Fingern zerrte er sein iPhone aus dem Sakko. Hektisch tippte er Louises Nummer ein.

Das hat sie mir nicht wirklich angetan? Nicht nach dem ich ihr ein riesen Fest organisiere und ihr den Himmel zu Füßen lege …, schrien seine Gedanken verzweifelt. Louise reagierte nicht, so oft er ihre Nummer auch wählte. Lediglich ihre Mailbox sprang an. Mit hasserfüllten Augen starrte er Tobias an, ließ das iPhone achtlos zu Boden fallen und warf sich gegen seinen Schwager. Die Hände in dessen Hemdkragen gekrallt, brüllte er ihn an: „Was hast du gemacht? Wo genau ist meine Frau? Wo ist Louise, du schwule Sau!"

Er hatte sich nicht mehr unter Kontrolle. War völlig in Rage. Noch bevor er weitere Beschimpfungen oder Handgreiflichkeiten gegen seinen Schwager anwenden konnte, versetzte dieser ihm einen gekonnten Kinnhaken. Benommen ging er zu Boden. Um ihn herum strömten die Gäste ins Foyer, um nach der Ursache des Krawalls zu sehen.

„Ich glaube kaum, dass du Lou so wieder zurückbekommst, Alexander. Außerdem bezweifle ich, dass sie an ihr Smartphone gehen wird, wenn du anrufst!"

Ohne weitere Worte zog Tobias sein Hemd wieder gerade, drehte sich um und verließ mit betont schlenderndem Schritt die Geburtstagsparty. Mühsam rappelte sich Alexander hoch, schlug Konstanzes helfende Hand aus.

„Entschuldige mich", schnappte er und machte sich, seine blutende Nase haltend, auf den Weg in den zweiten Stock. Dort befanden sich seine Büroräume. Hinter sich konnte er Frau Butt schnauben hören, die ihm mit einem „Das kriegen wir alles wieder hin Herr Schulzinger. Sie werden schon sehen, Herr Schulzinger!" auf den Fersen folgte.

Alexander flüchtete ins Bad. Zitternd bis ins Mark warf er die Tür mit einem lauten Knall ins Schloss. Außer sich vor Zorn riss er sich Sakko samt ruiniertem Hemd vom Leib.

Dann sank er stöhnend auf die Toilette, barg den Kopf in den Händen. Wie hatte Louise ihm das antun können? Tag und Nacht rackerte er sich in der Firma den Arsch ab für seine Familie. Keiner anderen Frau hatte er je Beachtung geschenkt. Dabei stand das weibliche Geschlecht bei ihm Schlange. Und wie dankte ihm Louise seine Treue, all die Entbehrungen, die er für das Wohl seiner Lieben erduldet hatte? In dem sie einfach verschwand?

„Mein Gott. Ich bin bloßgestellt worden vor all meinen Mitarbeitern, Freunden …", entwich es ihm gequält. Gut, sie hatte ihm zigmal damit in den Ohren gelegen, dass sie keine große Party wollte. Ja, er wusste, dass sie sich sehnlichst einen Schottlandurlaub gewünscht hatte. Aber eine kleine Party war unter ihrem Stand. Warum nur kapierte sie das nicht? Außerdem verstand er nicht, wieso sie ausgerechnet Schottland wählte, wenn man im Privatjet nach Mauritius fliegen konnte? Dumpfes Pochen riss ihn aus seinem Jammertal.

„Herr Schulzinger? Herr Schulzinger, ist alles in Ordnung mit ihnen?", erklang es von der anderen Seite der Tür. Auf die gute Butte, wie Louise immer zu sagen pflegte, war eben Verlass. „Brauchen sie etwas, Herr Schulzinger?"

Ja, verdammt. Meine Ehefrau! Hätte er am liebsten gebrüllt. Fahrig wischte er sich die Tränen aus den Augenwinkeln.

„Ein neues Hemd, Frau Butt. Könnten sie mir ein neues

Hemd bringen, bitte", sagte er stattdessen. Stumm lobte er sich dafür, dass seine Stimme wieder völlig beherrscht klang.

„Kommt sofort!", flötete Frau Butt erleichtert. Das Klappern ihrer Absätze auf dem Marmorboden war bis zu ihm herein zu vernehmen. Keine zehn Minuten später saß er frisch gewaschen, gekämmt und mit blütenweißem Hemd vor seinem Schreibtisch. Verständnislos starrte er den Briefumschlag nebst der ungeöffneten Cartier-Schatulle an, die in Zellophan mit überdimensionaler roter Schleife verpackt war. Louise hatte sein Geschenk noch nicht einmal geöffnet. Schmuck im Wert von über tausend Euro und sie hatte ihn noch nicht einmal angesehen. Stattdessen hatte sie alles mit einem Umschlag, auf dem sein Name stand, provokativ auf seinem Schreibtisch platziert.

Dem einzigen Ort, bei dem sie sich sicher sein konnte, dass er ihn aufsuchte. Sein Büro. Erschüttert bis ins Mark, streckte er die zitternden Finger nach dem Umschlag, zog das helle Papier heraus. Dabei wurde er jedoch von Frau Butt unterbrochen.

„Verzeihen sie, Herr Schulzinger, aber die Gäste fragen nach dem Geburtstagskind und ihre Frau Mutter ist auch schon etwas besorgt."

„Danke, Frau Butt. Entschuldigen sie uns bitte. Sagen sie ihnen einfach, meine Frau ist unpässlich und ich würde mich um sie kümmern. Ach und sagen sie meiner Mutter, ich melde mich nachher bei ihr. Die Gäste sollen doch bitte mit dem Essen beginnen", erklärte er mit einer Stimme, die weder ein wenn noch ein aber zuließ. Frau Butt nickte verständnisvoll und entfernte sich mit eilenden Schritten.

Alexander atmete tief durch, strich über den Brief.

O Gott, seine Mutter hatte ihm gerade noch gefehlt. Sie würde kein gutes Haar an Louise lassen, wenn sie von diesem Schlamassel erfuhr. Müde fuhr er sich durch die Haare.

Atmete tief ein und aus. Schließlich öffnete er den Brief mit unruhig pochendem Herzen.

Lieber Alexander,

wenn du diesen Brief liest, bin ich bereits abgereist. Ich kann so nicht mehr weiter machen! Ich weiß nicht, wie oft ich in letzter Zeit versucht habe, dir zu erklären, wie ich mich fühle. Für dich bin ich normal, allgegenwärtig geworden. Du hast mich zu einer künstlichen Vorzeigefrau gemacht. Eine blonde Barbie, die man vorzeigen kann.

Das bin nicht ich! Zweiundzwanzig Jahre Ehe und du verstehst mich immer noch nicht ein bisschen. Ich will dein Geld nicht! Ich will den Mann wieder, der mich zum Lachen gebracht hat. Der Mann mit dem ich nächtelang geredet und die Nacht zum Tag gemacht habe. Ich will Liebe und Sex. Keinen Bürohengst, der sich hinter seiner Arbeit verschanzt und mich übersieht. Ich werde für zwei Monate in Schottland sein. Versuch nicht, mich anzurufen oder zu finden. Wenn ich mir im Klaren bin, wie es mit uns weiter gehen soll, melde ich mich von selbst bei dir.

Lou

P.S.: Ich bin weder verrückt geworden noch leide ich an einer Midlife-Crisis!

Jähzorn breitete sich in Alexander aus. So fest er konnte, zerknüllte er Louises Brief in seiner Hand. Natürlich war er wieder einmal der Böse. Der schwarze Peter. Er, der vom frühen Morgen bis zum späten Abend arbeitete wie ein Verrückter. Sich für das Wohl seiner Familie abrackerte.

Wie von der Tarantel gestochen, schoss er in die Höhe, warf die Papierkugel in den Abfall. Das konnte sie nicht machen. Nicht mit ihm! Hektisch suchte er nach der Visitenkarte der Detektei, deren Dienste er ab und an für die Firma in Anspruch nahm, um säumige Kunden zu finden.

Das Ersatz iPhone am Ohr, eilte er schließlich im Stech-schritt in das Penthouse nach oben. Er stürmte durch die Eingangstür auf direktem Weg in das Schlafzimmer seiner Frau.

„Ist da die Detektei Osanowic? Alexander Schulzinger am Apparat. Ich benötige Ihre Hilfe. Ich möchte sie beauftra-gen, meine Frau zu finden!", bellte er lautstark in den Hörer.

Eine halbe Stunde später war er um einige tausend Euro leichter. Die Detektei hatte bereits alles in die Wege geleitet, um Louise zu finden. Seine Augen schweiften durch das großzügige Zimmer. Mit einem Blick stellte er fest, dass der Korb ihres Köters ebenso fehlte, wie Toilettenartikel, Jeans und die ganzen Utensilien, die Louise zum Malen benötigte. Erschöpft sank er auf ihr Bett, vergrub die Nase tief einat-mend in ihrem Kopfkissen. Wie hatte es nur soweit kommen können mit ihnen beiden?

Ja. Ja, es stimmte. Immer wieder hatte sie versucht, mit ihm zu reden. Und ja, er hatte mit der Firma sehr viel um die Ohren. Aber es ging ihr doch gut. Sie hatte Personal, Fit-nesstrainer, Wellness- und Kosmetik-Termine, Freundinnen und Kleider von allen begehrten Designern. Allein Louises Schmuck war ein Vermögen wert. War denn das nicht dass, was alle Frauen wollten?

Herrgott, sie waren doch keine zerrüttete Familie. Wieso also hätte er ihrem Wunsch nach einer Eheberatung nach-kommen sollen? Warf Louise allen Ernstes zweiundzwanzig Jahre Ehe einfach weg? Was um Himmelswillen sollte er seinen Söhnen sagen? Himmel und wie sollte er das seiner Mutter erklären? Er konnte bereits ihr „Was hab ich dir im-mer über diese Frau gesagt?" hören. Hatte Louise womög-lich einen Liebhaber? Ihr Personal-Fitnesstrainer konnte es nicht sein, denn der war eine Frau. Ein ziemlich heißer Fe-ger, wie er zugeben musste. Es sei denn … Beunruhigt dach-

te er an Tobias, verwarf den Gedanken jedoch als völlig abs-
trus. Tief verletzt starrte er auf das Tohuwabohu, das er an-
gerichtet hatte.

Ein Cottage im Nirgendwo

Schottland

Wärmendes, helles Licht in ihrem Gesicht sorgte dafür, dass Lou langsam aus einem traumlosen Schlaf erwachte. Verschlafen rieb sie sich die Augen, nur um im nächsten Moment Docs nasse Zunge abwehren zu müssen, die mehrere Versuche wagte, sie abzulecken.

„Pfui, Doc. Aus. Nein, lass das, böser Junge!", schimpfte sie entrüstet, während der große Hund sie aus treuen Augen schwanzwedelnd betrachtete. „Schon lange nicht mehr gesehen was", raunte sie besänftigt, denn wer konnte bei so einem Hundeblick schon lange böse sein. Im nächsten Moment fand sie sich unter ihrem Hundemonster wieder, das voller Freude mitten auf ihren Bauch gesprungen war.

„Aua. O verflixt … geh runter. Ab Doc. Ich kriege keine Luft mehr, du verrücktes Vieh!", stieß sie unter Lachen aus. Mühsam setzte sie sich auf.

Durch die große Fensterfront strahlte die Sonne sie an. Entzückt beobachtete sie zwei Eichhörnchen, die direkt vor der Scheibe spielten, ohne sich von ihr stören zu lassen. Gebannt verfolgte sie die Idylle, die Hände kraulend in Docs drahtigem Fell versenkt. Vom gestrigen Regen waren lediglich kleine Pfützen übrig geblieben, die Sonne hatte den Rest bereits getrocknet.

Wenn sie den Kopf ein bisschen nach vorne reckte, konnte sie einen Blick auf blauen Himmel erhaschen, an dem weiße Schäfchenwolken prangten. Ein winziges Glücksgefühl machte sich in ihr breit. Sie hatte es tatsächlich getan. Hatte das, was sie sich seit Jahren vorgenommen hatte, umgesetzt. Ihr ganzes Leben lang hatte sie immer auf alles und jeden Rücksicht genommen. Sie selbst war dabei etliche Male fast untergegangen, ohne das es jemandem aufgefallen wäre.

Barfuß tapste sie an das Fenster, zog mit einem Ruck das letzte Stück der Vorhänge auf. Geblendet vom Licht und der Schönheit, die sich ihr bot, verharrte sie an Ort und Stelle.

„Zauberhaft", seufzte sie begeistert. Sie war tatsächlich in der romantischen Heimat ihres Romanhelden gelandet.

„Danke, Frau Gabaldon!", murmelte Lou glückselig.

Der gestrige Sturm hatte sich gelegt. Die hohen Kiefern und Tannen in ihrem Garten wogen ihre Wipfel zum imaginären Takt eines lauen Lüftchens. Staubpartikel tanzten in den Sonnenstrahlen, Vögel zwitscherten. Genauso hatte sie es sich erhofft, jedoch nach dem gestrigen Abend einen Schlammpfuhl im Garten erwartet. Erleichtert stellte sie fest, dass der Rasen mit den vielen bunten Blüten nicht unter dem sintflutartigen Regen gelitten hatte. Obwohl der Herbst bereits weit vorgeschritten war, erinnerte die Pracht ihres Gartens fast an den Frühling. Sie bildete sich gar ein, den Duft dieses Blütenmeeres zu riechen.

„Na dann, sehen wir uns mal an, wo wir gelandet sind, Miss Robinson", sagte sie zu sich selbst und zwinkerte Doc zu, der ihr mit Begeisterung folgte. Der Boden unter ihren nackten Füßen war kalt, knarrte und ächzte bei jedem ihrer Schritte. Bei Tageslicht versprühten die Möbel des kleinen Wohnzimmers gemütliches Landhausflair. Die Couch war mit einem abgewetzten Cordstoff überzogen, Gleiches traf auf den altertümlichen wirkenden Ohrensessel zu. Verblichene Blümchenkissen, deren Muster sich in der Patchworkdecke wiederholten, unter der sie geschlafen hatte, sorgten für ein bisschen Farbe. Alles war sauber, verströmte einen leichten Weichspülergeruch. Das Mobiliar bestand aus wenigen alten Holzmöbeln, die teilweise sicherlich von Generation zu Generation weiter vererbt worden waren.

Zumindest sahen sie alt aus, mit ihren gedrechselten Holzelementen sogar fast antik. Bunte, wie es aussah, handgewebte Läufer bedeckten das Holzparkett, welches sein Alter nicht verleugnen konnten. Das Wohnzimmer ging nahtlos in den Essbereich über, in dem ein massiver Tisch mit einer Eckbank sowie zwei Stühlen zum Essen einlud. Wehmütig strich Lou über das Holz, das sich unter ihrer Hand weich und warm anfühlte. Kratzer und etliche Macken erzählten vom regelmäßigen Gebrauch. Sie würde hier vermutlich wenig Zeit verbringen, da ihre Kochkünste so gut wie nicht vorhanden waren. Ein frischer Strauß aus Rosen nahm die Mitte des Tisches ein, verströmte einen lieblichen Duft.

„Ah, daher der Blumenduft", überlegte sie laut, den betörenden Duft in der Nase. Mitte Herbst und es gibt sogar noch Rosen, frohlockte sie. Die Küche schloss direkt an. Diese war so klein, das Lou nicht einmal hätte umfallen können, ohne sich den Hals zu brechen. Wenn sie sich in die Mitte stellte, konnte sie bequem gleichzeitig alle Schubladen sowie Schränke erreichen. Das einzig Große in diesem Raum war der übertriebene Kühlschrank im amerikanischen Stil mit Eiswürfelzubereiter. Und leider, wie sich herausstellte, dass einzig moderne Gerät, mit dem diese Küche aufwarten konnte. Weder Mikrowelle noch Wasserkocher, geschweige denn eine Spülmaschine waren vorhanden.

„Mist!", brummte Lou ärgerlich, während sie Tür um Tür aufriss, in der Hoffnung, doch noch auf eine Mikrowelle zu stoßen. Vergeblich. Beim Gedanken an zwei Monate mit ihren schrecklichen Kochkünsten knurrte ihr Magen bereits jetzt vor Hunger. Am Kühlschrank hing ein Zettel mit einer Telefonnummer die mit A. Munro sowie doppelten Ausrufezeichen versehen war. Außerdem waren da eine Notiz mit der Adresse des ortsansässigen Einkaufsladens und dessen Öffnungszeiten, sowie eine kleine Straßenkarte mit den einzigen beiden Straßen, die der Ort besaß. Ein leicht zerfledderter Flyer mit einem Kleinbus und dessen Ausflugszielen komplettierte die Zettelsammlung. Ein Blick in den Kühlschrank offenbarten Lou Eier, Speck, landestypische Würstchen, Toast und eine Vielzahl verschiedenster Gläschen mit Marmelade, aber auch eingelegtem Essiggemüse. Kurze Zeit später machte sie sich mit großem Appetit über verkohlten Toast sowie Eier mit Speck her, die ziemlich verbrannt waren. Deshalb spülte sie das Ganze auch mit einer Unmenge an Tee nach. Frisch gestärkt blieben ihre Augen an ihren verstümmelten, verbrannten Fingernägeln hängen, die ohne die künstlichen Nägel erst wieder gerade und ohne Gel sowie Kleber nachwachsen mussten.

„Nie mehr künstliche Fingernägel. Nie mehr blondierte Haare", murmelte sie fest entschlossen vor sich hin. Motiviert fing sie an, ihr Gepäck auszupacken. Bequeme Hosen und schlabberige Sweatshirts füllten den nach Zeder duftenden Eichenschrank, der die einzige gerade Wand des Schlafzimmers im Dachgeschoss komplett einnahm, nicht einmal zu einem Viertel. Ihr Schmusekissen, auf dem ihre Kinder verewigt waren, landete inmitten eines weichen Bettdeckenberges aus gestärktem jungfräulich weißem Leinen. Dieser befand sich im größten Bett, das sie je gesehen hatte. Mit großen Augen fragte sie sich, wie um alles in der Welt dieses Monsterbett die kleine Treppe oder die enge Tür, an der sie sich den Kopf gestoßen hatte, passiert haben konnte.

„Nur in Einzelteilen", sinnierte sie laut, schüttelte dann immer wieder ungläubig den Kopf, während sie das Bett umrundete, das fast den ganzen Raum einnahm. Es war aus dunklem Holz, mit Ornamenten ebenso wie mit geschnitzten schottischen Disteln verziert. Handarbeit die heutzutage sicherlich unbezahlbar war. Zögerlich tastete sie mit der Hand nach der Sprungkraft der Matratze. Plötzlich legte sich ein Schmunzeln auf ihr Gesicht. Misstrauisch beobachtete von Doc, konnte sie plötzlich dem kindischen Trieb nicht widerstehen, nahm Anlauf und sprang mitten in den weichen Berg hinein. Augenblicklich versank Lou und mit ihr Doc, der es sich nicht hatte nehmen lassen, seinem Frauchen zu folgen. Berge von Decken und unzählige Zierkissen begruben sie beide unter sich, als die weiche Matratze sie beide in den Mittelpunkt des Bettes rollen ließ.

„Himmel hilf … ich werde durchhängen. Wie soll ich denn hier je schlafen können", stöhnte Lou. Mühevoll kämpfte sie sich aus dem Bett zurück auf die Beine.

Beschwingt begab sie sich im Anschluss wieder nach unten. All ihre Toilettenartikel schaffte sie in das winzige Badezimmer mit den schrägen Wänden, welches überraschenderweise mit einer übergroßen Badewanne aufwartete. Tatsächlich entpuppte sich dieser unscheinbare Raum als eine wahre Wellnessoase. Sandfarbene Bodenfliesen vermittelten das Gefühl, über einen Strand zu laufen. Der Wandbelag bestand aus Terrakotta oder ozeanblauen Fliesensplittern, die Wellen bildeten und sich mit echten Muscheln abwechselten. Bei näherem Betrachten entdeckte Lou Düsen in der Wanne. Ein Whirlpool. Das Einzige was ihr dabei zu denken gab, war der Warmwasserboiler, den sie hinter einer Rattanverkleidung entdeckte.

Oje. Sieht ziemlich altertümlich aus!

Vermutlich ging ihr das warme Wasser aus, bevor die Düsen nur halbwegs bedeckt waren. Einen Versuch wäre es jedoch wert. Nach einigem Suchen fand sie den Einschaltknopf des Warmwasserboilers und betätigte diesen. Fröhlich zeigte sie ihrem Spiegelbild eine Grimasse. Schließlich las sie konzentriert die Anleitung auf der Packung des Haarfärbemittels durch, das sie von ihrem Friseur aus Deutschland mitgebracht hatte. Hellbraun. Ihre natürliche Haarfarbe. Es war an der Zeit, zu sich selbst zurückzufinden. Neues Leben

– neue Haare. So hatte sie es sich zumindest vorgestellt.

Als sie sich ihr altes Malerhemd angezogen hatte, besah sie sich ein letztes Mal ihr blondes langes Haar.

„Bye bye, Barbiepuppe", murmelte Lou, riss entschlossen die Packung auf, schüttete die Färbemittel ineinander und zog die Plastikhandschuhe über. Akkurat verteilte sie den stinkenden pinkfarbenen Brei auf ihrem Kopf. Vorsichtig wusch sie die Handschuhe ab, legte diese für später beiseite. Dann drehte sie die Wasserhähne der Badewanne auf. Glücklicherweise reichte das warme Wasser doch bis zu den Düsen.

O Wunder!

Begeistert nahm sie in der blubbernden Wanne Platz. Das Bad war eine Wohltat. Zum ersten Mal hatte sie das Gefühl, eine riesige Last würde von ihr abfallen. Tief entspannt, sinnierte sie über ihr Leben nach. Was war nur so schrecklich schief gegangen mit ihrer Ehe? Gut, mit gerademal achtzehn war sie ziemlich jung gewesen, als sie den sieben Jahre älteren Alexander geheiratet hatte. Genau ein Jahr später war Richard zur Welt gekommen. Vier Jahre danach Philipp. Alexander hatte genau zur selben Zeit die familieneigene Firma übernommen. Wenn sie es genau bedachte, hatte es damals schon angefangen.

Aus der hochbegabten Kunststudentin mit Schwerpunkt Werbung war keine gefeierte Künstlerin geworden, sondern ein hochschwangeres, braves Hausmütterchen. Irgendwie, irgendwann hatte Alexander es geschafft, eine Vorzeigeehefrau aus ihr zumachen. Wenn auch nie zur Zufriedenheit ihrer Schwiegereltern. Er hatte sie überhäuft mit Designerklamotten, hatte ihr den teuersten Schmuck gekauft. Urplötzlich hatte sie einen Personal Trainer – einen weiblichen wohlgemerkt, eine Köchin, eine Putzfrau und zu guter Letzt sogar einen eigenen Chauffeur, da ihr Fahrstil angeblich lebensgefährlich war.

Aus der bodenständigen Lou Mayer war Louise Schulzinger geworden. Nach und nach waren ihr ihre alten Freunde abhandengekommen. Alle außer Debbie, ihrer allerbesten Freundin. Kein Wunder bei all dem Prunk, bei dem ihre Freunde nicht mithalten konnten. Lou konnte es ihnen nicht verdenken. Ihr Leben hatte damals ziemlich viel von *Aschenputtel wird Prinzessin.*

Ihr Vater war schon gestorben, als sie zwölf war. Ihre Mutter starb kurz nach Philipps Geburt. Tobias war alles, was sie noch an Familie hatte. Für Alexander war ihr Bruder ein rotes Tuch, passte er doch mit seiner Homosexualität nicht in das heile Weltbild eines Geschäftsmannes in den gehobenen Kreisen. Der Mann, den sie abgöttisch liebte, hatte sie in einen goldenen Käfig gesteckt. Er hatte sie mit allem Käuflichen überhäuft. Nur mit Liebe geizte er immer noch.

Alexander ließ sie am langen Arm verhungern. Umso mehr sie sich nach seiner Liebe verzehrt hatte, desto weniger war diese geworden. Keine Umarmungen. Keine Küsse. Seit Jahren herrschte in ihrem Bett Flaute.

Ab den getrennten Schlafzimmern war letztlich der Rest ihrer Liebe zerbrochen. In einem letzten Anfall von Hilflosigkeit war sie im Trenchcoat, sowie mit Sonnenbrille bewaffnet, wie ein schlechter Agent, übernervös in einer Beate Uhse Filiale eingefallen. Potenztropfen für den Mann hatte sie genauso erstanden, wie schrecklich nuttige Reizwäsche. Zuhause hatte sie Alexander die halbe Flasche davon in das Feierabendbier gekippt. Leider war das Ergebnis vernichtend gewesen. Herausgekommen waren eine Magenverstimmung und ein mehr als laut schnarchender Mann, sowie ein fieser Ausschlag von den Latexeinsätzen der Wäsche. Nach diesem Reinfall hatte sie endgültig aufgegeben.

Sicher, sie war nie prüde gewesen. Natürlich gab es in der

heutigen Zeit jede Menge anderer Möglichkeiten, um auch ohne Mann ein ausgefülltes Sexualleben zu führen. Fakt war jedoch, dass ein Stück Latex oder Gummi keinen Mann aus Fleisch und Blut ersetzen konnte. Das war zumindest ihre Meinung. Langsam wurde das Wasser kalt. Außerdem wurde es höchste Zeit, die Farbe abzuspülen. Leider gab es jetzt allerdings kein warmes Wasser mehr. Lou war gezwungen, sich kalt abzuduschen.

„Typisch!", schlotterte sie verärgert. Die Farbe würde noch einen Moment bleiben müssen, wo sie war, da sie mit kaltem Wasser sicherlich nicht gut genug abzuspülen war. In ihren Bademantel gehüllt, huschte sie in die Küche, setzte den Wasserkessel auf. Wenigstens verbrannte sie sich dieses Mal beim Anzünden der Herdplatte nicht erneut die Finger. Bis das Wasser kochte, öffnete sie Doc die Tür in den Garten. Nervös betete Lou, das ihre Haare nach zu langer Einwirkzeit tatsächlich Hellbraun waren und nicht etwa Pink. Die frische Luft und die erdigen Gerüche, die ihr in die Nase stiegen, ließen die Panik wieder etwas abklingen. Herrlich. Trotz des Wasserfiaskos, das ja eigentlich voraussehbar gewesen war, fühlte sie sich frei.

Ein erneutes Hochgefühl ergriff Besitz von ihr. Das letzte Mal hatte sie sich so gefühlt, als sie Doc aus dem Tierheim geholt hatte. Lou schmunzelte vor sich hin, während sie ihrem Riesenkalb zusah, wie der gemein gefährliche, angeblicher Kampfhund versuchte, einen Schmetterling einzufangen. Augenblicklich wurde ihr warm ums Herz. Mit purer Absicht hatte sie sich das allerhässlichste Tier ausgesucht. Damals hatte Doc bereits ein halbes Jahr seines eineinhalb jährigen Hundelebens im Tierheim gefristet. Nicht etwa weil er bösartig oder nicht umgänglich gewesen war. Vielmehr weil er mehr einer gerupften Hyäne ähnelte als einem Hund. Zuerst hatte Lou an ihm vorbei gehen wollen, doch ihre

Schnürsenkel hatten sich gelöst. So war sie gezwungen gewesen, direkt vor seinem Gitterkäfig am Boden zu knien, um diese zu binden. Docs feuchte Hundenase hatte sie neugierig angestupst. Ein einziger Blick in seine Augen hatte genügt und es war um sie geschehen. Liebe lag eben doch im Auge des Betrachters! Alexander hatte getobt. Himmel, was hatte er sie angebrüllt. Er hatte ihr unterstellt, sie würde sich und ihre Kinder mit einem scharfen Kampfhund in Gefahr bringen. Ein Grinsen legte sich um ihre Mundwinkel.

Der Kampfhund hatte sich als Kampfschmuser entpuppt. Instinktiv hatte Doc Alexander nie richtig akzeptiert. Heute war sie sich sicher, dass das Schicksal Doc für sie vorbestimmt hatte. Das schrille Pfeifen des Wasserkessels unterbrach sie beim Betrachten ihres glücklichen Hundes. Den Griff des heißen Kessels mit Geschirrhandtüchern umschlungen in der einen, einen leeren Eimer zum Wasser mischen in der anderen Hand, eilte sie die Stufen zum Bad empor. Dummerweise blieb sie an einer dieser Stufen hängen, knallte schmerzvoll mit dem Knie gegen die Kante der nächsten. Der Kessel rutschte scheppernd über die Fliesen, während der Eimer in einer anmutigen Kurve durch die Luft flog.

„Himmelherrgottsackzement!"

Vor Schmerz schossen ihr die Tränen in die Augen. Argwöhnisch schielte Doc von unten um die Ecke. Vermutlich um dem schrecklichen Lärm auf den Grund zu gehen. Lou bedeutete ihm per Handzeichen, sich zu trollen. Ihr Knie blutete aus einer Schürfwunde. Ärgerlich klaubte sie den Eimer vor der Tür auf, um sich dann vorsichtig humpelnd ins Bad zu schleppen.

„Wäre ja auch zu schön gewesen, wenn einmal etwas ohne Komplikationen klappt, Lou. Wenigstens ist der Kessel nur geschlittert", zischte sie. Nachdem sie einen Holzsplitter aus der Wunde gezogen hatte, presste sie ein Taschentuch fest dagegen. Nach ein paar Minuten hörte es bereits zu bluten auf. Allerdings schwoll das Knie etwas an und wurde bereits blau. Kein Wunder bei ihren grazilen Storchenbeinen.

Tapfer ignorierte sie die unangenehm pochende Wunde. Im Eimer mischte sie das kalte Leitungswasser mit dem heißen Wasser aus dem Kessel. Bewaffnet mit Handschuhen, Shampoo sowie Unmengen an Spülung, widmete sie sich im Anschluss ihren Haaren. Sah zu, wie ein Teil ihres Lebens in pinkfarbenen Schlieren das Waschbecken hinabfloß, um gurgelnd im Abfluss zu verschwinden.

„Auf nimmer Wiedersehen, Blondie!", murmelte sie. Anschließend betrachtete sie das Ergebnis im Spiegel. „Zufriedenstellend sieht anders aus", raunte sie enttäuscht ihrem Spiegelbild zu. Die Haarfarbe war okay. Der Rest ihrer Frisur ließ allerdings schwer zu wünschen übrig.

Ein bisschen wie ein räudiger Straßenköter! Elender Mist!

Zu allem bereit, humpelte sie die Treppe hinab in die Küche. In den Schubladen wühlte sie, bis sie endlich eine Schere fand, mit der sie zurück ins Bad eilte. So schwer konnte das schließlich nicht sein. „Im Film klappt das auch immer", redete sie sich Mut zu. Konzentriert faste sie ihre nassen Haare zu einem strengen Zopf zusammen, fixierte diesen mit einem Haargummi. Tief durchatmend, setzte sie die Schere an. Leider war das alte Ding mehr als stumpf, sodass Lou immense Kraft aufwenden musste. Sie brauchte mehrere Anläufe mit jeder Menge Ausdauer, bis sie endlich den abgetrennten Zopf in der Hand hielt. Nachdem sie den Haargummi entfernt hatte, sah ihre Frisur leider mitnichten besser aus.

„Ach du … Ach nein!", entwich es ihr. Tränen des Zorns liefen ihr über die geröteten Wangen. Das durfte doch nicht wahr sein. Jetzt hatte ihre Frisur mehr Ähnlichkeit mit einem gerupften Huhn. Während sie ihre nassen Strähnen trocken föhnte, versuchte sie, sich verzweifelt zu erinnern, ob es in der Straße von Kildermorie einen Friseur gab.

„Gott, ich sehe aus wie eine Vogelscheuche", stöhnte sie laut auf. Zu allem bereit, zog sie sich eine kurze Jeans, Turnschuhe und ein Shirt an. „Kein Grund zur Aufregung, Lou", redete sie sich selbst ein. „Keine Panik. Du hast einen Laptop und es gibt das Internet. Wäre doch gelacht, wenn du keinen Haarguru in deiner Nähe fändest!"

Ein paar Minuten später saß Lou am Esszimmertisch auf der Suche nach Internetempfang. Es tat sich nichts. Sie hatte weder mit noch ohne Internetstick Empfang. Es war nichts zu machen. „Das kann doch nicht sein! Was um alles in der Welt habe ich für eine Bruchbude gemietet? Wo ist die versprochene Internetverbindung?", schimpfte Lou ärgerlich, dabei schenkte sie Doc ein entschuldigendes Schulterzucken, da der Hund sie ansah, als wäre sie nun komplett verrückt.

„Jetzt sieh mich nicht so an, Hund. Dieser elendige Schotte Munro, hat mir *modernen Komfort* angepriesen. Dass ich nicht lache!"

Natürlich hatte auch ihr Smartphone keinerlei Empfang, zeigte dafür aber eine neue schwindelig machende Zahl an entgangenen Anrufen und noch mehr Nachrichten an. Aber wenn doch Nachrichten und Anrufe ankamen, musste doch Empfang da sein. Oder nicht? Mit dem Smartphone in der Hand suchte sie jeden Quadratzentimeter des Cottages nach Empfang ab. Sie krabbelte auf dem Boden, hielt das Smartphone an die Decke. Lief damit ums Haus. Selbst zum Dachfenster hielt sie es hinaus. Kein Empfang. Das gab es doch alles nicht! Einmal mehr löschte sie im Anschluss alles, ohne irgendetwas zu lesen oder abzuhören. Inzwischen schlich sie wie auf Glatteis in die Küche, das Knie so wenig wie möglich abwinkelnd. Es pochte und rumorte vor

Schmerzen.

Himmel tut das weh! Dort fand sie wenigstens auf Anhieb den Erste-Hilfe-Kasten, auf den sie bei der Suche nach der Schere zufällig gestoßen war. Das nicht kleben wollende Pflaster, das sie zutage förderte, war der Tropfen, der das Fass ihres Zorns zum Überlaufen brachte. Laut fluchend, mit dem gesunden Fuß aufstampfend, warf sie den kompletten Erste-Hilfe-Kasten zu Boden. Das poröse Plastik des Kastens sprang sauber in der Mitte auseinander. Eine Flut aus alten Binden, Sicherheitsnadeln und diversen anderen Dingen ergoss sich zu ihren Füßen. Mit energischen Schritten, den Schmerz im Knie ignorierend, schnappte sie sich ihrer Einkaufstasche nebst Portemonnaie, zischte Doc ein „Gassi" zu und machte sich auf den Weg. Hinter ihr fiel die Haustür mit einem dumpfen Knall ins Schloss, gefolgt von einem Scheppern.

Warum um alles in der Welt bin ich auf einmal so ein Tollpatsch?

Ihr ironisches Lachen ließ Doc den Schwanz einklemmen. Die Ohren angelegt, trottete er ergeben neben ihr her. Wenn ihr dieser Schotte jetzt in diesem Moment über den Weg lief, dann Gnade ihm Gott. Sie hatte nicht übel Lust, ihn mit bloßen Händen zu erwürgen.

„Pah. Moderner Komfort!" Ihre Augen blieben an dem schiefen Tor des Schuppens hängen, der sich an die Wand des Cottages schmiegte. Neugierig trat sie näher. Warf einen Blick durch den Spalt der sichtlich verzogenen hölzernen Schuppentür. Im Halbdunkel meinte sie, die Umrisse eines Fahrrads ausmachen zu können. Mühsam zerrte sie die Tür auf, um sich den Haufen Gerümpel näher anzusehen. Es handelte sich tatsächlich um ein Fahrrad, das sie entdeckt hatte. Ohne Staub, Schmutz oder diversen Spinnen Beachtung zu schenken, zog sie besagtes Teil ins Freie.

Das Licht im Schuppen ließ nämlich, wie so vieles, ebenfalls zu wünschen übrig. Eine genauere Begutachtung war so nicht möglich. Es war ein in die Tage gekommenes, etwas rostiges Herrenrad. Die Reifen hatten zu wenig Luft aber mit der passenden Fahrradpumpe würde sie dieses Problem gleich aus der Welt geschafft haben. Außerdem müssten die porösen Reifen ein Leichtgewicht wie sie noch aushalten können. Mit der Hand wischte sie die Spinnenweben weg. Beherzt schnappte sie dabei ein beachtlich großes Exemplar eines Weberknechts am Bein und trug diesen ein kleines Stück weg. Schließlich entließ sie ihn in die Freiheit. Nach einem weiteren viertelstündlichen Kampf mit der Fahrradpumpe hatte sie einen passablen Untersatz. Vor allem fahrbar. Ob das Herrenrad wohl ihrem Vermieter Alasdair Munro gehörte? Der Größe nach könnte es hinkommen.

Gut für sie. Munro war so ziemlich der erste Mann, der sie deutlich überragte. Alex war gerade so groß wie sie selbst. Dafür hasste er es immer, wenn sie ihre High Heels trug. Die Einkaufstasche hängte sie an den Lenker. Für den Gepäckträger hatte Lou ebenfalls im Schuppen einen alten Weidenkorb gefunden, welchen sie dort festklemmte. Ungelenk schwang sie sich über die Stange auf den Sattel. Doc sprang in freudiger Erwartung auf einen Spaziergang voraus. Sie folgte ihm zuerst recht wackelig, fast als würde sie über unebene Steine fahren. Doch mit jedem zurückgelegten Meter wurde sie sicherer. Wenngleich ihr Knie immer wieder schmerzte. Zumindest blutete es nicht mehr.

Dafür bot es allerdings einen wunderbar farbigen Anblick. Der Zauber der Landschaft um sie herum nahm ihren Blick jedoch so gefangen, dass sie an nichts mehr dachte, außer an perfekte Stellen zum Malen oder an Jamie und Claire, die sich liebkosend in der Wiese herumrollten. Ihre Wut auf Alasdair Munro, war zumindest für den Moment verraucht. Vielleicht würde es im Ort ja einen Pub geben, in dem sie ein warmes Mittagsessen einnehmen konnte. Wer wusste schon, ob sie dort nicht auch auf einen netten gut aussehenden Schotten im Kilt traf? Hieß es nicht, dass jedes noch so kleine Dorf in Schottland einen eigenen Pub hatte? Oder nicht?

Das verbrannte Frühstück lag ihr wie Blei im Magen. Außerdem würde sie so auch sofort feststellen können, ob es nicht doch einen Friseur gab. Keine fünfzehn Minuten später, kamen bereits die ersten Häuser des Dorfes in Sicht. Auf ihr Kommando wurde Doc langsamer, blieb dicht an ihrer Seite.

Gut erzogener Kerl!

Scheinbar hatte sie wenigstens was die Erziehung ihres Vierbeiners anging nichts falsch gemacht! Genau genommen war er auch das einzige männliche Wesen, das sie nicht bevormundete oder ihr ständig widersprach.

Am Vortag hatte sie beileibe kein Auge für irgendetwas gehabt. Sie war viel zu aufgeregt und ängstlich gewesen. Ganz zu schweigen, das sie mit ihrem Monster von Jeep zu kämpfen gehabt hatte. Umso neugieriger sah sie sich jetzt um. Ein Pub, mehrere Häuser, ein schäbiges Café mit Bäckerei sowie ein ziemlich kleiner Einkaufsmarkt, das war also Kildermorie.

„Himmelherrgottsackzement, kein Friseur. In diesem verflixten Kaff gibt es keinen Friseur", schimpfte Lou verzweifelt vor sich hin. Ihre Finger fuhren durch ihre Haarpracht, die sich völlig fremd anfühlte. Unstet schweiften ihre Augen immer noch auf der Suche umher. Die entgegenkommende Gestalt übersah sie dabei vollkommen. Lou prallte gegen den Passanten. Sie kam ins Wanken, fiel lediglich deshalb nicht vom Rad, weil eine Hand sie fest am Oberarm hielt, bis sie beide Beine auf dem Boden hatte. Erschrocken starrte sie in die ozeanblauen Augen von Alasdair Munro.

O nein. Nicht schon wieder der!

Lou konnte sehen, wie der Schotte sie unverhohlen von Kopf bis Fuß musterte. Um seine vollen Lippen lag erneut ein ärgerlicher Zug. Konnte der überhaupt freundlich aussehen? Beim Anblick ihrer Haare schoben sich seine Augenbrauen fragend in die Höhe, doch er blieb stumm.

„Entschuldigen sie bitte äh, Mr. Munro. Ich war mit den Gedanken wo anders", hörte sie sich sagen. Der Schotte wich ihrem Blick aus, kraulte stattdessen Doc die Ohren, der sich schwanzwedelnd an die Beine des großen Mannes drückte. „Wenn sie sich schon mein Fahrrad ausborgen, Mistress Scherzinger ..."

„Schulzinger. Mr. Munro, ich heiße Schulzinger. Und was Ihr Fahrrad anbelangt, ich war so frei, es wieder in einen fahrtüchtigen Zustand zu versetzen. Selbstverständlich werde ich pfleglich mit dem guten Stück umgehen", schnitt sie ihm den Satz ab. Ärgerlich spürte sie, wie ihre Wangen heiß und somit sicherlich rot wurden. Alasdair Munro streckte sich zur vollen Größe. Er erwiderte ihren Blick, wobei er wiederholt auf ihr verletztes Knie starrte.

„Aye, Lass. Sie sind selbst in einem Dorf wie diesem eine Gefahr für den Straßenverkehr. Schon mal etwas von Linksverkehr gehört? In Schottland fahren wir Links, nicht etwa mitten auf der Straße oder wie sie auf dem Bordstein", warf er ihr vor. Unfähig irgendetwas zu kontern, schnappte Lou nach Luft. Mit zitternden Knien stieg sie komplett vom Fahrrad, warf dieses gegen die Beine des Schotten.

„Und sie ... Sie haben offensichtlich nicht nur ein Freundlichkeitsproblem, sondern auch ein verfluchtes Treppenproblem", zischte Lou zornig. Auf dem Absatz drehte sie sich um, den Kopf stolz erhoben.

„Die siebte Stufe von oben?", hörte sie ihn fragen, antwortete jedoch nicht, sondern lief stur geradeaus zu dem kleinen

Café auf der anderen Straßenseite.

Sich Alasdair Munros Blicken auf ihrem Rücken bewusst, trat Lou ohne zu zögern durch die Tür des heruntergekommen wirkenden Gebäudes, das sie sonst mit Sicherheit weder betreten, noch wahrgenommen hätte. Überraschenderweise fand sie sich im Verkaufsraum einer kleinen Bäckerei wieder, in der es herrlich duftete. Verschiedenstes Gebäck lag liebevoll arrangiert hinter einem alten Glastresen in der Auslage. Alleine der Anblick genügte, um Lou das Wasser im Mund zusammenlaufen zu lassen. Donuts, Apfeltaschen und herzhaft gefüllte Teigtaschen – Bridies genannt – sah sie ebenso wie Bannockbrot. Neugierig spähte sie um die Ecke ins angrenzende Café.

Es war zwar klein, doch obwohl es wie die Bäckerei hoffnungslos veraltet wirkte, versprühte es einen gewissen Charme. Einem Charme dem sie jetzt, wo sie ihm ausgesetzt war, hoffnungslos unterlag. Zwei runde und drei eckige Tische mit hübschen Tartantischdecken warteten auf Gäste. Alles wirkte gepflegt, aufs Peinlichste sauber. An einer Wand stand ein Regal, in dem sich bereits die Böden von der Last der vielen Bücher bogen. Gleich daneben stand eine alte Jukebox. Außer ihr konnte sie lediglich einen einzigen Gast sehen. Ein Mädchen von vielleicht acht Jahren saß am Tisch in der hintersten Ecke. Es beachtete sie nicht.

Malte oder schrieb sehr konzentriert. Lou verharrte kurz, den Blick auf den braunen Lockenkopf des Mädchens gerichtet. Eine freundliche Stimme riss sie aus ihrer Betrachtung.

„Kann ich ihnen irgendwie behilflich sein?“

Lou drehte sich nach der Stimme um. Sie sah sich einer rundlichen Frau gegenüber, die ihre Hände an einer großen Schürze abrieb. Die Frau war ein mütterlicher Typ, mit kreisrunden Backen, zwei Köpfe kleiner als sie selbst.

„Ja, äh danke. Ich würde gerne etwas kaufen und dann hier im Café zu mir nehmen", antwortete sie. Freundlich erwiderte Lou dabei das einnehmende Lächeln der Frau.

„Sehr gerne. Kommen sie mit und suchen sie sich etwas aus", sagte die Frau. Lou folgte ihr zurück in die Bäckerei.

„Ist das ihrer?", fragte die Frau, während sie ohne Angst über Docs riesigen Kopf strich, der schwanzwedelnd, ohne sich zu regen, neben ihr saß.

„Ja. Ähm … ich hoffe, es ist in Ordnung, dass er mit hier drin ist?"

„Keine Sorge, solange er keine Kunden anfällt, ist das kein Problem. Wir sind hier auf dem Land", erklärte die Frau mit einem verschwörerischen Zwinkern. „Sie müssen die Deutsche sein, die Al's Cottage gemietet hat. Es ist nicht gerade das Modernste aber ich finde, es hat eine unbezahlbare Lage", plauderte die Frau fröhlich, griff nach einem Porzellanteller und sah Lou abwartend an.

Eigentlich hatte sie nicht vor, mit einer Fremden sowie Ortsansässigen über die Vor- oder Nachteile, sowie dem fehlenden modernen Komfort des Cottages zu diskutieren. Lediglich ein Unverfängliches „Äh, ja" kam über ihre Lippen. Es war ziemlich schwer, zwischen all den leckeren Dingen zu wählen, zumal ihr Bauch bereits peinlich zu knurren begann. Schließlich entschied sich Lou für ein Bridie gefüllt mit Haggis, außerdem eine Apfeltasche als Nachtisch und natürlich eine Kanne schwarzen Kaffee.

„Danke. Es ja … äh, es ist sehr nett das Cottage", murmelte sie erneut, eingeschüchtert vom fragenden Blick der Dame.

„Mein Name ist im übrigen Marge Munro. Ich bin die Mutter ihres Vermieters", erklärte die Frau und schickte sie hinüber ins Café. „Ich bringe Ihnen gleich alles zu ihrem Tisch, Lass", flötete Marge.

Ausgerechnet seine Mutter! Wieso passiert immer mir so etwas?, schoss es Lou durch den Kopf. Was für ein Glück, dass sie sich nicht über die vielen Fehler ihrer Bleibe ausgelassen hatte. Jetzt wäre sie am Liebsten davongelaufen. Da dies jedoch nun nicht mehr möglich war, ohne sich lächerlich zu machen, steuerte sie mit Doc im Schlepptau die Tische im Café an. Sie entschied sich für einen Platz direkt am Fenster.

Unter anderem um das Mädchen am hinteren Tisch nicht mit Doc zu ängstigen oder zu stören. Außerdem war sie so notfalls rechtzeitig gewarnt, sollte der Griesgram Munro auftauchen. Schließlich wusste der Kerl ja, wo sie abgeblieben war. Dummerweise im Café seiner Mutter.

Das Mädchen nahm immer noch keinerlei Notiz von ihr. Schon wieder eine Munro. Allem Anschein nach bestand das komplette Dorf nur aus Mitgliedern des Munro Clans. Ihr Blick schweifte die Straße entlang. Schräg gegenüber blickte sie auf das Schild des Pubs, der den Namen *The Green Hunter* trug. Lou nahm sich vor, ihr Abendessen dort einnehmen zu wollen. Der Duft von frischem Kaffee schmeichelte ihrer Nase im selben Moment, in dem Marge Munro bereits die bestellten Köstlichkeiten auf einem Tablett servierte. Plötzlich drang ein seltsames Gebrüll oder viel mehr die Anreihung seltsamer unartikulierter Laute an ihre Ohren.

Marge schien dies nicht zu erschrecken.

Ganz im Gegenteil zu ihr. Um ein Haar wäre ihr vor Schreck die Tasse aus den Händen gefallen. Völlig perplex sah Lou der Frau nach, die gestikulierend auf das Mädchen zueilte, welches zornig weinend Papier samt Stifte durch die Luft warf. Die Kleine antwortete ebenfalls wild gestikulierend, wedelte mit den Händen in der Luft. Entschuldigend mit der Schulter zuckend, wandte sich Marge zu Lou um:

„Es tut mir leid, Lass. Sie ist sonst nicht so. Aber die Kleine, sie ist meine Enkelin, hat eine kniffelige Hausaufgabe zu bewältigen. Kriegt dieses dumme Tier einfach nicht gemalt", versuchte sie zu erklären, während Lou beide nur verständnislos anstarrte. Marge Munro deutete Lous Blick richtig.

„Ach, ich vergesse es immer wieder. Grace ist gehörlos. Deshalb klingt ihre Sprache so seltsam."

„Vielleicht …", hob Lou an. Verstummte dann aber. Auf einmal wusste sie nicht mehr, was sie sagen sollte. Grace. Das war eine seltsame Fügung. Lous zweiter Name war ebenfalls Grace. Ein seltsames Gefühl machte sich in ihr breit. Berührte ihr Herz. Grace.

„Sie können nicht etwa einen Elefanten malen oder, Lass? Ich kann es nämlich, Gott bewahre, leider nicht", hakte Marge hoffnungsvoll nach.

Lou erhob sich und ging ohne zu zögern auf den Tisch der beiden zu. Doc folgte ihr wie immer auf den Fersen. Der große Hund legte dann, als wäre es das Natürlichste der Welt, seinen Riesenschädel mitten auf den Schoß des weinenden Mädchens. Dieses verstummte vor Überraschung augenblicklich. Zögerlich strichen die zarten Finger über Docs Kopf.

Aufmunternd leckte der Hund dem Mädchen die Hand.

„Einen tollen Kerl haben sie da, Lass. So schnell bekommt sie höchstens ihr Vater ruhig. Nicht wahr Gracy", sagte Marge und wuschelte der Kleinen liebevoll durchs Haar.

Lou erwiderte Graces Lächeln, ging vor ihr in die Hocke, um ihr auf gleicher Augenhöhe zu begegnen.

„Darf ich?", formte Lou besonders deutlich mit den Lippen. Marge klopfte ihr anerkennend auf die Schulter. Das Mädchen schob ihr ein Blatt Papier sowie einen angebissenen Holzstift entgegen. Lou lächelte. Das tat sie selbst heute noch. Holzstifte am Ende annagen, wenn sie sich konzentrieren musste oder überlegte.

An Marge gewandt erklärte sie ihr Tun. „Ich kann leider

keine Gebärdensprache. Aber es genügt, wenn mir Grace einfach nur zusieht. Es gibt für Kinder einen ganz einfachen Trick, Tiere aller Arten zu zeichnen. Die Tiere bestehen aus Kreisen, Ovalen, Quadern oder Dreiecken, die man einfach geschickt miteinander verbinden muss. Dann radiert man die Behelfslinien einfach weg", erläuterte Lou ihr Tun.

Geübt begann sie mit einem großen Kreis. Ermutigend gab sie Grace zu verstehen, dass sie es ihr nachmachen sollte. Bald schon erarbeiteten sie sich so in einträchtigem Schweigen einen stattlichen Elefanten. Marge brachte ihr ihren Kaffee und das Essen an den Tisch des Mädchens. So konnte Lou nebenher essen, wenn Grace ihren Schritt zeichnete. Nach dem der Elefant fertig war, machten sie bei diversen anderen Tieren weiter, da es ihnen beiden Spaß bereitete. Lou konnte sich nicht erinnern, wann sie sich zuletzt so glücklich gefühlt hatte wie just in diesem Moment mit Grace.

„Sie haben ein gutes Händchen mit Kindern, Lass."

„Dankeschön, Mrs. Munro. Nennen sie mich ruhig Lou", antwortete sie verlegen. Marge Munro lachte fröhlich.

„Lass, ist ein Kosename für Mädchen. Aber Lou ist auch ein schöner Name. Ist es die Abkürzung von Louisa?"

Lou lächelte zurück, schüttelte verneinend den Kopf.

„Leider nein. Es kommt von Louise."

Marge winkte ab. „Aye. Ich verstehe. Aber so schlimm ist der Name gar nicht. Nenn mich doch bitte einfach nur Marge. Sei mir nicht böse, Lou. Aber was deine Haare angeht …", sie schnalzte missbilligend mit der Zunge. „Ist das die neuste Mode? Es sieht nicht wirklich ansprechend aus, fürchte ich, meine Liebe", sagte sie.

Lou schossen die Tränen in die Augen. Ratlos zuckte sie mit der Schulter. „Ich hatte gehofft, es gäbe einen Friseur …", presste sie bedrückt hervor.

Marge winkte ab.

„Leider nicht, Lou. Aber ein Grund zum Weinen ist es nun auch nicht. Keine Bange, wir finden eine Lösung. Ich bin überzeugt!" Marge war ihr sympathisch. Zu sehr erinnerte die mollige kleine Frau Lou an das, was ihr fehlte.

O Mama. Jetzt könnte ich dich wirklich brauchen!

Die Kleine hingegen war einfach nur süß. Wie konnte so ein Griesgram wie Alasdair Munro so eine liebenswürdige Mutter sein Eigen nennen. Wie um alles in der Welt war er außerdem zu so einer entzückenden Tochter gekommen? Und wo um Himmels willen war die Mutter?

Warum musste ausgerechnet ihm so etwas passieren. Eine Frau statt einem Mann. Daingead cac! Eine Frau die ihren ganzen Hausstand samt Ziegeln mit dabei hatte. Dieses elendige Frauenzimmer. Er hätte es besser wissen müssen. Schließlich fuhr er seit etlichen Jahren Touristen aus aller Herren Länder, meist waren es Frauen, zu den Sehenswürdigkeiten seiner Heimat. In Scharen kamen die Frauen auf der Suche nach den berühmten Romanhelden und seit die Highland-Saga *Outlander* verfilmt worden war, kamen noch mehr. Was einerseits gut war, den es brachte mehr Einnahmen. Andererseits hatten diese Touristen aberwitzige Vorstellungen vom Schotten an sich. Diese reichten von muskulös und ständig Kilt tragend, bis mit nacktem Oberkörper Touristinnen rettend. Diverse Whiskymarken hatten sich dies für ihre Werbung längst zu Nutzen gemacht.

Alasdair persönlich konnte den Namen Jamie nicht mehr hören. Zum wiederholten Mal fragte er sich, wieso seine Mieterin nicht einfach auch eine dieser Serienkulissen Rundreisen mitgemacht hatte, anstatt ihm auf die Nerven zu gehen. Augenscheinlich war sie ja keinen deut besser, suchte ebenfalls nach dem angeblichen Aushängeschild der Schotten. Zumindest wenn er ihre Blicke ihm gegenüber richtig deutete. Eine lebendig gewordene Barbiepuppe. Der größte Teil von Louise Schulzinger erinnerte ihn jedenfalls genau daran. Ärgerlich hielt er das alte Fahrrad umklammert. Verflucht, sein Schienbein würde höchstwahrscheinlich am nächsten Tag in wunderbaren Blautönen erstrahlen.

Eigentlich war es ihm nicht um den rostigen Drahtesel gegangen. Wenn Alasdair ehrlich zu sich selbst war, hatte ihn ihr Anblick eiskalt erwischt, sogar regelrecht schockiert. Die platinblonden Haare vom Vortag waren einem hellbraunen Haarschopf mit einer katastrophalen Frisur gewichen. Einer schrecklichen Mischung aus Tina Turner für Arme, gepaart mit einem Hochlandrind. Louise Schulzinger hatte nicht ein bisschen Ähnlichkeit mit seiner Exfrau, dennoch hatte er im ersten Moment gedacht, Felicitas auf seinem alten klapprigen Fahrrad zu sehen. Ja, verdammt. Es hatte den Überresten seines Herzens einen fiesen kleinen Stich versetzt, die fremde Frau so zu sehen. Jetzt war diese zu allem Übel auch noch in seinem eigenen Café verschwunden.

Marge würde ihn umbringen, wenn sie erfuhr, wie er mit der Deutschen umgesprungen war. Was um alles in der Welt brachte ihn an dieser Frau so derart dazu, die Fassung zu verlieren. Sie war noch nicht einmal ansatzweise der Frauentyp, aus dem er sich etwas machte. Missmutig schob Alasdair das Fahrrad über die Straße und lehnte es gegen die Hausmauer des Cafés. Seit den frühen Morgenstunden war er auf den Beinen. Erst mehrere Stunden in der Backstube, dann auf einer der weiter entfernten Weiden, um nach den Schafen zu sehen. Er hatte Zäune sowie etliche Gatter repariert, um sie in Schuss zu halten.

Jetzt war er nur hier, um Mittag zu essen und Grace zu fragen, wie es in der Schule gelaufen war. Seit Neustem hatte seine Kleine diverse Probleme mit einer Lehrerin. Manchmal fragte er sich beklommen, ob er sie falsch erzogen hatte.

Es war nicht einfach, Vater und zugleich Mutter zu sein. Ihm fehlte definitiv eine weibliche Seite, das war sogar ihm klar. Er war nun mal kein Mann mit Sinn für viele Worte oder Weiberkram. Wie oft hatte seine Exfrau seinen Mangel an Romantik beklagt. Alasdair war schon seit jeher eher ein Mann fürs Grobe gewesen. Seit Grace in der Schule war, wirkte sie noch verschlossener als zuvor. Eine Auster war ein Klacks gegen seine Tochter. Er wusste, dass sie ihm längst nicht alles erzählte, was sie belastete. Ständig kam sie mit neuen blauen Flecken heim. Er fühlte sich völlig hilflos. Die Gehörlosenschule in Inverness war teuer. Dennoch war es, sah man von einer Operation ab, die einzige Chance für Grace. Er hatte sich geweigert, Grace operieren zu lassen, dabei wusste er, dass so eine Operation längst ein Routineeingriff gewesen wäre, den zudem die Krankenkasse übernommen hätte.

Grace hätte eine reale Chance, wieder hören zu können. Aber sie konnte auch bei solch einem Eingriff sterben. Eine Operation war schließlich kein Spaziergang. Dieses Risiko war ihm einfach zu hoch erschienen. Demnächst würde er vermutlich gezwungen, sein Café samt der Bäckerei zu verkaufen. Gleich, nachdem er das Einzige, woran sein Herz hing, ebenfalls verkauft hatte. Seine Harley Davidson 74 Knucklhead, sein Baby. An der er nicht nur hing, weil sie ein echtes Liebhaberstück mit Seltenheitswert war, sondern weil der Kiltgürtel seines Urahnen väterlicherseits, ein Erbstück der Familie, um den Tank herum eingearbeitet worden war, ebenso wie eine Brosche, die jetzt den Tankdeckel krönte.

Allein der Erinnerungswert der Maschine war mit keinem Geld der Welt aufzuwiegen. Leider hatte er Verantwortung. Verantwortung für seine Kleine ebenso wie für seine Eltern, die auch nicht mehr die Jüngsten waren. Doch wenn Grace eine Zukunft haben sollte, blieb ihm nichts anderes übrig.

Wenn er wenigstens wüsste, was er falsch machte. Wieso erzählte ihm sein Mädchen nicht, was sie bedrückte? Marge wollte und konnte er damit nicht belasten. Sie tat ohnehin bereits viel zu viel. Ihre Ratschläge waren unbezahlbar, halfen ihm jedoch längst nicht immer.

Und sein Vater war ihm bei derlei Fragen keine Hilfe. Mit Grübeln beschäftigt, betrat er den Laden. Marge bediente gerade Stuart, nickte ihm zu. Sobald Stuart ging, würde sie ihm sein Essen bringen, wie jeden Mittag um diese Zeit. Zielstrebig ging er ins Café hinüber, blieb dann verdutzt mitten in der Tür stehen. Ihm war, als würden ihm seine Augen auf einmal einen Streich spielen, so fremd war die Szene, die sich ihm darbot. Louise Schulzinger mit seiner Tochter Grace, die Köpfe einträchtig zusammengesteckt, arbeiteten konzentriert an etwas, das auf dem Tisch lag.

„Da staunst du, Al", flüsterte Marge, die neben ihn getreten war, verschwörerisch. Er konnte den Blick nicht von den beiden abwenden. Soeben nahm die Fremde Grace einen Stift aus der Hand, um ihr etwas zu zeigen. Nicht genug, das Grace sich von ihr anfassen ließ. Nein, sie sah dabei sogar regelrecht glücklich aus. Plötzlich klatsche die Kleine begeistert in die Hände.

„Was zum …?", stieß er völlig befremdet aus.

„Lou war so freundlich, mir aus der Klemme zu helfen. Du weißt doch, dass ich nicht zeichnen oder malen kann, aye. Gracy sollte einen Elefanten zeichnen. Eine kniffelige Hausaufgabe."

„Lou?"

„Louise, die Deutsche. Eine zauberhafte Frau. Ich dachte schon, Gracy lässt sich vor Verzweiflung nicht mehr beruhigen. Dann kam sie. Jetzt zeichnen die beiden bereits eine ganze Weile. Du bist heute spät dran. Wie lange bist du den bereits vor dem Laden gestanden, Junge?"

„Scheinbar zu lange. Meinst du nicht, dass die A' gearmail-teach auch noch etwas anderes zu tun hat, als deine Enkelin zu hüten, Marge", brummte er unwirsch, machte sich auf den Weg zum Tisch. Tatsächlich bekam er beim Anblick der beiden Panik. Nackte Panik. Dieses elendige Weib rief Gefühle in ihm wach, die er nicht wollte. Gefühle, die er sich verdammt noch mal nicht leisten konnte. Er wurde wütend.

Dabei gab es keinen vernünftigen Grund, so zu empfinden. Alasdair hatte das Gefühl, vor Wut zu schnauben wie ein gereizter Stier. Mühevoll beherrscht, baute er sich direkt neben dem Tisch auf. Die Fremde zuckte erschrocken zusammen. Ihr sympathisches Lächeln gefror zu einer gekünstelten Grimasse. Grace hingegen strahlte ihn unerschrocken und überglücklich an.

„Sieh mal Pa, was mir Lou gezeigt hat. Dafür gibt mir Mrs. Dunnen sicherlich eine Zwei mit Sternchen. Lou hat gesagt, sie würde sogar einmal mit mir zur Schule gehen. Ist das nicht toll von ihr, Pa?", erklärte seine Tochter in der Gebärdensprache mit fliegenden Fingern, sodass Alasdair sich gezwungen sah, ihre Hände festzuhalten.

Verständnislos, wie große glänzend blaue Murmeln, blickten ihn Graces Augen an. Es bereitete ihm unsägliche Schmerzen, seinem Mädchen wehtun zu müssen. Andererseits konnte er nicht zulassen, dass eine Fremde, eine Touristin, die nur für kurze Zeit hier in Schottland zu Gast war, ihrer beider Leben auf den Kopf stellte.

Daingead! Weder Graces Herz, noch sein eigenes konnten sich auf eine Frau einlassen, die außer von Mode und Schmuck vermutlich von nichts eine Ahnung hatte. Keine Gefühle – keine Schmerzen.

„Danke für ihre Hilfe, Mistress Schulzinger", presste er mühsam beherrscht hervor. Ohne auf Graces Gebärden zu achten, packte er ihre Stifte zurück ins Mäppchen.

„Keine ...“, entgegnete die Deutsche, räusperte sich „... keine Ursache, Mr. Munro“, stotterte sie. Sie erhob sich so ruckartig, dass der Stuhl mit einem lauten Knall umfiel.

„Das Fahrrad steht draußen“, erwiderte er ruhig.

Louise Schulzingers Gesicht wurde hart. Ihre Augen blitzten ihn regelrecht an. Ohne ihn weiter zu beachten, wuschelte sie einmal liebevoll durch Graces Haar.

„Danke“, murmelte sie, nahm Marge das eingepackte Brot aus den Händen, das diese ihr mit entschuldigendem Achselzucken entgegenhielt. Selbst der Hund trottete mit schicksalsergebenem Blick hinter seinem Frauchen her.

Der Teufel hole dieses Weibsbild, dachte Al ärgerlich.

Einen Moment später stellte Marge den Teller mit seinem Mittagsessen mit einem lauten Klirren vor ihm auf den Tisch, das aus ihrer Laune keinen Hehl machte.

„Was ist, Mutter?“, knurrte Alasdair.

„Nicht alle Frauen auf Gottes Erde sind wie deine Exfrau, Al. Was hat dir die arme Frau getan, dass du dich so daneben benehmen musstest?“

„Ich habe mich nicht ...“

„Und ob. So habe ich dich nicht erzogen. Dein Vater wäre entsetzt über deine schlechten Manieren, aye!“, fiel ihm seine Mutter ins Wort.

Lou floh regelrecht aus der kalten Atmosphäre des Cafés. Das Heimelige war im selben Moment verschwunden, in dem Alasdair Munro das Café betreten hatte. Mit zitterigen Fingern schnappte sie sich das klapprige Herrenrad, welches an der Hauswand lehnend auf sie wartete. Was für ein furchteinflößender Mensch dieser Schotte war. Dabei sah er trotz seiner großen Narbe auf der einen Wange, der fehlenden Rasur, sowie den verschmutzten Arbeitskleidern keineswegs schlecht aus. Für einen Romanfiesling würde er ausreichen. Definitiv hatte er etwas Männliches, Draufgänge-risches an sich. Vielleicht lag es auch daran, dass Alasdair Munro das komplette Gegenteil von Alexander war.

Alexander war ein Charmeur, ein Frauenschwarm. Ver-mutlich fiel ihr dieser Schotte deshalb so ins Auge, weil er all das nicht wahr. Alasdair Munro war durch und durch ein Macho, daran hatte sie keine Zweifel. Er strahlte Unnahbar-keit ebenso aus, wie etwas Gefährliches. Der Kerl war so groß, dass er sie, selbst wenn sie ihrer High Heels trug, noch überragen würde. All dem zum Trotz, hatte er auch etwas Weiches, Verletzliches an sich.

Ein Mann mit einer schmerzlichen Vergangenheit?
So wie ich eine Frau mit gebrochenem Herzen bin?

Dummerweise schien Alasdair Munro auch ein absolutes Arschloch zu sein. Im Stechschritt steuerte Lou das winzige Lebensmittelgeschäft an, um ein paar Einkäufe zu tätigen. Nachdem sie Doc vor dem Laden neben dem Fahrrad fest-gebunden hatte, trat sie in das schummrige Innere. Er be-stand aus einem einzigen Raum, in dem überladene Regale, die vom Boden bis zur Decke gingen, die Vorherrschaft hatten. Der alte Linoleumboden quietschte bei jedem ihrer Schritte.

Trotzdem gab es hier alles, was das Konsumherz höher-schlagen ließ. Einkaufswagen gab es keine. Dafür jedoch eine bunte Auswahl an verschiedensten Körben in unter-schiedlichsten Größen. Lou nahm sich einen davon.

Gemächlich schlenderte sie durch die Regalreihen, ließ das Sammelsurium aus Waren auf sich wirken. Bald schon war der Korb überladen mit Keksen, Schokolade, Fudge, Tee, Kaffee, Bier und einer weiteren Flasche Whisky, an selbiger Lou einfach nicht vorbeigekommen war.

Schottland macht aus dir noch einen Säufer, Lou, unkten ihre Gedanken. Leise antwortete sie sich selbst: „Wohl eher deine verkorkste Familie!"

An der Kasse gönnte sie sich schließlich noch ein Eis. Schwer beladen verließ sie den Laden und verstaute zwei der Tüten mit ihren Einkäufen im Korb auf dem Gepäckträger. Die anderen beiden hängte sie rechts ebenso wie links an den Lenker. Langsam spazierte sie mit Doc an ihrer Seite zurück zu ihrem Feriendomizil.

Alasdair Munro, der sie vom Sitz eines alten Traktors aus beobachtet, ignorierte sie dabei demonstrativ. Es wurde ein langer Weg. Was unter anderem daran lag, das gleichzeitig Eis zu lecken, und ein schwer beladenes Fahrrad mit einer Hand im Gleichgewicht zu halten, denkbar schwierig war.

Mehr als einmal war Lou versucht, das Eis einfach wegzuwerfen. Schließlich blieb sie bei einem großen Stein direkt am malerisch gelegenen See stehen. Sie stellte ihr Gefährt ab und aß erst einmal genüsslich ihr Eis, während sie auf einem Stein sitzend, die Beine baumeln ließ. Die Sonne ließ das Wasser in herrlich strahlendem Blau leuchten. Unwillkürlich musste sie an die Augen von Grace denken. Schwer zu glauben, dass die Kleine tatsächlich Alasdair Munros Tochter war. Leider sah sie ihrem Vater so ähnlich, dass dieser sie schwer leugnen konnte. Ein lauter Seufzer stahl sich von ihren Lippen. Plötzlich überkam sie Sehnsucht. Sehnsucht nach ihren Kindern. Hektisch zerrte Lou ihr Smartphone aus der Hosentasche. Wieder befanden sich mehr als zwanzig Mitteilungen auf ihrer Mailbox. Sekundenlang schwebten ihre Finger über dem Befehl zum Löschen.

Dieses Mal brachte sie es nicht übers Herz, treudoofe Ehefrau und liebende Mutter, die sie war. Wie nicht anders zu erwarten war über die Hälfte der Mitteilungen von Alexander. Er flehte sie an zurückzukommen, weil ohne sie alles im Chaos versank, nur um sie im selben Atemzug als untreue, unsensible Schlampe zu bezeichnen. Die restlichen Mitteilungen waren von ihren Söhnen Philipp und Richard, die sich dabei übertrafen, ihr Vorwürfe zu machen. Einzig die letzte Nachricht ließ sie Hoffnung schöpfen. Sie war von Tobi, der ihr den Kopf zurechtrückte, in dem er ihr erklärte, dass sie ja nicht vor Ablauf der zwei Monate wieder auftauchen sollte! Ihre Familie sei völlig verwöhnt, suhle sich im Selbstmitleid. Ansonsten wäre jedoch alles ganz beim Alten.

Und ob sie schon ihrem schottischen Romanhelden über den Weg gelaufen wäre? Außerdem hatte er mit ihrer Galeristin Kontakt aufgenommen. Es war alles in die Wege geleitet, um ihr den Ertrag der verkauften Bilder auf ihr geheimes Postbankkonto zukommen zu lassen. Wiedererwarten war die letzte Vernissage gut verlaufen. Fast nahezu alle ihre Kunstwerke hatten einen Käufer gefunden. Sein „Damit du in Schottland nicht Hunger leiden musst!" ließ sie die Tränen, die eben noch kommen wollten, vergessen.

Erleichterung machte sich in ihr breit. Was Alexander nicht wusste, war, dass sie bereits seit Jahren wieder sehr erfolgreich im Geschäft war. Sie malte wieder, ebenso wie sie hier und da kleine Werbeaufträge annahm. Auf ihrem Sparbuch hatte sich bereits eine stolze Summe angespart. Angst vor einer Zukunft ohne Mann brauchte sie zumindest nicht haben. Plötzlich verspürte sie keine Sehnsucht mehr nach ihrem Zuhause oder nach Deutschland.

Das Wasser des Lebens

Der heutige Tag hatte Alasdair seine letzte Kraft geraubt. Es hatte ewig gedauert, bis er Grace im Bett gehabt hatte. Die Kleine hatte getobt, sich kaum beruhigen lassen. Eines ihrer leidigen Themen dabei war der Wunsch nach einer Mutter gewesen. Nach außen hin machte er bei diesem Thema immer eine souveräne Figur, obwohl es in seinem Inneren keineswegs so aussah. Felicitas war wie eine schwärende Wunde, die nicht heilen wollte. Erst als er zwei der gemalten Bilder von dieser Fremden über Graces Bett gepinnt hatte, gab sie Ruhe. Dennoch war noch etliche Zeit vergangen, bis seine Tochter eingeschlafen war.

Verflucht sei dieses deutsche Frauenzimmer!

Die Tierbilder die Grace mit der A' gearmailteach gemalt hatte, prangten wie ein Mahnmal über ihrem rosa Himmelbett, das er einst für sie gezimmert hatte. Stundenlang hatte er mit seiner Tochter diskutiert, wieso und warum er keine fremde Frau in ihrem Leben duldete. Und warum er sich nicht von einer Achtjährigen zu einem Date drängen ließ.

Zuerst hatte er versucht, sachlich und für seine Verhältnisse sogar sehr ruhig, an Graces Bitte heranzugehen. Zum Ende hin wurde er allerdings ziemlich ungehalten, konnte sich nicht mehr beherrschen. Was unter anderem daran gelegen hatte, das selbst Marge sich gegen ihn verschworen hatte.

„Du musst ja nicht gleich mit Lou ins Bett steigen", war ihr völlig unpassender Kommentar. Als ob er es nötig hätte, mit einem dahergereisten fremden Weibsbild, das ihn ansah, als wäre er die Ausgeburt des Teufels, ins Bett zu steigen.

Heiliger Michael, er fand Louise Schulzinger noch nicht einmal attraktiv. Daran hatte auch ihr verändertes Äußeres nichts aber auch gar nichts geändert.

Er war eine Stunde mit seiner Harley durch die Gegend gefahren, um im Anschluss zu Fuß zum Pub zu gehen. Ärgerlich schweiften seine Augen durch den spärlich besuchten Gastraum. In einem Zug kippte er sein komplettes Bier hinunter, wischte sich den Schaum am Ärmel seines karierten Holzfällerhemdes ab. Gordon ebenso wie Evan ließen nicht locker, versuchten ihn wiederholt zum Darts zu überreden. Mürrisch lehnte er ab, was die Männer mit Johlen quittierten.

„Die Hosen voll, Al?", unkte Stuart, während der Rest lauthals loslachte. Urplötzlich kippte die Stimmung. Die Männer pfiffen, plusterten sich auf. Derbe gälische Witze machten die Runde. Alasdair hätte seinen Allerwertesten darauf verwetten können, dass soeben eine Frau den Pub betreten hatte. Ein ungutes Gefühl breitete sich in seiner Magengegend aus. Der Drang sich umzudrehen, um zu sehen welche Frau, war fast unbezwinglich. Schließlich gab es in Kildermorie nicht gerade viele Frauen, die so ein Benehmen bei den Laddies auslösten. Doch im nächsten Moment war dies nicht mehr nötig. Er konnte hören, wie Louise Schulzinger sich nach dem Tagesessen erkundigte. Dabei machte sie sich sofort unbeliebt, da sie tatsächlich nachhakte, ob denn der Schellfisch der Fisch & Chips fangfrisch wäre.

Alasdair schmunzelte in sein Bier. Er musste nicht erst zum Tresen blicken, um Duncan Menzies vom Zorn rotes Gesicht zu sehen. Er hatte dies bereits oft genug erlebt, um es sich bildlich vorstellen zu können. Louise Schulzinger schien mit Duncans Antwort zufrieden zu sein. Zumindest hörte er sie das Tagesessen, das Hausbier, sowie einen Whisky bestellen. Aus den Augenwinkeln konnte er sie direkt am Tresen sitzen sehen, der Hund lag der Länge nach zu ihren Füßen. Unaufgefordert ließ sich Gordon auf der Bank neben ihm nieder.

„Hast du etwas dagegen, wenn wir der Kleinen etwas schottische Gastfreundschaft entgegenbringen, Al?", fing Gordon an, stieß ihn freundschaftlich an der Schulter.

„Sollte ich?", antwortete er einsilbig.

„Dachte, wo sie doch deine Mieterin is ... Ich würd sie nich von der Bettkante stoßen", bemerkte Gordon mit einem anzüglichen Grinsen, die Augen begehrlich auf die Touristin gerichtet, die er von oben bis unten ansah.

Streng genommen konnte er es den Männern nicht verübeln. Fremde Frauen verirrten sich zu dieser Zeit der Saison eher selten bis gar nicht nach Kildermorie. Obwohl ihr Dorf nicht weit von Inverness entfernt lag. Aber außer Natur gab es hier eben nichts. Im nächsten Moment erhob sich Gordon, nur um sich ziemlich dicht neben Louise, die offensichtlich fertiggegessen hatte, aufzubauen.

Aus den Augenwinkeln konnte er sehen, wie sie kurz auf Gordons T-Shirt und seinen Kilt sah. Mit Genugtuung nahm Alasdair wahr, wie Louise seinen Kumpel in die Schranken wies.

Deutlich rückte sie von ihm ab. Tja, bei ihr schien Gordons T-Shirt keine Wirkung zu zeigen. *Ich bin zwar kein Fraser, aber wenn ihre Hände warm genug sind, dürfen sie trotzdem unter meinen Kilt fassen!*, stand dort. Ein T-Shirt, das er niemals anziehen würde, da die Touristinnen sowieso kaum auf Abstand zu halten waren, wenn er einen Kilt trug.

„Schlaues Mädchen", nuschelte er in sein nächstes Bier. Seine Freunde ließen es sich nicht nehmen, der Deutschen ein neues Bier sowie einen weiteren Whisky auszugeben.

Zu guter Letzt gelang es ihnen allen gemeinsam, die ahnungslose A' gearmailteach zu einer Partie Darts zu überreden. Alasdair konnte sehen, dass sie sich sichtlich unwohl fühlte zwischen all den Männern und der geballten Ladung Testosteron, die sie verströmten. Ganz zu schweigen davon, dass der Alkohol seine Wirkung entfaltete. Louise Schulzinger kicherte etwas zu oft und es fiel ihr sichtbar schwer, nicht zu schwanken. Sie stand mit dem Rücken zu seinem Platz und hatte ihn nach wie vor nicht wahrgenommen. Er musste zugeben, dass sie heute Abend verdammt gut aussah in ihrem geblümten Kleid, das züchtig bis über die Knie ging. Eine verwaschene Jeansjacke komplettierte ihre Garderobe.

Nun gut, die festen Doc Martin Stiefel an ihren Füßen wären jetzt nicht seine erste Wahl zu diesem Kleid gewesen, ganz zu Schweigen davon, dass er niemals gedacht hätte, dass sie so etwas überhaupt tragen würde, aber seltsamerweise passte es zu ihr. Die verschandelten Haare hatte sie mit einem breiten roten Haarband gebändigt, das sie wie einen Haarreif trug. Alasdair revidierte in Gedanken seinen Vergleich mit einer Barbiepuppe. Er ertappte sich dabei, wie er auf ihr aufgeschlagenes Knie starrte. Verärgert über sich selbst, rieb er sich die müden Augen. Evan, der Louise Schulzinger gerade mal bis zur Brust ging, zeigte ihr geduldig, wie man die Dartpfeile warf. Schließlich wagte die Frau es selbst, versenkte dabei allerdings den Pfeil prompt in Stuarts Bierglas.

Die Männer johlten vor Lachen. Den zweiten Pfeil musste der größte der Männer dann auf der Dartsscheibe suchen. Das versprach ein lustiger Abend zu werden. Nach einer weiteren Stunde trafen die Pfeile der Deutschen immerhin die Scheibe. Allerdings war sie dafür ziemlich angetrunken, ebenso wie die Männer, die mit ihren Flirtversuchen immer mehr in die Offensive gingen. Gordons Hände lagen seiner Meinung nach zu oft genießerisch tätschelnd auf Louise Schulzingers Kehrseite. Diese war jedoch so angetrunken, dass sie Gordon nicht in die Schranken wies.

Ganz schlecht, Lass. Ganz schlecht!

Doc hatte längst Schutz unter seinem Tisch gesucht, lag über Alasdairs Füßen. Beständig sahen ihn die treuen Hundeaugen an.

„Sie ist nicht mein Problem, Kumpel", erklärte er dem Hund, während er vernehmlich rülpste. Der Blick schien ihm zu sagen: „Doch ist sie. Wir sind deine Mieter. Bitte tu etwas, Freund!"

Bevor er selbst wusste, was er da eigentlich tat, griff er beherzt ein. „Ich denke, Mistress Schulzinger hat für heute genug, Laddies!", sagte er laut, mit fester Stimme, ohne es an jemand bestimmten zu richten und erhob sich. Entschlossen wand er die schwankende Lou aus Gordons Umarmung.

„Willst die Kleine jetzt doch für dich, Al? Kommt nich infrage. Verdirb mir doch nicht den Spaß …", knurrte Gordon mit erhobener Faust.

„Lass gut sein, Gordon. Du bist besoffen. Ich hingegen nur angetrunken!", warnte Alasdair und hielt Lou problemlos fest, indem er einen Arm um ihre schmale Hüfte schlang.

„Is nich deine Bonnie Lass!", protestierte Gordon.

„Aye. Deine aber auch nicht, Gordon!", stellte Alasdair sachlich fest. Der Hund, dem der Streit scheinbar nicht geheuer war, begab sich gefährlich knurrend zwischen die beiden Männer.

„… haben sooooo schöne Augen, Al", lallte die Deutsche kichernd und vergrub prompt ihr Gesicht in seiner Halsbeuge, während sie mit ungelenken Schritten neben ihm her stolperte. Das spärliche Licht der Straßenlaterne offenbarte ihm den Ansatz ihrer Brust. Es fiel ihm zunehmend schwerer, Abneigung für die Frau in seinen Armen zu empfinden.

Eine Litanei an gälischen Flüchen lag ihm auf der Zunge. Mühsam versuchte er, einen klaren Gedanken zu fassen und konzentrierte sich darauf, wie er Louise Schulzinger zurück in ihr Bett bringen sollte, ohne der immensen Versuchung zu erliegen, ebenfalls dort zu landen. „Herr im Himmel, warum führst du mich so in Versuchung", stieß er unwirsch aus. Gerade noch rechtzeitig wich er Lous Lippen aus, die sich liebkosend auf die seinen zubewegten.

„Bist gar kein Griesgram … magst du mich nicht ein wiiiinziges bisschen", säuselte sie dabei. Ihm brach der kalte Schweiß aus, seine Nackenhaare stellten sich auf. *Daingead.*

Er musste sie loswerden, so schnell wie nur irgendwie möglich. Seine Hose spannte bereits unangenehm im Schritt. *Verfluchtes Frauenzimmer!* Ohne großes Federlesen warf er sich Louise Schulzinger über die muskulöse Schulter, als wäre sie ein Sack Futter. So schnell ihn seine Füße trugen, eilte er den Weg zum Cottage entlang. Die komplette Strecke lang kicherte die Deutsche unentwegt in seine Ohren, erzählte wirres Zeug. Dieses Frauenzimmer machte ihn wahnsinnig! Er wusste nichts über sie. Nur das sie aus Deutschland kam, außerdem trug sie unübersehbar einen Ehering am Finger.

Ein Ehering am Finger ist ein Grund aber noch lange kein Hindernis! Das war Evans Standardspruch. Für ihn selbst galt dieser Spruch nicht. Felicitas war ihm eine Lehre gewesen. Niemals würde er sich auf ihr Niveau begeben! Ganz zu schweigen davon, dass Louise auf ihn den Eindruck machte, als wäre sie auf der Flucht. Nein. Nein er konnte und würde nichts mit einer Frau anfangen, die nicht länger als zwei Monate bliebe. Andererseits sollte er sich vielleicht nicht so anstellen! Hieß verheiratet denn nicht auch keine Verpflichtungen?

Er war ein Mann. Gegen Sex ohne Verpflichtungen war er beileibe nicht abgeneigt. Andererseits schien dieses Exemplar den Ärger geradezu zu provozieren. *Cac.* Schließlich hatte er es sich gerade eben bei seinen Kumpels ziemlich verscherzt.

Mit Sicherheit würde es ein Nachspiel geben, bei dem er gezwungen war, die Männer mit Whisky oder Bier zu besänftigen, um nicht doch noch eine Schlägerei herauszufordern. Dieses Mal betrat er sein ehemaliges Haus mit den Schuhen, mochten sie dreckig sein oder nicht. Eisern ignorierte er jede knarrende Diele. Er brauchte kein Licht, um den Weg zum Schlafzimmer zu finden. Dies war sein Haus. Genauso wie es das Haus seiner Eltern, Urgroßeltern und deren Eltern gewesen war. Vorsichtig trug er Louise Schulzinger, die ihre schmalen Finger in seinen Haaren vergraben hatte und deren Lippen an seinem Hals knabberten, die schmale Treppe empor. Dort setzte er sie sachte im Bett ab. Einen großen Schritt später war er aus der Reichweite ihrer Hände gewichen. Die großen rehbraunen Augen folgten seinem Tun mit verzücktem Ausdruck. Eilig befreite er ihre Füße von den derben Schuhen, um im Anschluss die Bettdecke anzuheben, um sie darunter zu schieben. Erneut griffen ihre feingliederigen Hände fordernd nach ihm.

O mo chreach!, stöhnte er innerlich auf. Warum kam er sich jäh vor wie eine Motte, die das Licht suchte, um darin zu verbrennen? Wieso zog dieses Frauenzimmer ihn auf einmal wie magisch an?

„Du würdest es morgen bereuen, m' eudail!", flüsterte er ihr rau zu, um dann polternd die Treppen hinab zu flüchten, fast als wäre der Leibhaftige hinter seiner Seele her. Außer Atem blieb er erst am Ende des Schotterwegs der zum Haus führte stehen, warf einen Blick zurück. Die Frau würde doch hoffentlich nichts Dummes anstellen? Was wenn ihr übel wurde? Er hatte schon zu oft von Fällen gelesen, wo Betrunkene an ihrem Erbrochenen erstickt waren.

„Jetzt reiß dich zusammen, Mann!", mahnte er sich selbst. Schließlich war die Deutsche kein Teenie mehr. Außerdem war er weder ihr Mann noch ihr Babysitter! Zutiefst verunsichert und mit sich selbst uneins, fuhr er sich durch die Haare, blickte erneut zurück, bevor er die Hände tief in seinen

Hosentaschen vergrub. Mit weitausholenden Schritten lief er zurück nach Kildermorie.

Der nächste Morgen brachte ungeschönt zutage, was Lou in der letzten Nacht getan, beziehungsweise nicht getan hatte. Ihr Kopf brummte, als beherberge er eine Baustelle, in der soeben ein Presslufthammer zugange war. Ihre Glieder waren völlig verdreht, taten weh.

„Bist ja auch keine zwanzig mehr, Süße!", murmelte sie verärgert, während sie sich im Stillen fragte:

Wie um alles in der Welt habe ich geschlafen?

Zu ihrem Leidwesen konnte sie sich an alles erinnern. Jedes kleine Detail ihres Besäufnisses der vergangenen Nacht hatte sich in ihr Hirn eingeprägt. Dummerweise waren ihr selbst Alasdair Munros starke Arme nur zu gut im Gedächtnis geblieben.

Himmelherrgottsackzement! Leider fiel Lou jetzt auch ein, wie sie sich Alasdair Munro quasi an den Hals geworfen hatte.

Lieber Gott, nie wieder Whisky!, schwor sie sich. Was für ein Glück, dass der Mann nicht auf ihre Annäherungsversuche eingegangen war. Alasdair Munro war doch nicht etwa schwul?

„Quatsch!", murmelte sie. Der Mann hatte immerhin eine Tochter. Aber warum hatte er dann ihre Situation nicht schamlos ausgenutzt? Der komische Kerl kam ihr nicht wie ein typischer Gentleman vor, obwohl er sie zugegeben vor den anderen Männern im Pub in Schutz genommen hatte. Puh, beim Gedanken an den pausbäckigen Kerl mit dem lustigen T-Shirt wurde ihr direkt übel. Jetzt hatte sie diesem übel gelaunten, verschrobenen Schotten auch noch zu verdanken, dass sie in ihrem Suff nichts angestellt hatte, das sie bereuen müsste. Das hast du wirklich ganz famos hinbekommen, Lou! Eigenhändig hatte er sie zum Cottage getragen, sie ins Bett gesteckt, ohne die Situation auszunutzen.

Schließlich war sie eine verheiratete Frau von vierzig Jahren. Die Mutter zweier mal mehr und mal weniger erwachsenen Söhnen. Wie sehr sie sich auch bemühte – und selbst wenn zehn Jamies an ihre Tür klopfen würden – sie war keine Feme Fatale. Auch wenn sie zugeben musste, dass sie seit Jahren nicht mehr glücklich war.

„Ach, Doc. Frauchen kriegt doch nicht tatsächlich eine Midlife-Crisis …", murmelte sie, kraulte dabei ihrem Ungetüm die Ohren, während dieses ihr in seltsamen Tönen Rede und Antwort stand. Auf ihren Hund war eben Verlass. Manchmal kam es ihr tatsächlich vor, als rede er mit ihr. Zu dumm, dass sie ihn nicht verstand.

Sie fühlte sich schrecklich.

Ich werde nicht heulen. Ich werde mich jetzt sofort zusammenreißen!, redete sie sich stumm Mut zu. Es war bereits nach 9 Uhr. Sicherlich würden Kaffee und ein Frühstück wieder einen normal denkenden Menschen aus ihr machen. Nachdem sie sich händeweise eisiges Wasser ins Gesicht gespritzt hatte, ohne ihren tiefen Augenringen Beachtung zu schenken, machte sie sich auf den Weg zur Küche. Die Stufe, an der sie sich verletzt hatte, ließ sie mit einem großen Schritt aus.

„Ha. Für was habe ich denn extra lange Beine", triumphierte sie, besah sich die Stufe aber dennoch genauer, um ihr später mit Hammer und Nägeln, so sich diese auftreiben ließen, zu Leibe zu rücken. Dank der extra langen Streichhölzer war die Herdplatte sofort entzündet, ohne dass sie sich wiederholt die Finger dabei verbrannte. Bald schon saß sie mit der größten Tasse, die sich hatte finden lassen sowie Bannockbrot mit Erdbeermarmelade von Marge auf der bereits sonnigen Terrasse. Der Tag versprach schön zu werden. Zumindest war keine Wolke am Himmel. Für einen Herbsttag in den schottischen Highlands war es bereits außergewöhnlich warm. Lou beschloss, an den See zu gehen, um mit Pastellkreide die prächtige Natur auf Papier zu bannen. Ein lautes Klopfen an der Tür gefolgt von einem: „Hallo? Lou, sind sie Zuhause?", riss sie jedoch aus ihren Gedanken. Doc begann, freudig zu bellen.

Das war unverkennbar Marge Munros Stimme. Himmel, Alasdair Munro hatte doch hoffentlich nichts von ihrem Besäufnis gepetzt?

„Herrje. Ich bin doch noch nicht einmal vorzeigbar", brummte Lou zähneknirschend vor sich hin, eilte aber dennoch zur Tür, um eine bis über beide roten Backen grinsende Marge einzulassen, die ein junges Mädchen mit lila Haaren im Schlepptau hatte.

„Guten Morgen, Marge", grüßte Lou. Sie gab sich dabei alle Mühe, einen entspannten Eindruck zu erwecken. War da nicht ein wissendes Funkeln in Marges Augen?

Ich täusche mich ganz sicher. Sie weiß nichts. Söhne erzählen ihren Müttern doch nie alles, oder? Oder ist der Kerl womöglich nur bei mir so wortkarg?, fragte sich Lou in Gedanken und versuchte den Gesichtsausdruck der Mutter ihres Vermieters zu deuten. Diese schob das fremde Mädchen vor sich her.

„Das ist Elli. Sie lernt Friseurin in Inverness. Ist das nicht fantastisch, Lou", flötete Marge begeistert, während sie ihre Erklärung mit wilden Gesten unterstrich. Die Schottin musste ihr das Unverständnis wohl angesehen haben, denn sie stieß ein verschwörerisches: „Wegen deiner Haare, Lass!", aus, zwinkerte ihr belustigt zu, während sie zielsicher in Lous Esszimmer marschierte, wo sie einen Stuhl hervorzog.

Verdutzt wurde Lou, die ihr gefolgt war, auf Selbigen bugsiert. Argwöhnisch blieben Lous Augen an dem jungen Mädchen hängen. Mehrmals schluckte sie trocken vor Nervosität.

„Sie sind sich da ganz sicher, Mrs. Munro?"

„Lass, waren wir nicht beim du? Also Grandma Evens

Haare sehen immer vorbildlich aus, Lou!", bekannte sie überschwänglich. Lou fragte sich im Stillen: *Und wie alt, zum Teufel, ist Grandma Evens? Hundert?* Andererseits musste sie sich eingestehen, dass ihr selbst geschnittener Haarschopf wahrhaftig einer Naturkatastrophe glich. Schlimmer konnte es also vermutlich kaum werden.

Zur selben Zeit in Deutschland

„Herr Schulzinger, ich versichere ihnen, ich helfe, wo ich kann. Ich war bereits die Sekretärin ihres werten Herrn Vaters. Ich habe meine Arbeit immer pflichtbewusst und zu vollster Zufriedenheit erfüllt. Aber das geht jetzt doch etwas zu weit. Weder die Blumen in Haus und Garten noch die Wäsche ihrer Familie gehen mich etwas an. Ich bin keine Hausfrau, sondern Sekretärin!", erklärte die gute Butte Alexander wild gestikulierend, während sie im Stechschritt zur Haustür hinaus rauschte.

Diese fiel mit einem unheilvollen *Rumms* ins Schloss. Müde raufte sich Alexander die ergrauten Haare. Zweit Tage ohne Louise und schon stand bereits das komplette Haus Kopf. Nichts aber auch gar nichts schien mehr zu funktionieren. Im Bad türmte sich nach Schweiß stinkende Sportkleidung.

Hemden für die Reinigung warteten auf einen, der sie dorthin brachte. Im Garten vertrockneten Blumen unter der herbstlichen Hitzewelle. Dummerweise hatte der Gärtner Urlaub. Und Louise, seine Ehefrau Louise, die sich um all solche Dinge zu kümmern pflegte, war nicht hier. Rosalita hatte sich genauso wenig von seinem Charme bezirzen lassen, diese Dinge mit zu erledigen, wie die gute Butte.

„Pa, nimmst du bitte meinen Anzug mit zur Reinigung. Kannst ja im Gegenzug gleich die Hemden mit zurückbringen!", wies Richard ihn soeben an, ohne mit der Wimper zu zucken. Genüsslich biss er in einen Apfel, schlenderte an ihm vorbei. „Moment mal, mein Sohn", hielt Alexander ihn an einem Ärmel zurück. „Das machst du mal schön selber, mein Lieber. Ich bin nicht dein Diener!"

„Aber Mama ist nicht da und ich brauche den Anzug morgen, weil ich auf eine absolut angesagte Vernissage eingeladen bin, Pa!", maulte sein Erstgeborener mit vorwurfsvollem Blick.

„Spar dir deinen Dackelblick. Wenn du deinen Anzug brauchst, nun du weißt, wo die Reinigung ist. Ich bilde mir ein, du hast sogar ein Auto, um dort hinzugelangen, mein lieber Richard. Ich habe zu arbeiten!" Alexander drehte sich auf dem Absatz um, eilte die Treppe zum Büro hinab. Wenigstens dort hatte er seinen Frieden. Der Detektiv, der auf seine Frau angesetzt worden war, hatte leider keine erfreulichen Ergebnisse berichtet. Louises Spur verlor sich bei einer Autoverleihung am Flughafen von Edinburgh. Da sein holdes Weib weder eine Kreditkarte noch ihr Handy benutzte, hatte der Detektiv keine Ahnung, wo genau sie in Schottland steckte.

„Verdammt!", stöhnte er, sank auf seinen Bürostuhl. „Wo steckst du, Louise?", entwich es ihm frustriert. Wieso hatte sie ihm das angetan? Alexander hatte in keiner der beiden letzten Nächte ein Auge zu machen können. Gut, er fühlte sich zu tiefst gekränkt und auch wenn er sich keinerlei Sorgen um Louises Wohlbefinden machte, so hieß dies ja nicht, dass es ihm egal war, was mit der Mutter seiner Kinder geschah. Sah er sie tatsächlich so? Lediglich als Mutter seiner Kinder? Aber wenn dem so war, wieso quälte der Gedanke an Louise in den Armen eines Anderen ihn dann bis tief ins Mark? War da überhaupt noch ein Quäntchen Liebe, das er für sie empfand? Über sich selbst enttäuscht, vergrub er sich in seiner Arbeit. Das war schließlich etwas, das er am besten konnte. Arbeiten bis zum Umfallen.

Gegensätze ziehen sich an

Der Teufel musste sie geritten haben, um sich so etwas anzutun. Warum fühlte es sich dann dennoch so gut, so richtig an? Lous einst langes blondes Haar war einem kurzen hellbraunen Pagenkopf gewichen. Seltsamerweise hatte sie sich noch nie so sehr wie sie selbst gefühlt, wenn sie ihr Antlitz im Spiegel betrachtete. Das, was sie dort sah, war eindeutig. Ein dünnes, zugegeben ziemlich bleiches Spiegelbild, ihres alten Ichs. Zaghaft schenkte sie sich selbst ein Lächeln. Marge war mit Elli im Schlepptau bereits wieder verschwunden.

Nach einer erneuten, riesigen Tasse schwarzem Kaffee fühlte sich Lou, als könne sie Bäume ausreißen. Mit ausgewaschenen, löchrigen Bluejeans und ihrem Lieblingsflanellhemd gekleidet, bewaffnet mit Zeichenblock sowie Stiften, schwang sie sich auf das Fahrrad.

Sie umrundete den See ein ganzes Stück. Begleitet von Docs freudigem Bellen. Der leicht böige Wind wehte ihr um die Nase. Sie verschwendete keinerlei Gedanken an Regen, obwohl der Himmel mit Heerscharen an grauen Wolken aufwartete. Schließlich gab es kein schlechtes Wetter, sondern lediglich ungeeignete Kleidung. An einer Wiese voller Schafe hielt sie an, lehnte das Fahrrad an die kleine Mauer, welche die blökenden Wollknäuel vom Ausreißen abhielt. Behände kletterte sie über die Mauer hinweg.

Doc folgte ihr, ohne sich um irgendwelche Schafe zu kümmern. Der Hund ignorierte die blökenden Tiere schlicht und trottete gemächlich neben Lou her, die fröhlich vor sich hin summte. In Gedanken stellte sie sich vor, wie Alexander schimpfen würde: *Louise, Schätzchen. Komm da auf der Stelle raus. Denk doch an all den Schafdung an deinen Schuhen. Was ist, wenn dich eine dieser stinkenden Flohschleudern beißt? Wer weiß, was für Krankheiten sie übertragen …* Himmel. Ganz sicher würde er toben. Fast konnte sie ihn bildlich sehen, wie er an der aus großen und kleinen Steinen bestehenden Umfriedung der Wiese auf und ab ging. Vermutlich würde er vor lauter Ärger seinen Schlipps lösen (er trug fast zu jedem Hemd Krawatte), um Luft zu kriegen. Am Seeufer suchte sie sich einen größeren Felsen. Vorsichtig stellte sie den kleinen Rucksack ab, in dem sie all ihre Malutensilien mitgebracht hatte.

Die Umgebung war mehr als malerisch. Die Farbenpracht ließ Lou verzückt lachen. Ihr war als würden jeden Augenblick Elfen Ringelreihen tanzen oder ein Kelpie, die mal Grün und mal Türkis schimmernde Wasseroberfläche durchbrechen. Ihre Pastellkreide huschte im Eiltempo über die Seiten ihres Zeichenblocks, während Lou konzentriert die Zähne abwechselnd in ihre Lippe oder das Stiftende grub, um ja kein Detail zu übersehen. Da Doc zu keiner Zeit seines Hundelebens zum Jäger taugte, war ihr nicht aufgefallen, dass er durch die Gegend streunte.

Erst als er sich nun lärmend den Weg zurück durch ein Gebüsch bahnte, hob Lou den Kopf. Irritiert sah sie ihrem vierbeinigen Begleiter entgegen.

„Wo treibst du dich denn rum, Doc?", rügte sie ihn. Er gab ein klägliches Winseln von sich, das Lou augenblicklich alarmiert ihre Stifte nebst Block aus den Händen legen ließ.

„Was ist los, mein Großer?"

Der Hund kam näher. Beiläufig strich Lou vorsichtig an Beinen sowie Rumpf entlang, auf der Suche nach einer Wunde.

„Bist du irgendwo verletzt? Dich hat doch nicht etwa eine Biene oder Wespe gestochen, Doc? Nicht schon wieder?"

Besorgt untersuchte sie die Tatzen des winselnden Tieres, das sich aus ihren Fingern zu winden versuchte. Auffordernd bellte er ihr entgegen.

„Verflixt. Bleib da, Doc. Oder rede mit mir", zischte sie ärgerlich. Um ein Haar wäre sie vom Fels gefallen, auf dem sie saß. Doc biss in ihren Ärmel, zog fordernd daran.

„Das soll dann wohl heißen, komm mit. Oder?"

Doc antwortete mit einem tiefen Jaulen. Lou verstaute ihre Zeichensachen im Rucksack und vergewisserte sich, dass der Reißverschluss über ihren Kunstwerken geschlossen war, nicht das sie zerstört oder gar gefressen wurden. Man wusste ja nie. Auf allen Vieren kletterte sie von ihrem Platz, um Doc zu folgen, der bereits quer über die Schafkoppel rannte.

„Jetzt warte doch gefälligst, du verrücktes Vieh. Ich bin schließlich keine Zwanzig mehr", schrie sie ihm hinterher. Immerhin wartete er, bis sie zumindest die Hälfte der Koppel überquert hatte, bevor er weiter sprang. Völlig auf ihren Hund fixiert, übersah Lou eine Wurzel und machte der Länge nach Bekanntschaft mit einem Teil der Wiese, der ziemlich mit Wasser vollgesogen war. Mit Schafsdung an der Hose sowie Dreck im Gesicht kämpfte sie sich wutschnaubend zurück auf die Beine.

„Böser Hund!", knurrte sie. „Wehe dir, Doc, wenn du keinen triftigen Grund für dein Benehmen hast!" Verärgert stampfte sie weiter hinter ihm her. An einem wackelig aussehenden Lattenzaun, der eine beachtliche Lücke aufwies, blieb Doc kläglich jaulend stehen. Nach Luft japsend, kam Lou neben ihm zu stehen. Aufgeregt trabte der Hund hin und her. Der Zaun bestand aus feinem Draht, der mit Latten aus unterschiedlichstem Holz und Größen verbunden war. Allem Anschein nach sollte er verhindern, dass die Schafe in die kleine Schlucht hinabfielen.

Es war zwar nicht tief aber die Böschung war so steil, das die Tiere nicht mehr von alleine zurück zur Herde kämen, wenn sie einmal dort unten wären. Dummerweise blökte genau dort unten ein kleines Lamm zum Gotterbarmen.

Lou tätschelte Docs großen Kopf beruhigend. „Hast du gut gemacht mein Großer", lobte sie ihn. Hinter ihr auf der Wiese antwortete ein lautes „Bäh Bäh" dem Lämmchen.

„Aha. Da haben wir vermutlich die werte Mama", murmelte Lou. Angestrengt überlegte sie. Die Böschung war allerhöchstens so tief, wie sie groß war. Wenn sie runtersteigen würde, müsste es doch ein Leichtes sein, dass Lämmchen über den Kopf zu heben oder nicht? Es könnte reichen. So schwer konnte doch ein Lämmchen in dem Alter noch nicht sein. Sie selbst würde an den Wurzeln sicherlich genügend Halt finden, um wieder hochsteigen zu können.

„Was meinst du, Doc?", wandte sie sich an den Schafretter, der sie mit einem treuen Blick bedachte, während er zaghaft mit dem Schwanz wedelte.

„Gut. So machen wir es!", bekundete sie entschlossen. Verdreckt war sie sowieso schon. Nach dem sie Doc befahl zu bleiben, wo er war, setzte sie sich mit baumelnden Beinen an den Rand der Böschung. Beherzt sprang sie hinab. Leider stellte es sich keinesfalls als einfach heraus, dass kleine recht fidele Lamm einzufangen. Kaum kam sie ihm nahe genug, büxte das Teufelchen aus. Als sie das sich windende Tier endlich eingefangen hatte, war sie verkratzt und völlig nass geschwitzt. Außerdem sah sie aus, als hätte sie beim Schlammcatchen mitgemacht.

„Himmelherrgottsackzement. Seit wann sind Lämmer so verflucht schwer?", stöhnte Lou. Angestrengt wuchtete sie das zappelnde Tierkind in die Höhe. Kaum hatte sie es unter Aufbringung ihrer letzten Kraftreserven zurück auf die Wiese bugsiert, als es ihr wie eine Messerklinge in den Rücken fuhr. Wie ein gefällter Baum gaben die Beine unter ihr nach. Ohne sich abfangen zu können, kippte sie rücklings um.

„Das ist jetzt nicht wahr!", heulte sie stöhnend auf, unfähig sich zu bewegen. Aus den Augenwinkeln konnte sie Doc sehen, der mit eingeklemmtem Schwanz skeptisch zu ihr hinabblickte. Ein durchdringendes Winseln ertönte.

„Ist ja gut, mein Großer. Alles ist gut. Frauchen hat lediglich einen Hexenschuss", versuchte Lou, den Hund ebenso wie sich selbst zu beruhigen. Ihre Gedanken überschlugen sich. Zu allem Übel schienen sich die Wolken am Himmel verdüstert zu haben.

„Na, Prima. Wieso nicht auch noch ein schöner Regenguss lieber Petrus. Ist das deine Belohnung für meine gute Tat?", schimpfte sie laut vor sich hin. Ihr Hosenboden, ebenso wie eigentlich jeder Körperteil, der in direkter Berührung mit der Erde war, fühlte sich kalt und vollkommen durchnässt an. Es dauerte schon eine geraume Zeit, einen Hexenschuss in trockener Umgebung wieder loszuwerden. Hier würde es garantiert doppelt so lange dauern. Es nützte alles nichts. Egal wie peinlich ihr ihre jetzige Lage auch war, sie brauchte Hilfe. Und zwar möglichst sofort.

„Doc? Doc, mein Großer? Lauf los, hol Hilfe!", wies sie ihren Hund an, in der Hoffnung, dass er schnellstens jemanden fand.

Der Himmel verdunkelte sich zunehmend. Alasdair konnte den nahenden Regen bereits riechen. Fast wäre er über sein altes Fahrrad gestolpert, das verlassen an der Mauer zur Koppel lehnte. Das hatte ihm gerade noch gefehlt. Er wurde sowieso schon kaum mit seiner heutigen Arbeit fertig, wenn ihm jetzt womöglich schon wieder dieses vermaledeite deutsche Frauenzimmer über den Weg lief, wurde er garantiert nicht vor dem Regenguss fertig. Entschlossen drehte er sich um, beschloss, lieber zuerst den Zaun der oberen Weide zu reparieren. Allerdings war er noch nicht weit gekommen, als ein großes graues Fellbündel bellend auf ihn zuschoss.

Es hätte nicht fiel gefehlt, dann hätte ihn der Hund von

den Beinen gefegt. Dieses elendige Weib. Wie konnte sie so fahrlässig sein, einen Hund frei auf einer Schafkoppel herumrennen zu lassen. Auf seiner Schafkoppel! Zum Glück waren seine beiden Boardercollies Izzy und Sugar nicht hier. Die beiden hätten Kleinholz aus dem Hund gemacht. Oder noch schlimmer, wenn das Hughie Lewis Schafe wären, der hätte keine Sekunde gezögert, die Schrottflinte gezückt und den Hund erschossen. Daingead Cac! Der Hund mit dem seltsamen Namen Doc gebärdete sich wie wild. Stieß ihn immer und immer wieder auffordernd an.

„Ist ja gut, Junge. Was bist du denn so aufgeregt, Doc?", redete er beruhigend auf das Tier ein. Einer plötzlichen Eingabe zufolge sah er sich suchend nach der Deutschen um. Wo um alles in der Welt war die Frau abgeblieben?

„Also gut, Junge. Dann zeig mir mal, wo dein verflixtes Frauchen ist. Aye!", sagte er zu dem Hund, der sich prompt zielsicher in Bewegung setzte. Doc steuerte den hinteren Teil der Weide an, dort wo Alasdair heute eigentlich den Zaun reparieren hatte wollen.

„A Dhia. Sie wird doch nicht abgestürzt sein", murmelte er beklommen, legte noch einen Zahn zu. Der Hund blieb tatsächlich an der großen Lücke im Zaun stehen. Winselte kläglich. Vorsichtig trat Alasdair näher. Sein Blick blieb sofort an Louise Schulzinger hängen, die unterhalb der Böschung in mitten einer Ansammlung aus Matsch sowie Laub der Länge nach auf dem Rücken lag. Ihre Augen waren geschlossen. In seine Wut mischte sich jäh unbändige Sorge hinein.

„Mistress Schulzinger. Lou, was zum Teufel tun sie da?", rief er hinab. Die Deutsche öffnete die Augen. Er bildete sich ein, für einen winzigen Moment Entsetzen in ihren Gesichtszügen lesen zu können.

„Nach was sieht es denn aus? Ich sonne mich. Gehen sie mir aus dem Licht, Munro", schnappte sie zurück. Alasdair schnaubte empört. Presste fest die Zähne aufeinander.

Die hat doch nicht mehr alle Tassen im Schrank! Ohne einen Kommentar drehte er sich um, ging aus ihrem Sichtfeld.

„Munro? Mr. MUNRO?", drangen ihre ängstlichen Schreie an seine Ohren. Für einen Moment hielt er inne, ließ Louise Schulzinger zappeln. Ihre Schreie kamen ihm vor wie besonders süßer Honig. Letztendlich fühlte er sich jedoch irgendwie für die Frau verantwortlich. Er trat wieder so nahe an die Böschung, dass sie ihn sehen konnte.

„Aye, Mistress Schulzinger, ich höre. Noch einmal von vorne. Was tun sie dort unten?", fragte er mit aller Geduld, zu der er noch fähig war.

„Ich habe ihr dummes Lamm gerettet. Es ist offensichtlich durch ihr Loch im Zaun gefallen. So sah ich mich gezwungen, hinabzuspringen, um das arme Tier hoch zu…"

„Das wäre nicht nötig gewesen!", unterbrach er ihren Wortfluss ruppig.

„Was heißt hier, nicht nötig gewesen? Hätten sie ihren blöden Zaun repariert, wäre das arme Ding erst gar nicht runter…"

„Sie befinden sich auf meinem Grund und Boden, Mistress, mit einem nicht angeleinten Hund. Wer sagt mir, dass nicht sie den Zaun zerstört haben in ihrer Abenteuerlust?", setzte er noch eins drauf, obwohl er natürlich von dem kaputten Zaun gewusst hatte und sich im Stillen über sich selbst ärgerte, weil er diesen nicht längst wieder instand gesetzt hatte. Das musste die Frau jedoch nicht wissen!

„Wissen sie was, Munro. Sie können mich mal … Lieber bleibe ich hier liegen, bis ich erfriere, bevor ich mir von einem wie ihnen helfen lasse. Sie sie … Idiot!"

„Meinet wegen, Òinsich. Allerdings wird es demnächst regnen, Lass. Vermutlich nicht zu knapp. Sagen sie später nicht, ich hätte sie nicht gewarnt. Ich werde hier anfangen, den Zaun zu reparieren. Falls sie sich doch von einem *Idiot* helfen lassen möchten, brauchen sie mich nur nett zu bitten!", antwortete er mit süffisanter Stimme.

Der Hund schien jedem ihrer Worte zu folgen, blickte abwechselnd zu ihm und dann den Abhang hinab zu seinem Frauchen. Alasdair kam sich seltsamerweise vor, als enttäusche er den Hund, der zumindest intelligenter zu sein schien, als seine Besitzerin.

Pog mo tho, er ist doch nur ein Tier! Und sie ist eine zickige Touristin. Alasdair hingegen hatte nun einmal seinen Stolz.

„Versteh einer die Frauen …", murmelte er vor sich hin. Diese A' gearmailteach würde schon sehen, was sie von ihrer Sturheit hatte. Hier hatte jedenfalls er das Sagen! Nach geraumer Zeit öffnete der Himmel, wie von ihm vorhergesagt, seine Schleusen. Mit großer Genugtuung hörte Alasdair, wie Louise Schulzinger Wasser prustete. Dieses schrecklich dumme Weib würde sich tatsächlich lieber den Tod holen, anstatt klein beizugeben. Unschlüssig raufte er sich die Haare. Fast war er versucht, selbst den ersten Schritt zu tun, als sie nach ihm rief.

„Mister Munro? Munro, sind sie noch da?", drang ihre Stimme schrill an seine gespitzten Ohren. Herrgott. Er bildete sich sogar ein, dass Klappern ihrer Zähne durch das Prasseln des Regens zu hören.

„Aye, Lass?"

„Es … es tut mir Leid. Bitte. Bitte können sie mir aus meiner misslichen Lage heraus helfen?"

Anstatt einer Antwort schlitterte er kurz entschlossen zu ihr hinab. Louise Schulzingers Aussehen schockierte ihn mehr, als er bereit war zuzugeben.

Ihre Kleider waren bis auf die Knochen durchnässt und von Schlamm verspritzt. Die Lippen waren bereits ebenso blau wie ihr kürzlich verletztes Knie. Sie war Alasdair von

Anfang an dünn vorgekommen. Jetzt jedoch schien sie ihm fast nur aus Haut und Knochen zu bestehen. *Wenigstens wiegst du so gut wie nichts,* dachte er, während sein gebrummtes „Wo?" die Deutsche eindeutig zusammenzucken ließ.

Aye, Lass. Ich wäre auch lieber an einem gemütlicheren Fleckchen! Er war sich bewusst, dass er ihren Rehaugen auswich.

„Mein Rücken … Hexenschuss", entwich es ihr durch die zusammengepressten Zähne. Er hob verstehend die Augenbrauen, korrigierte ihr Alter in seiner Vorstellung nach oben.

„Werde sie tragen müssen. Wird nicht angenehm", erklärte Alasdair so sachlich wie möglich. Den schlammigen Rest, der einmal eine Wiese gewesen war, ignorierend, sank er neben ihr auf die Knie. Behutsam tastete er an ihrem Körper entlang. Überlegte, wie er sie am schmerzlosesten anheben konnte. Sie versteifte sich fühlbar unter seinen tastenden Händen, schien bemüht, ein nichtssagendes Gesicht zu machen. Alasdair konnte hören, wie sie eisern die Zähne zusammenbiss, ebenso wie sie die Lippen zusammenpresste. Fast bewunderte er sie für ihre Entschlossenheit, sich keine Schmerzen anmerken zu lassen.

Voller Trotz starrten ihm ihre Augen entgegen, ließen ihn keine Sekunde aus dem Blick. Entschlossen gruben sich seine Hände durch den Schlamm, unter den herrlichen Rundungen ihres Pos durch. Da er wusste, dass es mit Sicherheit ziemlich wehtun würde, warnte er sie nicht vor. Stattdessen legte er ziemliche Eile in seine Bewegungen, tat so, als wäre die Touristin ein Schaf, das er sich mit geübten Griffen um den Hals legte, um es zum Scheren zu bringen. Natürlich legte er sich Louise Schulzinger so vorsichtig wie möglich über den Rücken, denn er glaubte kaum, dass sie es um seinen Hals bequemer fände. Das Stöhnen, ebenso wie das gleichzeitige Fluchen, das sie währenddessen von sich gab, ging ihm dabei durch Mark und Bein.

„Alles in Ordnung, Lass?", hob er besorgt an, erntete dafür ein gezischtes „Sicher. Mir ging es nie besser, sie grober Klotz!", das ihn für einen Moment zu einem ungesehen Schmunzeln verleitete.

„Gut. Sie leben noch", antwortete er kurz angebunden, ohne ihr zu erklären, dass sie noch ein ziemliches Stück durchhalten musste. Zielsicher stapfte er durch den Morast am Ufer entlang. Die Böschung emporklettern kam mit seinem Anhängsel nicht infrage. Er würden also ein Stück am See entlang gehen müssen, um irgendwie zurück zu seinem Jeep zu kommen. Der Hund indes folgte jedem ihrer Schritte, wenngleich er es oben auf der Schafweide tat. Am Jeep trafen sie schließlich aufeinander. Der arme Kerl überschlug sich fast vor Freude. Einhändig öffnete Alasdair das Auto. Er beugte sich hinein, ohne dass sich die Deutsche den Kopf stieß und wischte mit fahriger Hand alles was auf dem Beifahrersitz lag beiseite.

Mühsam brachte er diesen in Liegeposition, was nicht gerade einfach war, mit seinem Anhängsel auf dem Rücken. Begleitet von ihren leisen Unmutslauten ließ er Louise Schulzinger so sanft wie irgendwie möglich auf den Sitz gleiten. Inzwischen war er nicht nur durchnässt vom Regen, der unnachgiebig auf sie niederprasselte, sondern auch vom Schweiß, der ihm in Strömen den Rücken hinab rann. Er hangelte nach der alten Decke, die auf seiner Rückbank lag. Diese schlang er um den zitternden Körper der Frau.

Der verblichene Stoff mit dem Tartan seines Clans schmeichelte ihrer bleichen Gestalt. Mühevoll verschloss er die Augen ebenso wie sein Herz vor diesem Anblick. Stattdessen ließ er den Hund einsteigen, der sich dankbar in den Fußraum vor seinem Frauchen quetschte. Seine eisigen, steifen Finger starteten den Motor, während er gleichzeitig mit der anderen Hand den Knopf der Sitzheizung betätigte.

Brummend setzte sich der Jeep in Bewegung. Alasdair hangelte nach seinem Handy, klemmte es sich zwischen Kopf und Schulter ans Ohr.

„Doc Carneby? Aye, Doc. Al hier. Können sie in 15 Minuten an meinem Cottage sein? Meine Mieterin Mistress Schulzinger hat ein Rückenproblem. Ja, das ist mir durchaus bewusst. Nein. Aber sie hat einen üblen Hexenschuss. Sie wissen selbst, dass außer ihnen kein Doktor nur ansatzweise in der Nähe ist. Mòran Taing!"

„Danke!", flüsterte die Deutsche neben ihm kaum hörbar.

Er antwortete ihr nicht. Starrte stattdessen konzentriert auf die Straße.

„Könnten sie dort vorne kurz anhalten, bitte? Mein … mein Rucksack liegt dort noch."

Alasdair tat, wie ihm geheißen. Er fand besagtes Teil sofort, lud es kommentarlos ein. Um das Fahrrad würde er sich später kümmern. Die Deutsche starrte nach Ablenkung suchend aus dem Fenster. Nichts wollte ihm einfallen, um eine Unterhaltung in Gang zusetzten. Wieso auch? Sie waren Fremde, daran würde dieser Zwischenfall nichts ändern. Was ihn anging. Er hatte alles getan, was er konnte. Doc Carneby würde der Frau eine seiner Spezialspritzen verpassen, das war es dann. Marge und Grace würden sich längst fragen, wo er blieb. Außerdem wartete noch genügend Arbeit in der Bäckerei sowie dem Café auf ihn. Babysitter für eine Nervensäge zu spielen, stand definitiv nicht auf seinem heutigen Tagesprogramm.

Außerdem war er rechtschaffen müde, fühlte sich regelrecht erschlagen. Aus den Augenwinkeln sah er zu der zusammengesunken Gestalt der Touristin hin. Warum um Himmelswillen stellte er sich gerade vor, dass sie nackt unter seinem Tartanstoff lag? O Gott. Was für Fantasien hatte er plötzlich. Gut. Felicitas hatte nie auch nur den Hauch seines

Clan Tartans getragen. Noch nicht einmal unfreiwillig, wie in diesem Moment die A' gearmailteach. Wie wohl ihre bloße, helle Haut auf diesem Stück Stoff aussähe. Endlich kam das Cottage in Sicht, erlöste ihn von all seinen unkeuschen Gedanken. Sie protestierte nicht, als er sie erneut vorsichtig schulterte und so behutsam wie möglich direkt ins Schlafzimmer trug.

Doc Carneby kam keine fünf Minuten später an. Alasdair wartete an der Haustür, bis der grobschlächtige Mann seiner Mieterin eine Spritze gegeben hatte.

„Ich tu das nur, weil du es bist, Al. Klasse Arsch hat die Kleine übrigens!", sagte der Doc auf dem Weg zu seinem Lieferwagen und klappte dabei seinen Koffer zu.

„Aye, Doc. Ich weiß. Schreib es einfach auf meine Rechnung. Ach, du denkst an die Salbe für mich? Zwei der Lämmer haben sich die Hufe an Zaunresten eingerissen", antwortete er lapidar, um sich seine Gefühle nicht anmerken zu lassen. Gebe Gott, das Louise Schulzinger niemals herausfand, dass der ortsansässige Veterinär sie verarztet hatte.

Was sich liebt das neckt sich

Was hatte sie sich nur dabei gedacht? Nichts. Das traf es wohl am allerbesten. Diese blöde Lämmchen Rettungsaktion war in einem einzigen Desaster geendet. Nicht genug, das dieser elende Schotte Munro erneut zu ihrem Retter geworden war. Ein wildfremder Doktor hatte sie aus ihren nassen Kleidern befreien müssen. Sie war sich in dieser Situation mehr als seltsam vorgekommen, was nicht zuletzt an den komischen Blicken des älteren Herren gelegen hatte.

War das tatsächlich ein Doktor der Humanmedizin gewesen? Sie hätte fast schwören können, dass dieser Mann, der noch nicht einmal den obligatorischen weißen Kittel getragen hatte, jede überflüssige Berührung ihres Körpers vermieden hatte. An die monströse Spritze oberhalb ihres Allerwertesten wollte sie nicht den kleinsten Gedanken mehr verschwenden.

Vermaledeit! Die Highlands haben doch noch etwas zu viel Mittelalterflair für meinen Geschmack! Und keine Aussichten auf einen Romanhelden!

Das war definitiv einer der schlechtesten Tage, die sie in ihrem ganzen Leben gehabt hatte. Hunger quälte Lou. Selbst Docs Fell konnte nicht verhindern, dass sie noch immer erbärmlich fror. Zu ihrem Leidwesen stank er außerdem fürchterlich nach nassem Hund. Wenn sie jedoch die Nase in die Nähe ihres Unterhemds brachte, konnte sie einen letzten Hauch von Aftershave ausmachen. Immer wieder ertappte sie sich dabei, wie sie diesen Duft aufspürte. Festzuhalten versuchte. *Himmelherrgottsackzement!*

Vergebens versuchte sie, an etwas anderes zu denken, als an die muskulösen Arme. Meine Güte und dieses breite Kreuz ... Ihre Gedanken bewegten sich wie ein Schwarm Fische. Nie so, dass man sie erreichen konnte. Aber auch ganz gewiss nicht so, dass man ihnen Einhalt gebieten hätte können. Der Regen prasselte unaufhörlich auf das Dach. Wie sie feststellen musste, auch durch das Dach hindurch. In der zur Außenwand des Cottages zugewandten Ecke ihres Schlafzimmers löste sich in regelmäßigen Abständen ein einzelner Tropfen Wasser von der unschuldig weiß getünchten Decke. Die ohnmächtige Wut, die sie dabei empfand, entlud sich just in einem lauten Schrei, der den armen Doc erschrocken aus dem Bett fahren ließ.

„O Himmel, wie ich es satthabe! Ich wollte doch nur Ruhe, Herrgott. Zeit zum Nachdenken habe ich gewollt, Doc. Und was habe ich bekommen? Ein baufälliges Cottage. Keinen Romanhelden, sondern einen Schotten, den ich, egal was ich auch tue, nicht mehr aus dem Hirn kriege, gefolgt von etlichen Katastrophen. Habe ich das wirklich verdient, Doc? Lieber Gott, ich war doch noch nie so ein Tollpatsch", redete Lou auf den Hund ein, der sie mit schief gelegtem Kopf interessiert beobachtete. Schließlich sprang er zurück zu ihr aufs Bett. Ehe sie sich versah, leckte ihr seine große Zunge einmal quer über das komplette Gesicht. Wehren aussichtslos!

„Pfui. Aus. Lass das doch … Ich wollte Antworten. Keinen Sabber im Gesicht", wehrte sie sich genervt. Natürlich blieb ihr treuer Gefährte ihr auch diese Antwort schuldig. Dennoch fühlte sich Lou wie immer, wenn sie mit ihrem Vierbeiner Zwiesprache hielt, seltsam getröstet gar beruhigt.

Nach mehrmaligem drehen um die eigene Achse, rollte Doc sich zusammen. Augenblicklich fing ihr Fellmonster lautstark an zu schnarchen. Da Lou sich noch immer kaum bewegen konnte, ignorierte sie das tropfende Wasser ebenso wie das Schnarchen. Nach einiger Zeit, in der sich ihre Gedanken um Alasdair Munro drehten und die Art und Weise wie sie ihn umbrachte, lullten die regelmäßigen Geräusche sie in einen erholsamen Schlaf. Am nächsten Morgen fühlte sie sich trotzdem wie gerädert. Wenigstens konnte sie glücklicherweise ihren Rücken wieder vollständig bewegen. Nach einer riesigen Tasse heißem Kaffee und einem nicht völlig verbrannten Spiegelei mit Toast.

Hurra. Ich mache Fortschritte!

Dann bewegte sich Lou mit Doc nach draußen. Das Wetter wartete an diesem Tag mit einem landestypischen Mix aus Sonne ebenso wie Regen auf. Seufzend holte sie ihr Smartphone aus der Hosentasche, betrachtete die Schindeln über ihrem Schlafzimmer. Irgendwo dort oben war eine davon so hinüber, dass es ins Schlafzimmer regnete. Es würde sich also nicht vermeiden lassen, ihren Vermieter anzurufen. Dabei war Alasdair Munro im Moment der Allerletzte, den sie sehen wollte. Erneut tief seufzend, tippte sie seine Nummer. Tatsächlich – O Wunder – hatte sie sogar Empfang. Lous Glückssträhne hielt jedoch nicht an. Der Schotte war nicht zu erreichen. Lediglich seine Mailbox sprang an.

„Mister Munro, hier spricht Lou Schulzinger. Nicht genug, dass ich mir in ihrer heruntergekommenen Bruchbude fast das Knie gebrochen hätte. Nein. Jetzt regnet es ins Schlafzimmer. Ach, wenn ich schon dabei bin. Ich suche außerdem immer noch vergeblich nach dem angepriesenen Internetempfang, der nicht vorhanden ist. Vielleicht wären sie so freundlich und würden …"

Der schrill piepende Signalton der Mailbox unterbrach sie mitten in ihren Schimpftriaden. Das konnte doch alles nicht wahr sein. Mühevoll hielt Lou ihre Wut im Zaun, widerstand der Versuchung, dass Smartphone gegen die Hauswand zu werfen. Wasserdicht und stoßfest hieß ja nicht automatisch wurffest! Ein Blick gen Himmel sagte ihr alles, was sie wissen musste. Es würde demnächst wie aus Kübeln gießen.

„Ganz superb. Vielleicht läuft das Wasser ja dann bis ins

Wohnzimmer. Was meinst du, Doc?", raunte Lou sarkastisch. Ihre Hand schirmte die blendende Helligkeit gegen ihre Augen ab, während sie missmutig aufs Dach starrte.

Wie schwer ist es wohl, eine Schindel zu ersetzen?, sinnierte sie lautlos. Entschlossen marschierte sie zur Scheune, zwängte sich durch den großen Türspalt ins dämmerige Innere. Die Leiter fand sie auf Anhieb. Einen Eimer mit Schindeln erst, als sie fast beim Hinaustransportieren der Leiter darüber gefallen wäre. Hammer und Nägel jedoch ließen sie schwer an ihrem Tun zweifeln. Erst nachdem sie gefühlte hundert leere Konservendosen, die aufgereiht in Reih und Glied an einer der Scheunenwände in einem mannshohen schiefen Regal standen, durchsucht hatte, wurde sie fündig.

Dort zwischen Angelschnüren, Einmachgummis, Drahtrollen sowie diversen anderem Krimskrams ertastet sie grobe, ziemlich große Nägel nebst einem großen Hammer, dessen Kopf ihr um ein Haar auf den Fuß gefallen wäre. Nachdem Lou alles ins Freie geschleppt hatte, nahm sie den Hammer, steckte ihn samt Holzgriff in einen zuvor mit Wasser gefüllten, rostigen Blecheimer.

„Wenigstens bist du nicht innerlich Blond, Lou", murmelte sie sich selbstgefällig zu. Die Holzleiter war ziemlich schwer, ganz zu schweigen davon, dass dieses Monstrum ziemlich unhandlich war. Vermutlich durch die Feuchtigkeit oder falsche Lagerung war die Leiter außerdem ziemlich schief, wodurch sie sich nicht gerade optimal an das Haus lehnen ließ, zumal der Erdboden genau an jener Stelle ebenfalls uneben war. Lou brach der Schweiß aus. Beklommen fragte sie sich, ob das, was sie gerade im Begriff war zu tun, gut für ihren angeschlagenen Rücken wäre.

„Was soll schon an einer Leiter oder einem Nagel einschlagen so schwer sein? Ich überhebe mich nicht und verrenken muss ich mich ja auch nicht!", versuchte sie sich, ihr

Tun schön zu reden. Bevor sie auf die Leiter stieg, versuchte sie erneut, Alasdair Munro zu erreichen. Ohne Erfolg.

„Ach was soll's. So schwer kann das doch nicht sein!"

Vorsichtig, jede ächzende Sprosse einzeln kontrollierend, stieg sie die wacklige Leiter hinauf.

Alasdair hatte eine anstrengende Nacht hinter sich. Nicht genug, dass sich Grace dank irgendwelcher Schulprobleme, die sie ihm trotz all seines Flehens und Bittens nicht nennen hatte wollen, einmal mehr in den Schlaf geweint hatte. Nein. Er hatte sich mit Marge gestritten, da diese mitbekommen hatte, dass er den Tierarzt zu Louise Schulzinger gerufen hatte. In einem Dorf mit lediglich zwei Hauptstraßen blieb eben nichts unentdeckt. Seine Mutter hatte ihn doch tatsächlich bezichtigt, dieser Fremden Frau übel mitzuspielen. Dabei hatte er wirklich nur versucht zu helfen. Er würde sich aufführen wie ein verschmähter Liebhaber und solle sich lieber um seine Tochter kümmern.

Warum um alles in der Welt hielt ihn seine Mutter für einen Gigolo? Ausgerechnet er, der bis auf wenige Ausnahmen einen großen Bogen um jeden Rock machte. Natürlich war sie dann wieder mit der alten Leier gekommen: „Mädchen in Graces Alter brauchen eine Mutter. Bist du es nicht leid, alleine zu sein, Al? Ich glaube kaum, dass Gott gewollt hat, dass ein Kerl wie du acht Jahre lebt wie ein Einsiedler!"

Das hatte sie ihm fast im selben Atemzug vorgeworfen. Sie. Seine eigene Mutter. Das Fass zum Überlaufen hatte jedoch Conner gebracht. Conner Munro, sein Vater. Der mit seinen langen schlotgrauen, zum Zopf gebunden Haaren, aussah wie eine Mischung aus Pirat und Weihnachtsmann.

„Deine Mutter hat recht, mein Sohn. Man sollte meinen, du bist erwachsen genug. Also handle auch dementsprechend!" Wutentbrannt hatte er sich in der Backstube eingeschlossen. All seinen Zorn im Kneten von Brotteig verbraucht, bis nur noch bleierne Leere in seinem Inneren zurückgeblieben war. Was um alles in der Welt verband ihn mit dieser Deutschen? Warum zum Henker ging sie nicht mehr aus seinem Kopf? Je mehr er versuchte, ihr aus dem Weg zu gehen, umso öfter begegneten sie sich. Müde rieb er sich mit den bemehlten Händen durch das Gesicht, sank erschöpft auf einen der Schemel, die in der Backstube umherstanden. Seit dem letzten Abend verspürte er ein unangenehmes Zwicken ihn seinem eigenen Rücken, das ihn das Geschehen nicht vergessen ließ.

Er gab ja zu, er hatte sich in Louise Schulzinger getäuscht. Sie war weder zickig, noch protzte sie mit ihrem offensichtlichen Vermögen herum. Und das musste sie ja haben. Er kannte sich zwar nicht mit Designermode aus, wusste jedoch, wie teure Mode aussah. Zumindest ihre anfängliche Kleidung sowie ihr Benehmen ließen keinen anderen Schluss zu, als das sie aus ziemlich gutem Hause kam.

„Pah. Wenigstens etwas, das ich von dir gelernt habe, Felicitas!", knurrte er unwirsch und wischte jeden weiteren Gedanken an seine Exfrau hinfort. „Was soll einer wie du mit einer Touristin? Ein neues gebrochenes Herz? Herrgott, Al. Selbst wenn du das Herz dieses Rehs eroberst. Nur mal angenommen, diese hübsche Bonnie Lass würde sich in einen so hässlichen Kerl wie dich verlieben … Du würdest sie nie hier in dieser gottverlassenen Gegend halten können. Mach dir nichts vor Alasdair Munro. Sie wird genauso das Weite suchen wie Felicitas! Das kannst du, das darfst du Gracy nicht antun!", redete er sich selbst ein.

Doch irgendwie blieb ein fader Nachgeschmack plus das Gefühl, sich selbst zu belügen. Nachdem er sich die komplette Nacht ohne Schlaf um die Ohren gehauen hatte, in dem er längst Überfälliges in der Bäckerei erledigt hatte, sah er sich um 9 Uhr am Morgen einem anderen Problem entgegen.

Der Hochzeitstorte seines Freundes Cormack Fraser und seiner zukünftigen Emily. Er hatte sich standhaft geweigert, seinem Freund diesen Gefallen zu erfüllen. Dummerweise hatte weder er noch Cormack genügend Pfund locker, um eine Torte zu bestellen. Also würde dieses Gebäck Alasdairs Hochzeitsgeschenk werden. Mühsam schob er alles beiseite, was ihn ablenkte, konzentrierte sie auf das Formen von unzähligen, filigranen roten Rosen mit deren passenden grünen Blättern aus feinstem Marzipan. Felicitas und er hatten nie eine Torte. Seine Exfrau hatte sein süßes Gebäck verpönt, ebenso wie Brot oder Brötchen.

„Mein Riese, das zerstört die Figur einer jeden Frau. Das verstehst du doch, Ro!", hörte er, sie in seiner Erinnerung flöten. Ro oder mein Riese. So hatte nur sie ihn genannt. Seltsam, dass er erst so spät begriffen hatte, was seine Eltern von Anfang an in Felicitas gesehen hatten. Verdammt. Die Rosen wollten ihm nicht gelingen. Es war fast, als sähe man den Blumen an, wie sehr er Hochzeiten und alles, was damit zu tun hatte, verabscheute. Wütend schlug er mit der Faust auf die bereits fertiggestellten Marzipanblätter. Gut, heute war es nur eine Übung gewesen, aber in einer Woche musste er die Torte tatsächlich backen und vor allem verzieren.

Gott, Cormack würde in umbringen, wenn es nicht klappte. Louise Schulzingers Nachricht auf seiner Mailbox hörte er erst am späten Vormittag. Zuerst dachte er, ihre aufgebrachte Stimme hätte zu bedeuten, dass die Sache mit dem Tierarzt aufgeflogen war. Doch dem war nicht so.

„Das Dach also wieder einmal …", murmelte er müde.

Seufzend rieb er sich die Augen, bevor er schicksalsergebend die gewachste Jacke vom Haken nahm. Ein leicht mulmiges Gefühl nahm Besitz von ihm. Da er so oder so

Ablenkung benötigte, holte er sein Baby, seine Harley, aus der Garage. Irgendetwas zwang ihn, schneller zu fahren, als es sonst seine Art war. Keinen Moment zu spät kam er am Feriendomizil der Deutschen an, seinem ehemaligen Zuhause. Kaum erstarb das tiefe Knattern und Brummen seiner Harley, als ihn ein durchdringender Hilfeschrei samt dem kläglichen Jaulen eines Hundes in den Ohren gellte.

„Herrgott. Was hat dieses verrückte Weib jetzt wieder angestellt?", stöhnte er laut auf, während er den Motorradhelm fallen ließ und den Weg zum Haus hinauf sprintete. Er sah sie bereits von Weitem an der Dachrinne hängen. Louise Schulzinger. Sie musste selbst versucht haben, die defekte Schindel zu lösen, vielleicht gar zu ersetzen.

„Dieses lebensmüde Frauenzimmer!", stieß er ärgerlich aus. Vermutlich war dabei die Leiter umgefallen. Zumindest sah es ganz danach aus. Sie hatte es immerhin fertiggebracht, sich mit den kompletten Armen in der Dachrinne festzuhalten. Jetzt schien ihr jedoch die Kraft auszugehen. Eile war geboten.

„Was verdammt noch mal denken sie, da zu tun, Lass? Ich wage zu bezweifeln, dass der Internetempfang dort oben besser ist. Außerdem ruinieren sie mein Cottage, ganz neben bei gesagt", schimpfte er vor sich hin, während er bereits nach der Leiter griff. Er ließ die Frau nicht aus den Augen.

„Sie … Sie … an ihrem Cottage gibt es nichts mehr zu ruinieren, überhaupt waren sie ja nicht da. Sie elendiger Schotte!", keifte Louise Schulzinger zurück, ihre Füße zappelten verzweifelt nach Halt suchend.

„Hören sie, Lass. Ich glaube kaum, dass sie im Moment in der Position sind, um sich groß mit mir anzulegen", antwortete er kalt. Einen Augenblick lang betrachtete er die grazilen, langen Beine, die einmal mehr in einer viel zu weiten, kurzen, Jeanslatzhose steckten, welche hübsche Einblicke gewährte. Sein Blick blieb an rot-weiß karierter Unterwäsche hängen.

Herr im Himmel. Was für eine Aussicht. Alasdair war mehr als froh, dass Louise Schulzinger seinen verzückten Gesichtsausdruck, von dem er mehr als sicher war, das er ihn zur Schau trug, nicht sehen konnte!

„Ich stelle die Leiter wieder hin. Tasten sie vorsichtig mit den Füßen nach der obersten Sprosse", wies er sie an. Nur Sekunden später hatte die Frau wieder sicheren Halt gefunden. Anstalten hinabzusteigen machte sie jedoch immer noch nicht. Langsam aber sicher verabschiedete sich seine Geduld. „Auf was warten sie noch, Lass?", blaffte er ihr entgegen.

„Ich … äh … ich habe da ein kleines Problem, Munro", stotterte sie kleinlaut. „Sie könnten nicht vielleicht … äh … hochkommen?" Ihre Frage klang so unsicher, dass er mit Herzklopfen an ihr entlang sah. Sie hatte sich doch nicht etwa verletzt? Ohne weiter nachzudenken, setzte er sich in Bewegung. Er kam erst zum Stehen, als er direkt hinter ihr oben an der Dachrinne ankam. Vorsichtig klemmte er seine Füße rechts und links neben den ihren fest, warf einen Blick über ihre Schulter. Peinlich war er darauf bedacht, sich nicht gegen ihren süßen Hintern zu lehnen, was sich als gänzlich schwierig herausstellte, zu zweit auf einer nicht gerade stabilen steinalten Leiter.

„Was für ein Problem, Lass?", raunte er, während er versuchte, nicht zu offensichtlich ihren Duft einzuatmen. Verdammt. Sie roch mehr als gut. Über ihren schief gelegten Kopf und die vom Schweiß nassen kurzen Haare, die sich am Hals leicht kringelten, sah er zu ihrem Arm. Sie hatte es tatsächlich fertiggebracht, die kaputte Schindel zu ersetzen. Sie waren sogar mit den passenden großen Nägeln befestigt. Dafür sowie für ihre intakten Finger, zollte er ihr seine größte Hochachtung. Was er natürlich im Leben nie aussprechen würde! Alasdair hatte befürchtet, sie hätte sich einen jener zierlichen Finger mit dem Hammer blau geschlagen. Schließlich war sie eine Frau. Louise Schulzingers Problem lag viel mehr daran, dass sie sich einen der großen Zimmermannsnägel durchs Hemd getrieben hatte und dieses alleine nicht gelöst bekam.

„Saubere Arbeit, Lass", stieß er belustigt aus. „Ich hoffe, es ist nicht ihr Lieblingshemd!"

„Ich finde das überhaupt nicht lustig, Munro", schnappte sie zurück. Er konnte sehen, wie sie verärgert ihr hübsches Näschen rümpfte, auf dem sich, wie er jetzt aus der Nähe betrachtet feststellte, eine Unzahl an kleinen Sommersprossen tummelten. Er zögerte und erntete dafür einen argwöhnischen Blick.

Aye, Lass. Dir kann ein Mann so schnell nichts vormachen, scheint mir … Leider erschien ihm ihrer beider Situation in dieser Höhe als nicht gerade flirttauglich, konnte doch jede Minute das alte Holz, dem sie beide ihr Gewicht anvertraut hatten, den Geist aufgeben. So sah er sich zu sofortigem Handeln gezwungen. Fast ein bisschen widerwillig riss er den Stoff des Hemds vom Nagel weg. Langsam begann er den Abstieg, während sie ihm in einigem Abstand folgte. Am Ende der Leiter angekommen, legte er zu ihrer Sicherheit, gleichfalls aber auch, weil er es sich nicht länger verkneifen konnte, eine Hand auf Louise Schulzingers zauberhafte Kehrseite.

Diese reagierte prompt mit einem entrüsteten Schnauben.

„Pfoten weg! Eine Leiter hinabsteigen bekomme ich gerade so noch alleine hin!"

Alasdairs antwortendes Räuspern klang selbst in seinen eigenen Ohren nicht gerade überzeugt. Auf dem Erdboden angelangt, rang sich die Frau ein leises „Dankeschön!" ab. Kraftlos sank sie genau dort zu Boden, wo sie soeben angekommen war. Er betrachtete sie unter niedergeschlagenen Lidern. Erst als er zur Überzeugung gekommen war, dass die Deutsche lediglich erschöpft war, trat er den Rückzug an.

„Internetempfang finden sie übrigens jederzeit in meinem Café, Lass. Vielleicht benutzen sie nächstes Mal ihr Handy, aye!" Pfeifend, die Hände tief in den Hosentaschen vergraben, schlenderte er von dannen. Amüsiert darüber, dass keine Widerworte von der Frau kamen, die er plötzlich regelrecht anziehend fand.

Deutschland zur selben Zeit

„Er redet nicht mit mir über seine Schwester", empörte sich Alexander, während seine Hand auf die Tischplatte einschlug.

„Habt ihr je überhaupt miteinander geredet, Alexander?", erwiderte die beste Freundin seiner Frau völlig gelassen. Es kostete ihn all seine Kraft, um nicht zu explodieren oder die mollige Frau mit den unpassenden Pippi Langstrumpf Zöpfen anzuschreien. Wenn er aus Debbie etwas über Louises Aufenthaltsort herausbekommen wollte, war Fingerspitzengefühl gefragt. Etwas, das so gar nicht zu seinen Eigenschaften gehörte.

„Hör zu, Alexander. Keine Ahnung, was du dir von unserem Treffen erhofft hattest. Ich weiß nicht, wo Lou ist und selbst wenn ich es wüsste, wärst du der Allerletzte, dem ich es auf die Nase binden würde. Und …"

„Aber Debbie, ich …"

„Unterbrich mich nicht! Ich hoffe inständig, dass sich Lou selbst findet. Dass sie endlich wieder anfängt zu leben, was ihr in dem goldenen Käfig, in den du sie gesteckt hast, sicherlich nicht möglich ist, lieber Alexander", warf Debbie ihm an den Kopf.

Er kniff sich selbst in den Oberschenkel, um ruhig zu bleiben. „Ist das nicht ein wenig übertrieben, Debbie? Sieh mal. Ich liebe meine Frau. Wir sind immerhin seit 22 Jahren glücklich verheiratet." *Du hast lediglich einen zweitklassigen Anwalt, der hässlich wie die Nacht ist, abgekriegt!*, dachte er, gab aber stattdessen klein bei: „Es mag sein, dass wir Fehler gemacht haben. Gut. Vielleicht habe ich mehr Fehler gemacht, als Louise. Aber ich möchte es wieder gutmachen. Kannst du, als ihre beste Freundin, mir nicht ein bisschen entgegenkommen? Gibt dir einen Ruck, Deb", flehte er, setzte dabei sein schönstes Lächeln ein.

„Vergiss es, Alexander. Was du an Lou liebst, ist das, was du aus ihr gemacht hast. Nämlich eine blondierte Barbiepuppe. Ich bin wirklich froh, dass sie sich nicht auch noch für dich unters Messer gelegt hat. Du, mein Lieber, bist absolut das Allerletzte. Männer wie du, Alexander, sind Arschlöcher erster Klasse. Ich wünschte wirklich, Lou wäre nie auf deinen Charme hereingefallen", setzte sie ihm entgegen.

Am liebsten hätte er ihr das unverschämte Grinsen aus dem Gesicht geschlagen. Aber so tief würde er nicht sinken. Er hatte niemals Hand an eine Frau gelegt und das würde er jetzt nicht ändern.

„Du brauchst ja nicht mir zuliebe helfen. Tu es wegen unserer Kinder. Deb, du bist doch Kindergärtnerin. Du weißt, was Kinder von geschiedenen Elternteilen mitmachen, was sie ertragen müssen. Seelische Wunden!", appellierte er. Entsetzt starrte er auf die Autoschlüssel in Debbies Hand.

„Du kapierst nichts, Alexander. Gar nichts! Eure Kinder sind 17 und 21. Sie werden eine Scheidung besser überstehen als du. Finde dich damit ab, dass dein Ego einen leichten Knick bekommt!", flötete sie fröhlich.

„Du kannst doch nicht einfach gehen, Deb", stieß er ungläubig aus.

„Für dich, Alexander, bin ich immer noch Frau Lauser. Du

bist keiner meiner Freunde, der mich Deb nennen darf", erwiderte sie und ließ ihn einfach sitzen. Gott sei Dank war bei seinen Freunden noch nicht durchgesickert, dass ihm die Frau davongelaufen war.

„Himmelherrgott. Louise, was hast du mir nur angetan", murmelte er. Erst nach einem dritten Martini verließ er das Restaurant.

Noch immer hatte die Detektei nichts Neues herausfinden können. Allein der Leihwagen reichte, um ihm Herzrasen zu machen. Ein Jeep Cherokee. Ein Transportmittel, das für seine Frau viel zu groß war. Ihm wurde übel, wenn er daran dachte, dass Louise seit zwanzig Jahren nicht mehr selbst Auto gefahren war. Schottland, Linksverkehr, riesen Auto plus Louise. Seine Louise. Das konnte doch niemals gut gehen. Noch immer hatte sie ihre Kreditkarte nicht genutzt.

„Woher zum Teufel hast du das Geld für alles?", murmelte er überlegend vor sich hin. Inzwischen hatte er vor Verzweiflung sogar die wenigen Krankenhäuser in Schottland überprüfen lassen. Ohne nennbares Ergebnis. Was ja einerseits sehr gut war. Nächtelang hatte er Louises Unterlagen durchforstet. Er war auf ein separates Konto sowie den Namen ihrer Galeristin gestoßen. Seine ach so treue, unscheinbare Ehefrau hatte ihn hintergangen.

„Das wirst du teuer bezahlen!", knurrte er zutiefst gekränkt. Aus Gründen, die sich ihm nicht erschlossen, hatte sie sogar mehrere ihrer fürchterlich peinlichen Bilder in besagter Galerie nicht nur untergebracht, sondern auch scheinbar ziemlich erfolgreich verkauft. Ohne sein Wissen. Gott allein wusste, wer sich solchen Schund an die Wände hängte. Wenn er nur daran dachte, dass womöglich halbnackte Körper, von der Hand seiner Frau gezeichnet, von sabbernden Männern … Nein.

Das war ein unentschuldbarer Vertrauensbruch. Alexander

war sogar so weit gegangen, dass er selbst die Galerie besucht hatte. Hellentsetzt hatte er diese wieder verlassen, nachdem die Galeristin sich geweigert hatte, mit ihm darüber zu diskutieren, wie man seiner Frau am geschicktesten den Geldhahn zudrehen konnte. Es würde ihn nichts angehen und sie sei nicht befugt, mit ihm über ihre Künstler zu sprechen, hatte die Emanze ihm eiskalt erklärt.

Er war sich fast sicher, dass sie eine dieser Kampflesben war. Mehr war bisher nicht ans Tageslicht gelangt. Wobei ihm das Erfahren bereits zur Genüge reichte. Sein Stolz war verletzt. Tiefer verletzt, als er sich eingestehen konnte. Was er immer noch nicht wusste, war, ob ein anderer Kerl im Spiel war. Gedankenverloren spielte er mit dem Iphone, wählte schließlich ohne Hoffnung erneut Louises Nummer.

Nur ein Ausflug und weitere Peinlichkeiten

Schottland

Was für eine Blamage. Warum passierten ihr plötzlich all solche lächerlichen Dinge. Bevor sie in Schottland angekommen war, hatte sie doch auch keinen solchen Hang zum Tollpatsch! Warum auf einmal jetzt? Und wieso zum Teufel immer, wenn dieser griesgrämige Schotte in ihrer Nähe war?

„Himmelherrgottsackzement! Du hättest dir um ein Haar den Hals gebrochen, Lou", schimpfte sie sich selber aus, während sie im Riss, den der Nagel in ihrem Hemd hinterlassen hatte, herumbohrte. Wenn sie die Augen schloss, konnte sie noch immer Alasdair Munros großen muskulösen Körper hinter sich fühlen. Sie hatte für einen Lidschlag lang gedacht, sie würde einfach in Ohnmacht fallen, hatte sich zusammenreißen müssen, um sich nicht an ihn zu lehnen, den Atem des Schotten an ihrem Ohr. Glücklicherweise war ihr wenigstens das erspart geblieben. Wenn sie überhaupt schwach werden würde, dann nur bei einem Schotten wie ihrem Romanhelden, den sie so anhimmelte. Andererseits gab es solche Männer nicht. So naive war noch nicht einmal sie, um an solche Helden zu glauben. Nur, was suchte sie dann hier?

-Familiäres traumhaft gelegenes Cottage in mitten des schottischen Hochlands gelegen. Warm. Mit Strom- und Wasserpauschale. Internet vorhanden. Dorfanschluss. Zu Vermieten.-

Sie konnte die Anzeige, welche sie mit Debbie im Internet angesehen hatte und auf die sie schließlich geantwortet hatte, noch genau vor sich sehen. Und wo war sie gelandet? In einer besseren Bruchbude. Natürlich konnte sie weitgehend auf das World Wide Web verzichten. Doch um sich mit ihrer Galeristin sowie mit etwaigen Kunden kurz zu schließen, musste sie Zugang zu in ihrem E-Mail-Account bekommen. Ihre Master Card würde sie unter Garantie nicht nutzen. Nur zu gut kannte sie die Gewohnheiten ihres Gatten, der, wie sie vermutete, sicherlich bereits einen Detektiv oder einen seiner Polizeifreunde auf sie angesetzt hatte. Ein bisschen kam sich Lou vor, wie im Film: Der Feind in meinem Bett, mit Julia Roberts. Natürlich hatte Alex nie Hand an sie gelegt. Denn hätte er das getan, hätte sie ja einen Grund gehabt, ihn schon viel früher zu verlassen.

Leider war ihre Situation keineswegs als romantisch zu bezeichnen. Seufzend stand sie auf, wischte sich den Dreck vom Hosenboden. Eine große Tasse rabenschwarzer Kaffee zusammen mit einem gewagten Stück Schokolade später, entschloss sie sich zu einem Spaziergang am See, um ihre Gedanken zu ordnen. Leichter Nieselregen hatte eingesetzt. Bei einer Temperatur von mindestens 24 Grad, wie sie schätzte, war es unangenehm schwül.

„Und das im Herbst", murmelte sie Steine kickend.

Doc folgte ihr gemächlich. Der große Hund ignorierte das kühlende Nass von oben ebenso gekonnt, wie sie selbst es tat. Die Schafweide von Alasdair Munro kam in Sicht. Sie umrundete diese großzügig mit einem seltsamen Gefühl in der Magengegend. Wenigstens war von ihrem Besitzer weit und breit nichts zu sehen. Lou hatte keinen Bedarf, diesem Kerl schon wieder zu begegnen. Herr im Himmel, sie hatte nicht die geringste Erklärung für all den Schlamassel, den sie in der Nähe dieses grobschlächtigen Kerls anrichtete. Andererseits fühlte sie sich plötzlich wie magnetisch von diesem Mann angezogen.

„Du bist verheiratet, Lou. Verheiratet und Mutter zweier Kinder. Herrje, Louise. Du bist zu alt für Gefühlsduselei!", rügte sie sich selbst mit zu Fäusten geballten Händen.

Ärgerlich stieß sie ein lautes Knurren aus, dem lediglich die friedlich grasenden Schafe mit ihrem Blöken zu antworten schienen. Alles wirkte so typisch Schottisch, als wäre es ein Foto aus einem Reiseprospekt über die raue Schönheit des Landes, in das sie sich schon als junges Mädchen verliebt hatte. Damals nur in Farbbroschüren oder Fotobüchern. Ihre Sammlung betrug nicht weniger als 46 Fotobücher sowie 12 Broschüren. Unvermittelt stiegen ihr Tränen in die Augen, gegen die sie verbissen ankämpfte. Der See kam in Sicht. Graublaues Wasser brach sich glucksend in kleinen Wellen an den Findlingen, die ins Wasser ragten. Bei diesem Wetter bissen die Fische vermutlich besonders gut an. Lou schlang die Arme um sich, folgte Doc am steinigen Ufer entlang.

Was war in ihrem Leben nur so schrecklich schief gelaufen? Sie umrundete den See ein Stück weit. Die kleinen Steine ebenso wie der grobe Sand unter ihren Turnschuhen knirschten bei jedem Schritt, fast als wären sie Schnee. An einem alten Baumstamm, der ins Wasser gefallen war, hielten sie an. Müde sank Lou auf das mit Moos bewachsene Holz hinab. Das Farbenspiel des Wassers kitzelte die Künstlerin in ihr wach. In Gedanken suchte sie bereits die passende Pastellkreide aus. Eine willkommene Ablenkung für ihr Herz, das sich anfüllte wie ein Eisblock. Vögel zogen über ihr kreischend ihre Runden. Doc sprang freudig am See entlang, jagte einem Insekt hinterher.

Was ist nur los mit dir?

In ihrem Inneren herrschte das reinste Chaos. Sie hatte keine Ahnung, ob ihr nach Weinen oder Lachen zumute war. Wieso um alles in der Welt war sie nicht imstande, einfach einen ruhigen, entspannten Urlaub zu verbringen? Mit Schottland hatte sie sich einen lang ersehnten Wunsch erfüllt. Endlich wollte sie die Mystik dieses Landes selber fühlen. Den Zauber der Farben auf ihre Leinwände bannen. Lou war hier her gekommen, um Ruhe von allem und jedem zu finden. Oder nicht? Allerdings schien genau dies alles überhaupt nicht funktionieren zu wollen. Wenn sie es recht bedachte, hatte sie sich selbst belogen. Sie machte sich etwas vor. Den Blick auf ein paar Enten gerichtet, die soeben elegant auf der Oberfläche des Sees landeten, redete sie erneut mit sich selbst: „Du bist davongelaufen Louise. Mit wehenden Fahnen, so schnell dich deine Beine getragen haben, bist du davongelaufen. Vor deinen Problemen, vor deinen verwöhnten Söhnen, vor deinem Ehemann. Ganz zu schweigen von deinen Gefühlen …"

Lous lauter Seufzer mischte sich mit dem Klingelton ihres Handys, das in ihrer Tasche steckte. *Nothing else matters,* von Metallica schmetterte es lautstark. Ohne recht zu wissen, was sie tat, ging Lou ran.

„Gott sei Dank!", drang die Stimme ihres Mannes erleichtert an ihr Ohr. Der Empfang war derart gut, dass sie sich erschrocken umdrehte, um sich zu vergewissern, dass Alex nicht unmittelbar hinter ihr stand.

„Louise, hast du eigentlich nur die geringste Ahnung, was ich mir für Sorgen gemacht habe! Spätzchen, wo bist du? Geht es dir gut? Louise, bist du noch dran?"

Natürlich war sie noch dran, das musste er doch schon alleine an ihrem Atem hören. Was für eine dumme Frage. Nur war sie irgendwie nicht dazu fähig, auch nur ein einziges Wort über die Lippen zu bringen. Nächtelang hatte sie von solch einer Situation geträumt. Schlagfertige Antworten überlegt. Sich ausgemalt, wie sie reagieren würde. Jetzt in diesem Moment fiel ihr davon ärgerlicherweise überhaupt nichts mehr ein.

„Louise? Herrgott, Spätzchen. Ich appelliere an deinen Verstand. Du bist die Mutter zweier Söhne, die dich verdammt noch mal brauchen. Weißt du eigentlich, was ich mir wegen deiner Midlife-Crisis alles anhören musste? Denkst du eigentlich auch mal an mich? Welche Frau bekommt schon zum Vierzigsten eine riesen Party mit Streichern und allem drum herum? Hallo? Louise? Hör jetzt sofort auf mit diesem elendigen Scheißdreck! Hörst du? Louise, so springst du nicht mit mir um. Wenn du einen anderen Kerl hast … Hast du?", brüllte Alexander am anderen Ende der Leitung.

Sie konnte den Zorn in seiner Stimme hören. Konnte bildlich vor sich sehen, wie er sich mit einer für ihn typischen Geste den Krawattenknoten löste, um Luft zu bekommen. Sicherlich war er bereits scharlachrot im Gesicht. Seltsamerweise machte ihr das überhaupt nichts aus. Fast ließ es sie völlig kalt. Befremdet stellte sie fest, dass sie bei der Erwähnung eines Liebhabers an Alasdair Munro gedacht hatte. Ein schlechtes Gewissen hatte sie dabei keineswegs.

„Louise, du fährst unsere Ehe an die Wand und wenn du das tust, wenn du … Hörst du, du Schlampe …"

Eigentlich hätte sie spätestens jetzt etwas erwidern sollen. Hätte sich wehren sollen gegen all seine bizarren Vorwürfe. Warum dachten Männer eigentlich immer sofort, dass ein anderer Mann im Spiel sein musste? Stattdessen hörte sie sich emotionslos sagen: „Welche Ehe? Unsere? Die existiert seit Jahren nur noch auf dem Papier, Alex!"

Ohne es bewusst zu tun, holte sie aus und warf das plärrende Smartphone aus dem es laut „Das machst du nicht mit mir, du … Schlampe" schrie, mit aller Kraft, die sie besaß, in den See.

Umweltverschmutzung. Hoffentlich hat mich keiner gesehen! Schoss es ihr jäh durch den Kopf. Doc zupfte an ihrem Hosenbein. Mit steifen, zitternden Fingern, die Augen auf die Stelle im See gerichtet, an dem das Wasser nun wieder glatt da lag, wollte sie ihren Hund beruhigend tätscheln, doch ihre Hand fand kein Fell vor. Entgeistert wich sie einen Schritt zur Seite, sah sich dem verwunderten Blick von Grace Munro ausgeliefert. Wild gestikulierend zeigte die Kleine immer wieder auf Lou sowie die Stelle, an der sie soeben um die fünfhundert Euro versenkt hatte.

Das Mädchen schien ihren Weitwurf genau beobachtet zu haben. Scheinbar war sie nicht begeistert darüber. Beschwichtigend zeigte Lou auf ihre Lippen, um die Kleine zum Lippenlesen aufzufordern. Grace ging nicht darauf ein. Ihre Augen funkelten ärgerlich, während sie mit dem Fuß aufstampfte. Sie zeigte auf die Enten, die friedlich ihre Kreise zogen und machte dazu ein Gesicht, das aus einer heraushängenden Zunge, verdrehten Augen sowie einem Finger über der Kehle Bände sprach.

„Ich weiß, Grace. Ja. Ja, du hast recht. Die Enten könnten von meinem Smartphone sterben. Schrecklich dumm von mir", formulierte sie so deutlich wie möglich.

Grace stemmte die Hände rechts und links in die Hüfte, stampfte erneut zornig mit dem Fuß auf. O Gott, sie sah ihrem Vater verdammt ähnlich. Grace sah sie auffordernd an, beschrieb weitere Wasserbewohner, die jetzt dank ihrer Umweltsünde sterben würden mit theatralischen Fratzen.

„Himmel, Grace. Ist ja gut. Beruhig dich Mädchen", stieß Lou kapitulierend aus. Da sie sich beim besten Willen nicht anders zu helfen wusste, entledigte sie sich unter dem wachsamen Blick der Kleinen ihrer Schuhe, Hose, Pullover sowie Socken, um dann beherzt, lediglich in BH und Slip, ins kalte Nass zu waten.

„O Gott, ist das kalt. Ganz wie der Vater. Was hab ich nur verbrochen, dass es hier nur so vor diesen Munros wimmelt!", fluchte Lou vor sich hin.

Es kostete sie alle Überwindung, die sie besaß, weit genug ins Wasser zu gehen. Immerhin war der See an der Stelle an der sie das Smartphone versenkt hatte nur brusttief. Leider war das vom Ufer aus klar aussehende Wasser hier eher eine trübe Brühe. Sie sah keine Handbreite weit. Unwillig, voller Ekel, verzog sie das Gesicht. Vom Ufer aus hatte das Wasser einladender ausgesehen. Nein. Hier war es definitiv nicht so schön, um ohne Taucherbrille und Schnorchel den Kopf unter Wasser zu stecken. Wenn Lou nicht wollte, dass sie bei Grace in Ungnade fiel, blieb ihr allerdings auch nichts anderes übrig, als genau das jetzt zu tun. Sie musste tauchen. Womöglich petzte das Mädchen ihr Malheur gar ihrem Vater.

„Verflixte Munros!", zischte Lou. Alles Mut zu reden nützte nichts. Blankes Entsetzen machte sich in ihr breit. Sie schlotterte nicht nur wegen der Kälte. Bilder von Seeungeheuern in allen Formen und Farben geisterten durch ihren Kopf. „Das ist nicht der Loch Ness, Lou. Verdammt, beruhige dich", flüsterte sie unaufhörlich. Aber Kelpies gab es angeblich doch in jedem Loch, oder? Es nützte nichts.

Die Wasserpflanzen an ihren Waden fühlten sich an wie Tentakel oder eisige Finger, die sich um ihre Fesseln legten, an ihr zerrten. Gab es nicht auch gefährliche Wassernymphen? Die von Algen überzogenen Steine unter ihren Fußsohlen machten es keineswegs besser, mehrmals glitt sie fast auf ihnen aus.

Die schottischen Sagen erwachten allesamt zum Leben. Natürlich war auch kein Held in der Nähe, um sie zur Not zu retten. Mehr tastend als sehend wühlte sie sich luftanhaltend durch Schlamm und Schlick. Es schien Ewigkeiten zu dauern, bis sie das Gerät, ihren tauben Fingern zum Trotz, tatsächlich den Fluten entrissen hatte. Dabei war sie sich sicher, dass es mehr als Glück war, dass Smartphone überhaupt gefunden zu haben. Dankbar schickte sie ein Stoßgebet gen Himmel.

Grace lächelte ihr mit erhobenem Daumen zu. Lou kam sich vor wie schockgefrostet. Ans Ufer zurückgelangt, redete sie eindringlich auf das Mädchen ein.

„Ich wäre dir sehr dankbar, Grace. Also wenn du dieses Malheur, also ich meine, diese Dummheit von mir, nicht weitererzählen würdest. Bitte. Es ist mir sehr unangenehm. Dein Vater und ich haben sowieso schon genügend Ärger miteinander …", erklärte sie so sachlich wie möglich.

Grace lächelte, hob den überkreuzten Zeige- und Mittelfinger in die Luft.

„Du schwörst es mir? Das soll es heißen, oder?"

Die Kleine nickte fest. Ihr fiel ein Stein vom Herz. Nach dem sie nass wie sie war in ihre Kleider geschlüpft war, verabschiedete sie Grace an der Straße. So schnell sie nur konnte, machte sie sich auf den Rückweg in ihr Cottage. Sie brauchte erst mal ein heißes Bad, um sich nicht zu allem Übel auch noch eine Erkältung zu holen.

Die nächsten paar Tage schaffte sie es tatsächlich, Alasdair Munro aus dem Weg zu gehen. Ganz im Gegenteil zu Marge Munro. Die ältere Dame hatte es sich wohl zur Aufgabe gemacht, sie vor dem Hungertod zu retten. Beständig versorgte sie Lou mit Brot, Gebäck, selbst Dosen mit Selbstgekochtem drängte sie ihr Tag für Tag auf.

Grace, nun Gracy, war eine Überraschung für sich. Obwohl sie beide ein kleines Sprachproblem trennte, schneite die Kleine bald täglich bei ihr herein oder saß wartend auf der alten Schaukelbank hinter dem Cottage. Schließlich kam es sogar immer öfter vor, dass die Kleine ihre Hausaufgaben mit Lou erledigte. Oft saßen sie aber auch einfach nur einträchtig nebeneinander am Ufer des Sees und malten. Das Mädchen war ein Naturtalent.

Sie hatte ein zauberhaftes Gespür für Farben und Formen. Lou ging das Herz auf vor Freude, wenn sie sah, wie sorgfältig und in ihr Tun vertieft die Kleine mit all den teuren Stiften umging. Wusste der Schotte über das Tun seiner Tochter bescheid? Vermutlich eher nicht. Sie zumindest konnte sich nicht vorstellen, dass dem meist wortkargen Kerl recht war, dass seine Tochter sich mit ihr regelmäßig traf. Andererseits taten sie ja nichts Verbotenes. Tatsächlich schien Marge es sogar gerne zusehen, wenn ihre Enkelin die Hausaufgaben mit ihr machte. Was war schon groß dabei?

Alasdair hatte wirklich versucht, Louise Schulzinger fern zu bleiben. Doch irgendwie schien der Herr im Himmel etwas anderes mit ihnen beiden im Sinn zu haben. Was er auch tat, wie weit er sich auch von der Deutschen entfernte, sie kreuzte beständig seine Wege. Zuerst hatte er dies als Zufälle abgetan, sich eingeredet, es würde ihm nichts ausmachen. Louise Schulzinger war eine Touristin, nicht mehr aber auch nicht weniger. Und er war die Touristen schließlich gewohnt. Jedes Jahr suchten etliche von ihnen die Abgeschiedenheit der Kildermorie-Lodges sowie der Schönheit der Highlands. Nicht umsonst betätigte er sich in einem weiteren Nebenjob als Fremdenführer. Regelmäßig fuhr er mit seinem Mercedesbus Touristen zum Urquart Castle am Loch Ness oder zum Culloden Schlachtfeld.

Was also war an dieser Deutschen so anders? Er konnte diese Frage nicht beantworten. Genauso wenig wie er sagen konnte, wann er damit begonnen hatte. Begonnen hatte, die fremde Frau heimlich zu beobachten. Am Anfang ging es ihm nur um Grace, bildete er sich zumindest ein. Er hatte ziemlich bald bemerkt, dass sich die Kleine immer häufiger mit der Deutschen traf, jedoch nichts unternommen, in der Annahme, dass sich dieses Problem von selbst lösen würde. Grace war schließlich kein Kind wie jedes andere. Sie war gehörlos. Er hatte jedoch die Rechnung ohne Louise Schulzinger gemacht. Verdutzt hatte er feststellen müssen, dass sich die Deutsche von der Sprachbarriere keinesfalls aus dem Konzept bringen ließ. Vielleicht gab dies den Ausschlag? Er konnte sich noch genau an eine für ihn besonderen Moment erinnern. Lou hatte händeringend, überdeutlich sprechend Grace erklärt, wie man etwas malte. Zumindest hatte es aus der Entfernung für ihn so ausgesehen. Gracy war daraufhin so Feuer und Flamme gewesen, dass sie um die Deutsche umhergetanzt war wie ein kleiner Wirbelwind.

Für einen Lidschlag lang hatte er sich eingebildet, Louise Schulzinger würde vor Glück sowie Freude strahlen wie ein Engel. Von da ab war es um ihn geschehen. Plötzlich sah er sie mit völlig anderen Augen. Die künstlich wirkende Blondine mit High Heels war einer rehäugigen Braunhaarigen in Jeans mit Turnschuhen gewichen. Lou, wie seine Mutter oder Grace sie nannten, zog ihn an wie der Köder an der Angelschnur den Lachs.

Nur das der Lachs dabei sein Leben ließ. Alasdair hatte mit seinem Vater zusammen die Rinder von der unteren auf eine der oberen Weiden getrieben. Dabei hatte sein Vater ihn auf die beiden Gestalten aufmerksam gemacht, die einträchtig unter einer der schottischen Eichen saßen und malten.

„Endlich mal ein Weib, das sich zu helfen weiß", merkte Conner mit einem Nicken in Richtung der beiden an.

„Tut der Kleinen gut, die Frau, aye."

„Ich weiß nicht, mo athair. Grace wird zu Tode betrübt sein, wenn sie zurück nach Deutschland geht", erwiderte er lapidar, um seinen Vater nichts von seinen Gefühlen wissen zu lassen.

„Was ist mit dir, mo mac?"

Alasdair schenkte Conner einen nichtssagenden Augenaufschlag sowie ein Zucken mit der Schulter. Ohne zu antworten, trieb er die Herde weiter und rief Izzy sowie Sugar, den beiden Bordercollies, Kommandos zu. Er wagte es nicht, Grace oder Lou weiter zu beachten.

„Ist nicht Morgen deine Tour?", stichelte Conner ungerührt weiter. Ihm war bereits klar, auf was der alte Mann hinaus wollte.

„Aye", bejahte er.

„Würde Lou sicher gefallen, auch wenn sie keine deiner typischen Touristinnen ist", merkte Conner an.

Er wusste genau, was sein Vater damit sagen wollte. Die typischen Touristinnen erwarteten das Schottische Klischee. Einen heldenhaften, gut aussehenden Schotten im Kilt. Das der Schotte an sich nur zu besonderen Anlässen Kilt trug oder das so gut wie keiner aussah wie Mel Gibson in Braveheart oder Gerard Butler, spielte dabei keine Rolle. Alasdair trug seinen Kilt auch zu diesen Touren, um seinem Image als Schotte, der gleichzeitig Fahrer sowie Fremdenführer war, gerecht zu werden.

Ärgerlicherweise schreckten einige dieser Schottland vernarrten Damen noch nicht einmal vor Handgreiflichkeiten zurück. Nicht selten musste er sich gegen zudringliche Hände zur Wehr setzen, die sich unter seinen Kilt verirrten. Ihn würde nur interessieren, ob sie das bei den Kilt tragenden Pakistani oder den Kilt tragenden Indern in Edinburgh auch versuchten? Schließlich gab es in Edinburgh kaum mehr echte Schotten. Gehörte die fremde Deutsche auch zu diesen Damen, die nur nach Schottland kamen, um einen Schotten wie aus ihren Liebesromanen zu finden? Er war sich längst nicht mehr so sicher, ob sie tatsächlich so oberflächlich war oder ob er sie in Gedanken in eine Schublade mit all den anderen Damen gesteckt hatte, die sie nicht verdiente.

„Wieso lädst du sie nicht ein?", hatte sein Vater gefragt.

Tatsächlich eine Einladung ausgesprochen hatte jedoch

erst seine Mutter. Ohne Rücksicht auf ihn oder auf nicht vorhandene Gefühle zu nehmen, hatte Marge die Frau eingeladen. Stolz hatte seine Mutter ihm sogar erzählt, wie lange sie gebraucht hatte, um Louise Schulzinger letztendlich zu diesem Ausflug zu überreden. Natürlich hatte er es nicht selbst in Betracht gezogen, dies zu tun. Er war ein einfacher Bauer mit einem Berg voller Schulden und einer Tochter.

Louise Schulzinger hingegen war eine verheiratete Frau mit einem, wie er vermutete, reichen Mann. Nur einmal angenommen, sie wäre nicht bereits verheiratet oder sonst wie gebunden. Was sollte so eine Frau mit einem verschrobenen Kerl wie ihm anfangen? Er war nicht dumm genug, um sich bei einer wie Lou Hoffnungen egal welcher Art zu machen. Dennoch saß diese jetzt eingekeilt zwischen zwei fettleibigen Amerikanern im Fond seines Minibusses. Zwangsläufig direkt in seinem Sichtfeld, wenn er den Rückspiegel benützte. Was, wenn man in einem Kleinbus mit Touristen in den Highlands unterwegs war, ein Muss war. Belustigt stellte er dabei fest, dass sie immer wieder ertappt zusammenzuckte, wenn sich ihre Augen im Rückspiegel trafen.

Lou sah unverschämt süß aus, wenn sie versuchte, seinem Blick auszuweichen, dabei aber nicht wirklich wusste, wohin sie sehen sollte. Sie fühlte sich sichtlich unwohl zwischen den beiden Männern, hatte diese seinem Beifahrersitz aber zu seinem eigenen Leidwesen vorgezogen. Svetlana, eine der verheirateten Russinnen, saß an ihrer Stelle neben ihm.

Besagte Dame machte es ihm nicht leicht, ihr gegenüber freundlich zu bleiben. Wiederholt strichen Svetlanas Blicke begehrlich über seinen Kilt, blieben an seinen nackten Knien hängen, sodass ihm selbst diese Nacktheit bereits anrüchig vorkam. Es war fast ein bisschen so, als befände er sich bei der Fleischbeschauung. Manchmal fragte er sich, wieso zum Teufel er überhaupt diesen Job als Fremdenführer angenommen hatte. *Weil es gut verdientes, schnelles Geld ist, dass du dringend brauchst!*, beantwortete er sich die Frage selbst. Kein Wunder, fühlte er sich von der seltsamen Fremde angezogen.

Louise Schulzinger, Lou war auf erfrischende Art und Weise komplett anders, als alle Touristinnen, die ihm bisher untergekommen waren. Er konnte es leugnen, so viel er wollte. Sie war ihm sympathischer, als er bereit war zuzugeben. Erneut suchten seine Augen ihre hochgewachsene, schlanke Gestalt im Rückspiegel. Sie sah gebannt nach draußen. Ein verzaubertes Lächeln um die Mundwinkel nahm ihrem Gesicht die Melancholie, die er sich sonst einbildete, zu sehen. Sie war wirklich das krasse Gegenteil zu den beiden russischen Ehepaaren oder den beiden Amerikanern, die ohne Frauen unterwegs waren. Während die Russinnen in hochhakigen Pantoletten unterwegs waren, trugen ihre Männer Flip Flops. Lou hingegen hatte grasgrüne Chucks an den Füßen. Ihre lange Jeanslatzhose flatterte wie gewohnt um ihre dünnen Beine, von deren Länge sicherlich jedes Model träumte, die dabei ungewollt sexy aussahen.

Was man von den Beinen, die mit pinkfarbenen Pantoletten an den Füßen direkt neben ihm unter einem viel zu kurzen Minirock hervor sahen und zudem wie wild auf und ab wippten, nicht gerade behaupten konnte. Er würde es nie verstehen, wieso die Touristen alle gut gemeinten Ratschläge aus Reiseführern sowie Touristeninformationen ignorierten.

Festes Schuhwerk, Zwiebellook ebenso wie regenfeste Kleidung wurde dort doch ständig erwähnt. Leider trafen diese noch immer auf viel zu viele taube Ohren. In Lous T-Shirt, das unter einem verwaschenen offenen Jeanshemd hervor schaute, wiederholte sich das Grün der Schuhe.

Eine Regenjacke, die sie um die Hüfte gebunden hatte sowie eine abgeschossene Baseballkappe komplettierte ihre

Ausstattung. Sie war garantiert besser gerüstet, als alle anderen Insassen zusammen. Ohne in ihren mitgebrachten Rucksack zu sehen, ahnte er, was er vorfände. Einen Block sowie Bleistifte in verschiedenen Härten. Dass sich eine kleine Flasche stilles Wasser von Highlandspring ebenso wie ein Steakpie darin befand, wusste er bereits von Marge. Das Steakpie hatte er eigens heute Morgen frisch gebacken, ohne auch nur zu ahnen für wen. Was natürlich an der Herstellung nichts geändert hätte. Marge hat lediglich etwas von einer Bestellung gefaselt. Es hatte leicht zu nieseln begonnen und die Scheibenwischer knarzten regelmäßig über die Scheibe.

Drich nannte man diese Art von Regen, zu der sich auch ein bisschen Wind gesellte. Nicht schlimm, aber unangenehm. Alasdair war sich ziemlich sicher, dass keine der Russinnen bei diesem Wetter im Culloden Schlachtfeld umher wandern würde. Dabei empfand er eine kindische Freude bei dem Gedanken daran, die pinkfarbenen Pantoletten absatztief im Moor versinken zu sehen. Vor seinem inneren Auge sah er wieder Louise Schulzinger am Tag ihrer Ankunft, wie sie unbeholfen in ihren High Heels im Morast versunken war. Als erahne sie seine Gedanken, trafen sich ihre Blicke erneut. Er musste sich schwer zusammenreißen, um das Lenkrad nicht zu verreißen.

Daingead. Konzentrier dich, Mann!, rügte er sich stumm, vermied es erneut, in den Rückspiegel zu sehen. Hatte sie den kleinen Schlenker bemerkt, den der Bus gemacht hatte? Svetlanas Blick hing immer noch auf jedem bisschen nackter Haut, das er zeigte. Er versuchte, nicht laut zu seufzen.

Pog mo tho, ich komme mir fast ausgezogen vor!

In den nächsten Minuten würden sie an ihrem Ziel, dem Culloden Moor, ankommen. Er schaltete das Mikrofon ein, während er Svetlana weiterhin bewusst ignorierte, die gebannt an seinen Lippen hing, als er von dem zu erzählen begann, was sich am 16 April 1746, dem schwärzesten Tag in Schottlands Geschichte, in eben jenem Moor zugetragen hatte. Wie immer beschönigte er keinen Teil des Geschehens, malte jedoch auch keines der grausigen Details aus.

Die bedrückte Stille der Touristen hielt wie fast immer genau bis zu dem Moment an, an dem sie auf den Besucherparkplatz einfuhren. Dann wurde bereits wieder laut gelacht oder darüber diskutiert, ob es wohl einen anständigen Tee-Shop gab. Es war immer dasselbe. Lediglich die Deutsche blieb ruhig, sah ihn nicht an, sondern starrte mit unergründlichen Gesichtszügen auf das Besuchercenter. Nachdem sich seine Touristen mit einem der Angestellten in Dragoner Montur ablichten hatten lassen, alle außer Lou, hatte er schleunigst das Weite gesucht. Nicht selten musste auch er für Fotografien herhalten, was er durch und durch verabscheute.

Heute stand ihm danach nicht der Sinn. Er brauchte dringend eine Verschnaufpause, um wieder Herr über sich selbst aber vor allem auch über seine Gefühle zu werden. Müde schlenderte er in den Tee-Shop, wo er sich einen heißen Kaffee gönnte. Danach beobachtete er eine ganze Weile interessiert Lou, die den Weg der Jakobiten sowie gleichfalls den der Engländer ganze zwei Mal komplett entlang ging. Schließlich rauchte er vor dem Ausgang zum Moor eine Zigarette. „Wolltest du nicht damit aufhören, Al?", erklang es frotzelnd neben ihm.

„Aye, Kevin. Das wollte ich … Na ja, aber du weißt ja, wie das manchmal so ist", erwiderte er mit der Schulter zuckend, während er seinem Freund Feuer gab.

„Verstehe. Hast wieder ne besondere Truppe abbekommen." Kevin grinste breit, nickte in Richtung Svetlana, deren Absätze lautstark durch die Ausstellung in Richtung Tee-Shop klapperten.

„Aye. Du sagst es. Haben noch nicht mal einen Blick aufs Schlachtfeld geworfen, oder?", bestätigte Alasdair kopfschüttelnd. „Nein, haben sie nicht. Aber die kurzhaarige Bonnie Lass ist nicht von schlechten Eltern. Toller Hintern, sexy Beine. Lässt sich gerade eben von der alten Annie die ganzen Feldarztutensilien genau erklären, fragt sogar nach, ohne grün im Gesicht zu werden." In Kevins Stimme schwang Bewunderung mit, während seine Augen mit unverhülltem Interesse Lou beobachteten.

Alasdair folgte dem Blick seines Freundes. Die Deutsche hatte sich zu der alten Annie hinuntergebeugt, die neben ihr wie ein Zwerg wirkte. Der Größenunterschied zwischen den beiden Frauen betrug Minimum zwei Köpfe. Alasdair konnte sehen, wie Lou vorsichtig eine Knochensäge in die Hand nahm. Ihre Gesichtszüge zeigten keinen Ekel, sondern eher eine Mischung aus Neugierde und Betroffenheit. Sie schien zu spüren, dass sie beobachtet wurde, denn sie sah sich suchend um. Seltsamerweise fühlte er sich regelrecht ertappt, wich in den Sichtschutz einer Mauer zurück.

„Du magst sie?", kommentierte Kevin seine Reaktion mit belustigtem Unterton in der Stimme. Er antwortete nicht auf Kevins Frage. Dieser drückte soeben schnellstens seine Kippe aus, da Lou genau auf den Tresen mit den Audio-Führern zuhielt.

„Aye, mein Job ruft", sagte Kevin frotzelnd und zwinkerte Alasdair verschwörerisch zu. Er konnte sehen, wie sein Freund mit Lou zu flirten begann, was ihm einen unangenehmen kleinen Stich versetzte. Ihn selbst hatte sie noch immer nicht wahrgenommen. Sie schien sehr genau auf das zu achten, was Kevin ihr erklärte. Nickte hier und da. Lachte über seine Witze, während sie sich locker an den Tresen lehnte. *Jetzt werd bloß nicht eifersüchtig!*, rügte er sich in Gedanken. Lou hatte ein ansteckendes, einnehmendes Lachen.

Alasdair fragte sich, wieso ihm das erst jetzt auffiel. *Weil dich Frauen nur für Bettgeschichten interessieren und diese nicht in dein Beuteschema passt! Mach dir nichts vor, Al, Felicitas hat alle Liebe zerstört, zu der du je fähig warst!*

Ärgerlich über sich selbst, fuhr er sich mit der Hand durch die feuchten Haare. Schwer ließ er sich gegen die Mauer in seinem Rücken sinken. Atmete mit einem lauten Seufzen aus. Lou marschierte inzwischen, das Gerät am Ohr mit dem aufgespannten Schirm aus ihrem Rucksack, ziemlich allein die trostlosen Wege durchs Culloden Moor entlang. Sie war sichtlich vertieft auf die Stimme des Audio-Führers. Der feine Nieselregen, der über kurz oder lang alles durchnässte, schien sie nicht im Geringsten zu stören. Er konnte sehen, wie sie dann und wann den Kopf weit in den Nacken legte, den Regenschirm beiseite hob, um in den verhangen Himmel zu sehen. Er stellte sich vor, wie der feine Sprühregen sich wie ein Schleier auf ihr Gesicht legte, wie sie die Regentropfen von ihren Lippen leckte.

Himmel, Alasdair. Jetzt hör aber auf.

Ob Louise Schulzinger wohl gläubig war? Denn wie vorhergesehen war sie völlig alleine dort draußen unterwegs, sah man von den Geistern der Vergangenheit, die es hier zu genüge gab, mal ab.

Es war ein Fehler gewesen, hier her zu kommen. Lou war sich dessen nur allzu bewusst. Alasdair Munro hatte sie im Kilt begrüßt. Anstatt mürrisch, wie sie ihn kannte, war er regelrecht galant, beantwortete geduldig die Fragen der Frauen. Wacker trotzte er ihren aufdringlichen Händen. Fast hatte sie Mitleid mit ihm. Lou war bei seiner Antwort einer der Russinnen gegenüber, die natürlich fragte, was denn ein Schotte unter dem Kilt trug, rot geworden. Ihr waren die aufdringlichen Frauen regelrecht peinlich.

„Nichts als Schottlands Zukunft!", hatte er mit fester Stimme gesagt und sie dabei durchdringend gemustert. Als fragte er sie stumm: „Willst du es überprüfen, Lass?"

Noch immer bildete sie sich ein, die stechend blauen Augen, in denen der Schalk nur so zu sprühen schien, auf sich zu fühlen. Warum fühlte sie sich auf einmal von Alasdair Munro angezogen, als wäre er ein Magnet? Egal, wie weit sie sich von ihm distanzierte, umso näher kam sie ihm. Der Schotte ließ sie nicht mehr los. Schlich sich in ihre Gedanken. Beeinflusste ohne sein Zutun ihr Handeln. Wo war der Griesgram hin verschwunden, den sie nicht ausstehen konnte? Zwischen die beiden Amerikaner im Bus eingequetscht, waren ihre beiden Augenpaare immer wieder im Rückspiegel aufeinandergetroffen.

„Ha. Was soll er denn sonst tun. Er muss ja wohl den Straßenverkehr im Rückspiegel folgen, Lou. Er kann also zwangsläufig nicht anders, du bist lediglich im Weg gesessen", murmelte sie lautlos vor sich hin.

Sie versuchte, ihr Herz zu ignorieren, dem plötzlich schon alleine der Name Alasdair genügte, um schneller zu schlagen. Verdammt, dieser Kerl brachte sie völlig durcheinander. Er entsprach so überhaupt nicht ihrer Vorstellung eines schottischen Mannes. Nein. Munro war das ziemliche Gegenteil eines Helden á la Jamie. Wieso hatte sie sich nur von Marge zu diesem Ausflug überreden lassen?

„Al hat sowieso noch einen Platz im Bus frei, Lass. Lassen sie sich Schottlands traurige Vergangenheit näherbringen!"

Das hatte sie gesagt. Und sie hatte gedacht, wenn sie schon keinen Ausflug zu den Outlander Schauplätzen mehr bei einem der hiesigen Reisegesellschaften bekam, würde sie so immerhin etwas von Schottland zu sehen bekommen. Alasdair Munro hatte sie mit keinem Wort danach gefragt, wieso sie nicht an einem Outlander-Sightseeing teilgenommen hatte, anstatt mit ihm zu fahren. Sie konnte diese Frage jedoch regelrecht im Gesicht des Mannes lesen. Ebenso wie seine Abneigung gegenüber den Fans der Serie sowie den Büchern. Tatsächlich besaß Alasdair Munro ein Gesicht, in dem man lesen konnte wie in einem Buch.

Selbstverständlich hatte sie nicht erwähnt, dass seine miese Internetverbindung sowie der fehlende Handyempfang an dem ganzen Schlamassel schuld waren. Als dann Marge auch noch so freundlich war und sich angeboten hatte, auf Doc aufzupassen, waren ihr die Argumente ausgegangen. Was war schon dabei? Eigentlich nichts. Wenn nur dieses seltsame Gefühl in ihrer Magengegend nicht wäre.

Welcher Teufel hat dich bloß geritten?, kreischten ihre Gedanken. Gut sie fuhr nicht gerne Auto und schon gar nicht mit diesem Ungetüm von Jeep. Natürlich war es ihr gelegen gekommen, so doch noch ein bisschen mehr von Schottland und seiner Geschichte zu sehen zu bekommen. Es hatte bereits bei ihrer Abfahrt angefangen zu regnen. Nicht stark aber beharrlich und unangenehm. Dennoch war sie regelrecht aus dem Bus sowie gleichfalls aus seiner Nähe geflüchtet. Erst im Inneren des Besucherzentrums vom Culloden Schlachtfeld hatte sich ihr klopfendes Herz beruhigt. Wie nicht anders zu erwarten, war es ein trauriger Ort. Sie ging den Weg der Jakobiten zweimal, ebenso den der Engländer. Den Dokumentationsfilm sah sie sich alleine an.

In der Mitte des viereckigen Raumes sah sie mit rasendem Puls und starr vor Entsetzen, dem Kampfgeschehen entgegen. Ihr wahr wirklich, als wäre sie in mitten der Schlacht gelandet. Obwohl sie natürlich wusste, dass der Film gestellt war, hatte sie das Gefühl, ihr Herz würde vor Angst aufhören zu schlagen. Nach Verlassen des kleinen Kinos, als sie sich wieder einigermaßen gefangen hatte, lauschte sie den Erklärungen einer kleineren älteren Dame im historischen

Gewand. Diese erzählte von den fürchterlichen medizinischen Zuständen der damaligen Zeit. Im Roman hatte sich das bereits schlimm genug gelesen. Aber all die scheußlichen Instrumente direkt vor sich liegen zu sehen, war nochmals etwas ganz anderes. Trotz des Ekels, den sie empfand, ließ Lou sich auf die Beschreibungen sowie das Wissen der sympathischen Schottin ein. Neugierde hatte sie schließlich sogar dazu gebracht, eine rostige Knochensäge in die Hand zu nehmen, diese genauer zu betrachten. Was für ein Glück, dass sie nicht mehr in jener Zeit lebte. Nein.

Sie hätte keine zwei Tage in jenem Zeitalter überlebt. Plötzlich fand sie diese Epoche auch überhaupt nicht mehr so romantisch. Tatsächlich war sie froh, dem Inneren des Besucherzentrums zu entkommen, obwohl sich der junge Mann, der ihr den Audioführer erklärt hatte, wirklich Mühe gegeben hatte, sie zum Lachen zu bringen. Ihr war, als weinte der Himmel über all die Toten, die im Moor ihre letzte Ruhestätte gefunden hatten. Ihre Baseballkappe genauso wie ihre Regenjacke genügte nicht, sie vor dem gleichmäßigen Regen zu schützen. Sie war bereits völlig durchnässt. Doch es war nicht die Kälte, die sie tief in ihrem Inneren spürte, die ihr am meisten zu schaffen machte.

Dennoch drehte sie nicht um, weigerte sich, in die Sicherheit und Wärme des Tee-Shops zu flüchten. Stattdessen holte sie ihren kleinen Regenschirm aus dem Rucksack, folgte mit festen Schritten den Wegen durchs Moor. Während sie der traurigen Geschichte lauschte, die der Audioführer erzählte, klammerte sie sich an den Knauf des Schirmes. Ohne es zu wollen, fing sie lautlos an, zu weinen. Sie weinte um all die Toten ebenso wie um ihre gescheiterte Ehe. Sie fühlte sich unendlich klein und verloren zwischen all den weißen und roten Fahnen, die im Wind wehten. Schritt für Schritt ging sie weiter, prägte sich die vielen Einzelheiten des Culloden Schlachtfelds ein. Die Quelle der Toten, das Monument zum Gedenken an all die Gefallenen sowie natürlich die mit Reet gedeckte Kate. Ein verwitterter Grabstein ließ sie innehalten. Munro stand da noch immer gut lesbar. Lagen hier Ahnen von Alasdair und Marge? Vor dem Stein lag ein Bündel getrockneter Blumen. Erst jetzt fiel ihr auf, dass sie völlig alleine war. Plötzlich brach die Wolkendecke auf, offenbarte blauen Himmel und ein paar einsame Sonnenstrahlen ließen den verwitterten Stein aufleuchten.

„Ruht in Frieden", flüsterte sie leise und machte sich auf den Rückweg. Sie hatte sich zu lange im Moor aufgehalten, völlig die Zeit vergessen. Laut ihrer Uhr hatte sie nicht einmal mehr Zeit, um einen Kaffee oder Tee zu trinken.

„Himmelherrgottsackzement!", schimpfte sie ärgerlich vor sich hin, eilte dann im Stechschritt zurück zum Busparkplatz. Sie kam gerade rechtzeitig an, um zu sehen, wie sich Alasdair Munro mit gezwungenem Lächeln gegen Svetlana wehrte, die ihm allen Anschein nach an die Wäsche oder besser gesagt an den Kilt wollte. Sie schien wirklich gewillt zu testen, was der Schotte unterm Kilt trug. Vielleicht hatte es den Ausschlag gegeben, dass ihr die Russin unsympathisch war. Möglicherweise war es auch der Umstand, dass Munro sich wirklich mühe gab, nicht unfreundlich zu werden aber trotzdem versuchte, die Frau auf Abstand zu halten.

Im Nachhinein konnte Lou nicht mehr sagen, was den Ausschlag gegeben hatte. Dabei war sie eigentlich eine ruhige, friedliebende Person, die sich nicht gerne einmischte. Tatsache war, dass sie völlig beiläufig auf die beiden zu schlenderte, ihren Regenschirm schloss, um ihn dann genau vor der Russin mehrmals schnell nacheinander zu öffnen und zu schließen. Eine ganze Flut an angesammelten Regentropfen ergoss sich auf Svetlana, die sich mit einem entrüsteten Schrei in Sicherheit brachte.

„`tschuldigung!", stieß Lou gespielt demütig aus, während sie dabei Alasdair verschwörerisch zu zwinkerte. Sie musste sich auf die Zunge beißen, um nicht etwa völlig kindisch loszukichern. Laut Russisch schimpfend, suchte die Frau Trost bei ihrem Ehemann, der Lou sogleich mit bitterbösen Blicken bedachte. Bevor dieser sie jedoch zur Rede stellen konnte, schob sich der Schotte zwischen sie und den verärgerten Russen. Führsorglich hielt Alasdair ihr die Autotür auf und mit einem Nicken wies er auf den Beifahrersitz.

„Dann kannst du mich auch gleich ganz retten, Lass", wisperte er verschwörerisch in ihr Ohr, was ihr sofort eine Gänsehaut bescherte.

O Himmel, warum ist der auf einmal so charmant?

Die Russin bedachte sie mit einem *Fall tod um Blick*, folgte dann aber ihrem besorgten Mann in den Fond des kleinen Busses. Mit einem „Fang!" warf Alasdair Munro ihr ein Handtuch zu, das sie mehr als dankbar annahm. Sie schälte sich aus ihrer klitschnassen Regenjacke, zog die Baseballkappe vom Kopf, um sich ihre Haare einigermaßen trocken zu frottieren. Alasdair wiederum erklärte seiner Busgruppe, dass er die Heizung angestellt hatte, damit ihnen allen wieder warm wurde. Außerdem teilte er ihnen mit, dass sie den Weg durch Inverness nehmen würden, damit sie ein wenig von der Stadt sahen. Ihr Ausgangspunkt am Loch Ness würde das Urquart Castle sein, das sie besichtigen konnten, sie könnten aber auch eine Bootsfahrt auf dem vom Wasservolumen her größten See Schottlands machen.

„Ich habe gehört, der Loch Lomond ist der größte See Schottlands", widersprach Svetlana dem Schotten schnippisch, fast ein bisschen, als wolle sie sich an ihm rächen. Oje.

Das konnte noch interessant werden. Unter niedergeschlagenen Lidern wartete sie auf Alasdairs Reaktion, die keine

Sekunde auf sich warten ließ. „Nun, das ist nur fast richtig, Mistress. Tatsächlich sagte ich vom Wasservolumen her ist der Loch Ness Schottlands größter See. Flächenmäßig ist natürlich der Loch Lomond der größere der beiden", antwortete der Schotte ruhig, wobei er ihr erneut zuzwinkerte.

„Es gibt ein schönes Lied von der Gruppe Runrig, das Loch Lomond heißt. Der Liedtext beruht auf einer traurigen Geschichte", erklärte er im Lehrton, sah Lou dabei unverwandt an.

„1745, nach dem zweiten fehlgeschlagenen Jakobitenaufstand, wurden zwei Männer aus dem Gefolge von Bonnie Prince Charly gefangen genommen. Der eine wurde freigelassen, nahm die High Road – den Weg über die Berge nach Hause, der andere wurde zum Tode durch den Strang verurteilt, nahm die Low Road – den Weg der Toten durch die Unterwelt. Ich lege eine CD ein mit einigen sehr schönen schottischen Traditionals."

Sie hätte seiner Erzählung noch Stunden lauschen können. Es war diese Aussprache, dieses gerollte R, dass regelrecht für ein seltsames Prickeln in ihrem gesamten Körper sorgte. Während der traurige Klang des Dudelsacks zu Loch Lomond erklang, startete Alasdair den Wagen. Lou wagte es nicht, ihn anzusehen, aus Angst, ihr Gesicht würde ihm verraten, wie durcheinander er sie brachte.

In ihrem Kopf spulte sie immer und immer wieder denselben Satz ab: *Du bist verheiratet. Du bist die Mutter zweier Söhne, Louise! Verheiratete. VERHEIRATET! Auch wenn es gerade mehr als beschissen mit dir und Alex läuft.*

Das war ein verdammt triftiger Grund. Aber war es auch wirklich ein Hindernis? Die Geschichte um Loch Lomond sorgte ebenso wie die Töne des Dudelsacks dafür, dass ihr zum Heulen zumute war. Fröstelnd bis tief ins Mark, drückte sie sich gegen den Sitz.

„Kalt?", erklang es besorgt.

Sie nickte zaghaft, verfolgte wie die großen, schwieligen Hände, die, wie sie bereits wusste, ziemlich gut zupacken konnten, den Knopf für die Sitzheizung betätigten. Mühsam versuchte sie, die Bilder aus ihrem Kopf zu verbannen, die eben diese Hände hervorriefen. Lieber Gott, ihr war schon fast, als ob sie diese Hände erneut auf ihrem Körper spüren konnte. So wie als er sie von der Weide gerettet hatte. Panisch spürte sie, wie ihr Wangen unangenehm heiß wurden.

Bitte, bitte, lass mich nicht rot werden, betete sie stumm.

„Wird gleich", murmelte der Schotte einsilbig und griff neben sich. Im nächsten Augenblick warf er ihr die Decke mit dem Munro-Tartan zu, die ihr bereits bestens bekannt war. Lou dankte ihm mit einem vorsichtigen Lächeln, das er mit einem freundlichen Nicken entgegennahm.

Es gestaltete sich mehr als schwierig, sich auf den Verkehr der Straße zu konzentrieren. Immer wieder war Alasdair versucht, Lou anzusehen, die tief in die Decke gekuschelt auf seinem Beifahrersitz saß. Die süßen Lippen waren beim Anblick von Inverness Straßen zu einem andächtigen O geformt, gaben jedoch nicht einen einzigen Ton von sich. Ihre Haare standen ihr wie wild vom Kopf. Louise Schulzinger war eine Augenweide, schien sich dessen aber keineswegs bewusst zu sein. Wiederholt versetzte es ihm einen kleinen Stich, wie gut ihr das rot-schwarze Tartanmuster seines Clans, aus dem die Decke bestand, schmeichelte.

Vielleicht war er ja auch einfach nur von sich eingenommen, weil ihm Mistress Unnahbar zum ersten Mal ein Lächeln, ja sogar ein Zwinkern geschenkt hatte. Womöglich wurde er aber mit seinen 36 Jahren auch einfach nur seltsam.

Du hattest definitiv zu lange keine Frau mehr an deiner Seite, Al. Tja, jetzt bist du ziemlich überfordert mit flirten. Hast es wohl ver-

lernt!, erklärte er sich im stummen Selbstgespräch.

Sie verließen Inverness über eine der zahlreichen Brücken. Automatisch schlug er den Weg zum Urquart Castle ein. In der Zwischenzeit hatte der Regen ebenso zugelegt wie der Wind. Na das würden heute ganz besonders tolle Aussichten auf den Loch Ness sein. Aus den Lautsprechern erklang Dougie MacLeans warme Stimme, die Caledonia sang.

Alasdair war nicht weiter verwundert, das der Besucherparkplatz am Urquart Castle ziemlich verwaist da lag. Bei dem ganzen Regen sowie Matsch würde er den Bus erst einmal generalreinigen müssen. Daingead! Er fuhr extra so nah wie möglich an die runde Kuppel heran, in der sich der Eingang zum Ticketschalter sowie zum Besucherzentrum des Urquart Castles befand. Alle einschließlich Lou verschwanden eilig im Trockenen. Nachdem er den Kleinbus eingeparkt hatte, gönnte er sich normalerweise sein Mittagsessen, nebst einem kleinen Nickerchen. Die letzte Nacht mit einer Sonderschicht in der Backstube hatte nicht wirklich viel Zeit für einen erholsamen Schlaf übrig gelassen.

Das laute Stimmengewirr sowie die vielen Fragen der Touristen und das Abwehren von aufdringlichen Frauenhänden, hatten ihn schließlich völlig ausgepowert. Ganz zu schweigen davon, dass Hochzeitstorten seit seinem Ehefiasko zu den ihm verhassten Dingen gehörten und ihn der Gedanke an dieses elendige Teil seines Versprechens fast um den Verstand brachte. Heute wollte es ihm der Müdigkeit zum Trotz nicht gelingen zu schlafen. Hunger verspürte er genauso wenig. Was war nur plötzlich los mit ihm? Er war doch sonst nicht so dünnhäutig.

Ob sie jetzt wohl bereits im Kino saß, um sich anzusehen, wie Urquart Castle sich im Laufe der Jahrhunderte verändert hatte? Er bezweifelte, dass Lou bei Kaffee oder Scones saß. Ehe er wusste, was er überhaupt tat, hatte er bereits ein Ticket gelöst. Wie von selbst trugen ihn seine Beine die breiten, wie eine Wendeltreppe angelegten Stufen hinunter. Dudelsackmusik im Hintergrund ebenso wie einige Touristen, die ihn typischen Mitnahmeartikeln aus Schottland stöberten, empfingen ihn. Es gab Nessis in allen Farben oder Formen, ebenso wie Tee, Shortbread oder etliche Whiskysorten zu ziemlich überteuerten Preisen, wie er fand.

Alles was das Touristenherz erfreute, war zu erhalten. Eine freundliche Stimme wies via Durchsage daraufhin, dass der Film Uquart Castle im Laufe der Jahrhunderte in wenigen Minuten beginnen würde. Seine Augen suchten den Raum nach ihr ab. Für einen Lidschlag lang verspürte er einen herben Stich, weil er die Deutsche nicht gleich sah. Dann jedoch erblickte er sie unmittelbar vor dem Kino. Sie stand bei den Schaukästen, in denen sich, wie er wusste, Fundstücke des Castles befanden. Lou schien etwas zu lesen, blickte konzentriert, mit den Zähnen auf ihrer Lippe knabbernd, in den Schaukasten. A Dhia, sah das verführerisch aus. Er konnte nicht aufhören, auf ihre Lippen zu starren. Ob sie so süß schmecken würden, wie sie aussahen?

Verunsichert lehnte er sich an die Wand, zwang sich in eine andere Richtung zusehen. Was verdammt war auf einmal los mit ihm? Wieso geriet sein Blut so in Wallung, wenn er an diese Frau dachte? Herrgott. Er hatte Verpflichtungen wie Sand am Meer. Außerdem war er als alleinerziehender, völlig verschuldeter Vater eine lausige Partie als Liebhaber. Eine Frau wie Lou verdiente einfach etwas Besseres. Keinen Kleinbauern mit eben solchen Manieren. Warum konnte er dann nicht einfach zurück zum Bus gehen, um zu tun, was er immer tat?

Wieso brachte ihn diese A' gearmailteach dazu, im Gefühlschaos zu versinken? Irgendetwas an ihr berührte ihn. Berührte ihn so sehr, dass er sich nicht dagegen wehren konnte. Sie brachte etwas in ihm zum Vorschein, dass er verloren geglaubt hatte. Alasdair wusste, dass es nicht richtig war, was er tat. Ihm war völlig klar, dass er viel zu früh für seine Empfindungen dieser Fremden gegenüber bezahlen werden müsste. Sein Herz bestand seit acht Jahren nur noch aus einem Haufen Scherben. Er glaubte kaum, dass ausgerechnet diese Bonnie Lass mutig genug sein würde, um sich die Hände daran zu zerschneiden nur um sein Herz zu retten.

Ebenso wie er wusste, dass dann, wenn sie ihn im Anschluss wieder verlassen würde, nichts mehr von dem kläglichen Rest, der einmal ein Herz gewesen war, übrig bleiben würde als Asche. Er brannte, er brannte bereits lichterloh wie eine Fackel und der Grund dafür schlenderte gemächlich zum Kino empor. Sie hatte ihn noch immer nicht entdeckt. Er tat es ihr gleich, den Blick auf ihre wiegenden Hüften gerichtet, folgte er ihr in einigen Metern Abstand. Dabei ignorierte er geflissentlich die Blicke der Damenwelt um sich herum, die alle gebannt auf seine nackten Knie und gleichfalls seinen Kilt starrten.

Nur ja keine der Damen mit einem Blick ermutigen!, dachte er bei sich. Lou setzte sich in die letzte Reihe des kleinen Kinos, was bei ihrer Körpergröße sehr führsorglich gegenüber den anderen Besuchern war. Die Amerikaner aus seinem Bus saßen in der allerersten Reihe, winkten ihm euphorisch zu. Freundlich nickte er ihnen zu, setzte sich jedoch ebenfalls in die letzte Reihe, aber nicht direkt neben Lou.

Tatsächlich machte er sich Sorgen um seine eigene Courage. Alasdair hatte nicht vor, sich oder Lou zu blamieren, indem er sich hier im schummrigen Licht des Urquart Castles Besucherkinos über dieses anziehende Paar Lippen hermachte. Auch wenn es ihn plötzlich ziemlich viel Willenskraft kostete, dieser Versuchung zu widerstehen. Mühevoll versuchte er, dem Film zu folgen. Nicht genug, dass er müde war oder den Film bereits in- sowie auswendig kannte, nein, er konnte die Augen kaum von ihr nehmen. Vielleicht wäre es nie soweit mit ihm gekommen, wenn Marge sie ihm nicht regelrecht aufgedrängt hätte.

„Sei nicht so komisch, Al. Lou ist eine zauberhafte Bonnie Lass. Ich finde, du könntest ihr ruhig die Schönheit deines Vaterlandes etwas näherbringen, um sie über diverse Fehler deines Cottages hinwegzutrösten!" Das waren die Worte seiner eigenen Mutter gewesen.

„Zum Teufel. Diverse Fehler deines Cottages", brummte er leise. Zu seinem Leidwesen musste er seiner Mutter recht geben. Er hatte doch einige Details der Annonce für das Cottage sehr geschönt. Jäh blitzte die Erinnerung an rotkarierte Unterwäsche in seinen Gedanken auf. Er war sich mehr als sicher, keinen Ton von sich gegeben zu haben, dennoch konnte er ihren fragenden Blick auf sich fühlen. Sie hatte ihn also entdeckt. Natürlich hatte sie, schließlich hatte er sich ja nicht gerade vor ihr versteckt und blind war sie auch nicht. Das war doch alles ganz normal oder? Warum fühlte er sich dann urplötzlich wie ein ganz lausiger Romeo?

Angestrengt sah er auf die Leinwand, fragte sich beklommen, ob er bereits einen roten Kopf hatte. Ihm war auf einmal unangenehm heiß. Nervös wackelte er mit den Beinen, strich den Kilt glatt, um nicht mehr als ein bisschen Knie preiszugeben. Nach Beendigung des Films blieb er, ebenso wie Lou, noch einen Augenblick sitzen, um den drängelnden Touristen den Vorrang zu lassen. Beide blickten sie einträchtig aus dem großen Fenster, dessen Vorhang mit dem Ende des Films verschwunden war und den atemberaubenden Blick auf die Ruine von Urquart Castle freigab. Jetzt konnte er ihren Rehaugen nicht mehr ausweichen, die ihn unverhüllt musterten.

„Lange nicht mehr gesehen, Bonnie Lass", witzelte er, um

sie sodann mit seinem charmantesten Grinsen zu bedenken.

„Wird ihnen das nicht langweilig, Munro?", antwortete sie mit einer Gegenfrage, ein unschuldiges Lächeln um die Mundwinkel.

Verdammt. Wenn du mich so ansiehst, küsse ich dich gleich!, schoss es ihm durch den Kopf. „Och, ich war schon lange nicht mehr hier."

Ihre Augenbrauen schoben sich skeptisch in die Höhe.

„Ist ziemlich einsam da draußen heute. Dachte mir, vielleicht brauchen sie einen Führer. Sozusagen als Dank für die Rettung meiner Unschuld, aye!", beeilte er sich, mit ernster Stimme zu sagen.

Eine leichte Röte legte sich auf ihre Wangen. Sie prustete belustigt. „Wenn sie unschuldig sind, Munro, dann bin ich eine Nonne", antwortete sie ihm trocken. Erleichtert atmete er auf. Die Deutsche schien ihm seinen seltsamen Humor nicht krummzunehmen. Verschmitzt grinsten sie sich beide an, standen auf, um einträchtig das Besucherkino zu verlassen.

Sie traten auf direktem Weg zusammen nach draußen, wobei Alasdair ihr den Vortritt ließ. Gentlemen like hielt er ihr sogar die Tür auf. Dummerweise entwickelte sich der Schotte immer mehr zu einem aufmerksamen, netten Mann und somit zu einer Gefahr für ihr Herz. Lou war sich bewusst, dass die wenigen Touristen, die da waren, den Schotten bewundernd anstarrten. Hinter vorgehaltener Hand wurde getuschelt. Sie war sich mehr als sicher, dass der Kilt des Schotten, beziehungsweise das, was sich unter diesem befand, Dreh- und Angelpunkt dieser Gespräche war.

Tatsächlich schämte sie sich im Moment fast dafür, auch eine Frau zu sein. Kurz zuckte sie unter der kühlen Windböe zusammen, die ihr unter die Jacke fuhr. Den Schotten neben ihr schien dieses Wetter nicht im Geringsten zu stören. Nun gut, er war diese Wetterkapriolen ja auch gewohnt.

Hieß es nicht, dass es in Schottland vier Jahreszeiten an einem einzigen Tag gab? Aus den Augenwinkeln betrachtete sie sein markantes Gesicht. Die Stoppeln eines Dreitagesbartes gaben ihm ein verwegenes Aussehen. Das Keltische Erbgut ließ sich jedenfalls bei diesem Mann nicht leugnen. Es gelang ihr nur schwer, sich vom Anblick dieses Kerls zu lösen, um die spektakuläre Sicht auf die Ruine des Urquart Castles auf sich wirken zu lassen.

Es lag am Ende der Senke, zu der sie hinab schlenderten, direkt am Wasser des Loch Ness. Alasdair hatte rechtbehalten, sie waren so ziemlich die Einzigen, die zu der imposanten Ruine unterwegs waren. Der Regen war inzwischen in leichtes Nieseln übergegangen, man spürte ihn kaum. Dafür zerrte jedoch der Wind an ihnen. Auf dem Loch Ness türmten sich gluckernde Wellen in einem farbenprächtigen Mischmasch aus grau, grün und fast schwarzem dunkelblau. Lou fiel es keineswegs schwer, sich vorzustellen, wie der große Kopf eines Seeungeheuers Namens Nessi aus dieser unruhigen Oberfläche auftauchte. Vielleicht hätte sie nicht in allen ihren Schottland Reiseführern so ausgiebig schmökern sollen. Jetzt zumindest fand sie Details wie Leichen von Selbstmördern, die der See nie mehr hergab, nicht sonderlich erquickend.

„Wusstest du, dass der Loch Ness vom Wasservolumen her der größte See Schottlands ist?", bemühte sich der Schotte um Gesprächsstoff.

„Ja. Du hattest es im Bus erklärt!", antwortete sie Alasdair Munro. Die Frage, seit wann sie sich eigentlich duzten, verkniff sie sich allerdings, weil sie sich selber eingestehen musste, dass sie ihm viel zu gerne zuhörte.

Was sie immer noch auf die typische, schottische Betonung des Buchstaben R schob, wohlwissend, dass es ebenso an der Klangfarbe seiner Stimme lag. Diese war herrlich männlich dank dem tiefen Timbre. Sie liefen an den alten Katapulten und den beängstigend großen Kugeln vorbei, überquerten schließlich eine Holzbrücke über den Burggraben der Ruine. Über ihnen erscholl der Klang eines Dudelsacks, dessen Melodie ihr ziemlich bekannt vorkam. Sie sah sich nach dem Instrument sowie seinem Spieler um, entdeckte ihn jedoch erst, als Alasdair sie auf ihn aufmerksam machte.

„Er ist dort oben in einem der Räume, die noch eine intakte Decke besitzen", erklärte ihr der Schotte, während er sie mit seiner Hand einen Schritt zurück auf die Holzbrücke dirigierte, von wo aus sie beide einen Blick durch die kaputte Steinwand auf den komplett mit Hochland Kilt ausgestatteten Schotten hatten, der seinem Instrument so wundervolle Töne entlockte.

„Das Lied, das er spielte heißt, *The Parting Glass*. Es ist eines der schottischen Traditionals", erklärte Alasdair.

Lou nickte andächtig. Außer ihnen war fast keiner der Touristen mehr in der zerklüfteten Burgruine. Der Wind fegte fast die Baseballkappe, die sie tief ins Gesicht gezogen hatte, um Alasdair einen Blick in ihr Gesicht zu erschweren, von ihrem Kopf. Mehr als froh, ein bisschen Schutz vor den Windböen zu bekommen, flüchteten sie in den Turm linkerhand. Eine Wendeltreppe mit Stufen aus Stahlgitter führte nach oben. In einigen Metern Höhe wurde ein schmaler Gang beleuchtet, den ein kleines Schild als Kerkerzelle ausgab.

Alasdair war bereits auf der Treppe, wartete auf sie. Sie folgte ihm mit neutralem Gesichtsausdruck, bemüht, nicht nach oben zu sehen, aus Sorge mehr zu Gesicht zubekommen, als ihr zuträglich war. Irgendwie wurde Lou das Gefühl nicht los, dass der Schotte ganz genau wusste, was er da tat.

Prüfte der elendige Kerl etwa ihre Reaktion?

Er schien ihr Unbehagen geradezu zu genießen. Interessiert blieb er stehen, sah sich die Kerkerzelle genauer an. Sie tat es ihm gleich, blickte ebenfalls auf die eingepferchte Gestalt einer lebensechten Puppe, die zu Veranschaulichung in die enge Kerkerzelle gesteckt worden war.

„Sieht ganz schön eng aus", merkte sie an.

„Aye. Ich kann mir Bequemeres vorstellen", antwortete Alasdair, während er sich lässig gegen die steinige Burgmauer lehnte, um besser sehen zu können. Im schummrigen Licht des Turmes sah er auf einmal unverschämt gut und männlich aus. Sie musste sich schwer zusammen reißen, um ihn nicht wie eine der fast sabbernden Damen anzustarren.

O mein Gott, Louise!

Schockiert über sich selbst, flüchtete sie, indem sie sich hektisch an seinem Körper vorbeischob. Der Duft seines Aftershaves sowie die kurze Berührung mit seiner muskulösen Brust sorgten fast dafür, dass sie ins Stolpern geriet.

Jetzt reiß dich aber mal zusammen, rügte sie sich stumm, während sie sich auf ihre Füße konzentrierte, um Schritt für Schritt die weiteren Stufen des Turms zu bewältigen. Angenehmer war diese Konstellation allerdings auch nicht. Sie hatte das unbestimmte Gefühl, seine Augen begehrlich auf ihrem Hintern zu spüren. Oben angekommen, offenbarte sich ihr eine atemberaubende Aussicht auf den Loch Ness, die sie alles andere vergessen ließ. Zwar zerrte der Wind an ihr und nahm ihr stellenweise sogar den Atem, sodass sie den Regen eigentlich kaum mehr wahrnahm. Das war jedoch alles nebensächlich, da der Ausblick wahrlich entschädigend war. Bevor eine erneute Böe ihr die Baseballkappe vom Kopf fegen konnte, nahm sie diese ab, wandte das Gesicht in den Regen.

„Du scheinst Sturm und Regen zu mögen, Lass", erklang

es hinter ihr amüsiert.

„Du nicht, Ladd?", gab sie frech zur Antwort. Sein tiefes Lachen bescherte ihr erneut eine Gänsehaut und sie drehte ihr erhitztes Gesicht absichtlich in den Wind.

„Na, da hat jemand seine Hausaufgaben gemacht. Aye. Mögen wäre übertrieben, aber ich schätze es macht mir einfach nichts mehr aus."

Ein paar Minuten später folgte Lou Alasdair wieder hinunter, wo sie einträchtig durch die Mauerreste der Ruine schlenderten. Sie waren noch nicht sonderlich weit gekommen, als die Wolkendecke jäh aufriss, um den ersten Sonnenstrahlen des Tages Platz zu machen, die den restlichen Regen vertrieben.

„Das ist es, was ich an meiner Heimat so schätze. Man hat unter Umständen alle Jahreszeiten an einem einzigen Tag. Daraus ergeben sich dann solche Augenblicke wie jetzt", erklärte der Schotte rau, während sie der stummen Aufforderung seines ausgestreckten Zeigefingers Folge leistete. Verzaubert sah sie auf den Regenbogen, der sich in leuchtenden Farben über das von der Sonne erhellte unergründliche Wasser des Loch Ness erstreckte.

„Wahnsinn!", stieß sie aus.

„Aye!"

Bereits Sekunden später schob sich eine neue Wolke vor die Sonne und der Regenbogen war verschwunden. Nachdem das Wetter nun doch etwas freundlicher gestimmt war, schoben sich bereits die ersten Touristen in die Ruine des Urquart Castles hinein. Sie folgte Alasdair in den hinteren Abschnitt der Mauern. Der groß gewachsene Mann schlenderte bis zu einer Bronzetafel, vor welcher er stehen blieb, um auf sie zu warten.

The Great Raid of 1545 / The MacDonalds Takeaway Menu, stand dort geschrieben. Fasziniert fing sie an zu lesen.

„Die alte Art von *Fast Food*", merkte er mit einem flegelhaften Grinsen an. „Himmel. Wie haben sie das nur alles transportiert? 3377 Schafe, 2355 Kühe, 2204 Ziegen, 371 Pferde sowie immerhin 2 Ochsen. Vom Federvieh oder dem Getreide ganz zu schweigen", stieß Lou ungläubig aus.

Alasdair zuckte mit der Schulter.

„Andere Zeiten, andere Möglichkeiten, aye. Gehen wir noch ein Stück weiter, bevor sie uns erreichen", antwortete er mit einem missbilligenden Blick auf Svetlana mit ihrem Mann, welche unsicheren Schrittes, sichtlich keuchend, näher kamen. Lou blieb, die Augen auf die versunkenen Absätze der Russin gerichtet, stehen. Sie war unfähig, sich von dieser Absurdität loszureißen, bis es dem Schotten zu bunt wurde. Mit einem gemurmelten „So steigen mir die beiden unter Garantie nicht in meinen Bus", ergriff er sie brüsk am Ärmel ihrer Jacke und zog sie hinter sich her.

Ohne es bewusst zu tun, schob sich ihre Hand in die seine. Warm und fest schlossen sich große, derbe Finger um die ihren. Lou war sich sicher, wenn er zudrücken würde, hätte sie die längste Zeit eine Hand besessen. Sie begannen zügig die Stufen, welche zur nächsten Ebenen der Ruine führten, empor zu laufen. Oben angekommen, lösten sie beide gleichzeitig, verschämt ebenso wie atemlos, die Hände von einander. Fast als ob sie etwas Sittenwidriges getan hätten. Lou klopfte das Herz bis zum Hals. Sie wagte es nicht, den Schotten anzusehen, ließ stattdessen den Blick in die Ferne über den See schweifen. Was um alles in der Welt war das gerade? Hatte sie sich diesen Augenblick nur eingebildet?

„Ich bin froh, dass du deine High Heels gegen Turnschuhe eingetauscht hast, Lass. Sehr vernünftig", bemühte Alasdair sich, die peinliche Stille zwischen ihnen zu überbrücken.

Jetzt nehm dich zusammen, du dummes Weib!

„Danke. Ich äh … es tut mir leid, ich wollte nicht …",

stammelte sie, seinem unergründlichen Blick ausweichend.

„Aye. Mir auch. Ich hatte nicht vor, gleich über dich herzufallen", erwiderte er trocken, mit einem Blick, der zu sagen schien: *Aber später!* Bevor sie dem allen Anschein nach gekränkten Schotten antworten konnte, wies dieser bereits mit dem Kinn Richtung Bus. „Ich muss zurück, Lass", brummte er mürrisch und ließ sie einfach stehen, wo sie war.

Ihre Zurückweisung schien ihn tatsächlich verletzt zu haben. Einen Moment lang war sie zu perplex, um zu reagieren. Doch der Moment verging. Noch bevor sie wusste, was sie überhaupt tat, rannte sie bereits hinter dem großen Mann her. Was sollte sie tun, wenn sie ihn eingeholt hatte? Sich ihm an den Hals werfen kam nicht infrage.

„Du bist verheiratet, Lou. Verheiratet und so was von am Arsch", stöhnte sie mit der Gewissheit, dass ihr Herz längst andere Wege eingeschlagen hatte als ihr Kopf. Immerhin kam ihr das tägliche Joggen mit ihrer Personal Trainerin nun zugute. Nur wenige Minuten später, ohne außer Atem zu geraten, hatte sie Alasdair bereits erreicht. Er schlenderte, wie es schien, tief in Gedanken versunken zum Bus. Warum bemerkte er sie nicht? Ignorierte er sie jetzt absichtlich? Verärgert vergrub Lou die Finger im Leinenstoff seines Hemdes, zog daran, um ihn zum Stehenbleiben zu zwingen.

„Hören sie, Alasdair. Es tut mir wirklich leid, ich hatte nicht vor, sie zu kränken. Ich …" Augen so unergründlich blau wie der Loch Ness an den Stellen, die vor wenigen Minuten noch von der Sonne erhellt worden waren, unterbanden jedes weitere Wort, dass sie sagen wollte.

„Waren wir nicht beim *Du*, Lass", erwiderte er. Bevor sie ausweichen konnte, griff er wie selbstverständlich nach ihrer Hand. Sachte strich er über ihren Ehering. „Ich weiß, dass du nicht frei bist, Lou. Vielleicht wäre dieser Ring hier für manchen Mann ein Grund aber kein Hindernis."

Er lachte traurig.

„Früher, vor Gracy, wäre ich vielleicht auch so ein Mann gewesen. Heute bin ich jedoch ein anderer. Ich habe keine Ahnung, vor wem du davon läufst, Louise Schulzinger. Lass mich dir nur einen gut gemeinten Rat geben. Ganz egal, wie schnell du läufst, Lou. Es wird weder schnell genug noch weit genug sein. Ebenso wenig, wie es die Lösung deiner Probleme sein wird!"

„Ich wüsste nicht, was dich das angeht, Munro", stieß sie brüskiert aus, entzog ihm gleichzeitig ihre Hand. Sie musste die Zähne aufeinanderbeißen, um nicht augenblicklich in Tränen auszubrechen. Alasdair Munro hatte sie erschüttert. Mehr noch, er hatte sie eiskalt erwischt, fast als hätte er in ihrem Herz gelesen. Sie fühlte sich angegriffen, bis tief ins Mark getroffen. Der Schotte hatte das ausgesprochen, was sie noch immer nicht wirklich zu denken wagte. Der Gedanke an die seit Jahren verdrängte, nackte Wahrheit was ihre Ehe mit Alexander anging, tat weh. Schmerzte. Sie hatte eine Illusion gelebt, eine auf den Punkt genau eingespieltes Schauspiel, das Freunden, Bekannten, ja selbst ihrem Mann zeigen sollte, wie perfekt ihre Ehe doch war. Die Mauer aus Lügen, die sie all die vergangenen Jahre um sich und um ihr Herz aufgebaut hatte, war im Begriff einzustürzen, weil ein wildfremder Mann sie ins Gefühlschaos stürzte.

Was würde erst passieren, wenn er anstatt nur mit Worten mit Taten an dieser Mauer rührte? Lou konnte bereits das Beben spüren. Alles war ins Wanken gekommen, seit sie schottischen Boden betreten hatte. Nein. Sie hätte es nie so weit kommen lassen sollen. Hilflos, nackt wie ein Neugeborenes, so fühlte sie sich. Sie war im Begriff, den Boden unter den Füßen zu verlieren. Es gelang ihr nicht, ihm zu antworten. Kein brauchbares Wort wollte zu ihrer Verteidigung über die zitternden Lippen kommen. Ansehen konnte sie ihn genauso wenig, aus Sorge, dann doch noch die Beherrschung über ihre Tränen oder ihren Körper zu verlieren, der sich so sehr nach einer festen Umarmung sehnte. Er hörte nicht auf, sie anzusehen. Sie spürte es.

Jeder Millimeter ihrer Haut schien in Flammen zustehen unter seinem Blick. Stumm lief sie vor ihm zum Bus, wartete, bis er diesen aufschloss, um sich dann ohne zu zögern auf den Beifahrersitz zu flüchten, wo sie sich nicht mehr rührte.

„Ich wollte dir nicht zu nahetreten, Lass", wisperte der Schotte mit seiner tiefen Stimme. Sie konnte spüren, dass er auf eine Reaktion von ihr wartete. Entschlossen, ihn nichts merken zu lassen, die Zähne fest zusammengebissen, erwiderte sie seinen Blick.

„Ich habe recht, oder?", hob er an.

Sie nickte zaghaft.

„Ich wusste es. Du siehst mir nicht nach einer aus, die dem Mythos eines Romanhelden hinterherläuft, um dann festzustellen, dass so ein Mann im wirklichen Leben nicht existiert."

„Vielen Dank, Mister Frauenkenner", murmelte sie sarkastisch.

„Ich frage mich nur, welcher Ehemann seine Frau alleine einfach so für zwei Monate nach Schottland gehen lässt …"

Lou zuckte ertappt zusammen, wandte das Gesicht schnell in die Richtung, aus der sich die restlichen Urlauber zum Bus bewegten.

„Lass mich raten. Er weiß es nicht? Dein Mann weiß gar nicht, wo du bist, oder?", war das Letzte, was der Schotte fragen konnte, bevor die Schiebetür des Busses aufgerissen wurde und sich eine Schar fröhlich plappernder Touristen ins Innere zwängte. Das Gespräch zwischen ihnen verstummte. Die ganze Rückfahrt über konnte sie dann und wann seinen fragenden Blick auf sich spüren. Doch sie sah weder zurück noch sprach sie mit ihm.

Völlig verunsichert und in sich gekehrt, knabberte Lou auf ihren Lippen herum, während ihre Augen ablenkend über die Landschaft schweiften, die am Fenster vorüberzog.

Deutschland

„Warum kannst du uns nicht sagen, wo sie ist, Onkel Tobi? Ich verstehe das nicht. Wir machen uns alle Sorgen um Mama. Du weißt doch garantiert, wo genau in Schottland sie ist!", warf Philipp seinem Onkel an den Kopf. Der Blick, den er ihm dabei zuwarf, konnte wirklich mit einem treuherzigen Dackelblick mithalten.

„Deshalb bist ja auch du hier bei mir aufgetaucht Flipp. Nicht etwa Richard oder dein nichtsnutziger Vater", hielt er seinem Patenkind ironisch entgegen.

Philipp, den er und Lou liebevoll Flipp nannten, war schon immer anders gewesen, als sein arroganter Bruder Richard. Vielleicht weil er nicht nach Alexander kam, sondern mehr von Lous Charakter abbekommen hatte. Somit war Tobias auch keineswegs verwundert gewesen, den 17-jährigen vor seiner Wohnungstür vorzufinden. Vermutlich hatte er sogar mehrere Schulstunden sausen lassen, um unbemerkt bei ihm, dem verhassten Schwager, vorbeizukommen.

„Pa sagt, sie hat einen Lover. Ich glaub das nicht."

Ärgerlich fuhr sich Tobias durch die kurzen Locken. „War ja klar, dass er das denkt. Flipp", murmelte er. „Ich kann euch alle beruhigen. Es wäre zwar das Einfachste gewesen, aber Lou hat weder einen Lover, noch hat sie ne Midlife-Crisis. Deine Eltern haben Probleme, Flipp. Probleme, die weder dein Vater noch dein älterer Bruder sehen wollen. Und nein. Nein, ich habe keinen Schimmer, wo genau sie sich in Schottland befindet. Sie hat es mir nicht gesagt und ich habe sie ehrlich gesagt auch nicht danach gefragt!"

In Philipps Augen schwammen Tränen. „Ich hatte keine Zeit an ihrem Geburtstag. Vielleicht ist es ja wegen …"

„Flipp, deine Mutter gehört nicht zu den Frauen, die einfach abhauen, wenn es kompliziert wird. Sie würde niemals wegen einem kleinen Streit gehen. Du hast also keine Schuld!", unterbrach er den völlig aufgewühlten Jungen.

„Er hat einen Privatdetektiv auf Mama angesetzt. Also Papa …" Tobias lachte freudlos auf. „Das sieht ihm ähnlich."

„Sein alter Schulkamerad bei der Polizei weigert sich, für ihn die GPS Daten an Mamas Leihwagen anzuzapfen, hat Pa gesagt. Das ist wohl ein ziemlich neuer Jeep, bei dem das serienmäßig inklusive ist."

Tobias rollte genervt mit den Augen. „Warum kann dein Vater sie nicht einfach in Ruhe lassen. Ich denke, meine Schwester weiß genau, was sie tut und wieso sie es tut. Sie will einfach nur Zeit zum Nachdenken."

„Ich wollte … na ja, ich dachte, falls du weißt, wo sie ist … könntest du sie anrufen? Bei mir geht sie nicht ans Telefon. Ich mache mir Sorgen, dass Papa die Daten doch noch bekommt. Richard soll vorsichtshalber nach Edinburgh fliegen und ich dachte …" Philipp zuckte mit den Schultern.

„Du dachtest, damit es keinen Ärger gibt, soll ich mich einmischen?", kombinierte er laut, während er seinem Patenkind einen bewundernden Blick schenkte. Der Junge hatte einfach schneid. Philipp nickte und biss sich nervös auf der Lippe herum.

O ja. Du bist wahrlich der Sohn deiner Mutter, dachte Tobias bei sich.

„Mir ist schon klar, dass du nicht wirklich viel machen kannst, Onkel Tobi. Aber ich dachte, wo Papa so ein Arsch sein kann und Richard …"

Eigentlich hätte er jetzt seinem Patenkind recht geben müssen, schließlich konnte er Alexander überhaupt nicht leiden, was auf Gegenseitigkeit beruhte. Dennoch wiederstrebte es ihm, seinen Schwager als Arsch zu betiteln.

„Also Flipp, eigentlich müsste ich dir zustimmen, aber ich kann es nicht. Ja, dein Vater ist ab und an ein A…, aber ich glaube, das liegt daran, das er nie kapiert hat, dass deine Mutter ihn geliebt hat, bevor sie von seiner reichen Familie wusste. Sie hat ihn nicht des Geldes wegen geheiratet. Das hat dein Vater jedoch nie wirklich verstanden. Lou war die Beste ihres Jahrgangs auf der Kunstschule. Deine Mutter war ein Ass in ihrem Job in der Werbung. So haben sich die beiden übrigens kennengelernt. Wusstest du das?"

Philipp schüttelte den Kopf und sah ihn neugierig an.

„Lou hat den Werbeslogan für eure Firma ins Leben gerufen. Kaum waren sie zusammen, war sie schon mit Richard schwanger. Dein Vater hat sich damals bei deinen Großeltern durchgesetzt. Er hat sein Mädchen, obwohl sie unter seinem Stand war, geheiratet. Alle waren dagegen. Die ganz große Liebe, wie in Lous Liebesromanen, die sie für diesen Blog rezensiert." Er seufzte laut, fuhr sich durch die Haare.

„Weißt du Flipp. Ich glaube an Schicksal. Lass den Dingen ihren Lauf. Wenn Alexander denkt, er wird Lou zurückbekommen, indem er ihr hinterherfliegt und sie bedrängt, nun dann muss er das eben versuchen. Du oder ich werden das auch nicht ändern können!"

„Ich glaube, ich fliege trotzdem lieber mit, Onkel Tobi. Man weiß nie, was Richie anstellt."

Wie man Mehlstaub
zum Explodieren bringt

Während sich die Touristen für seine schöne Tour bedankten, verschwand Lou unauffällig ins Café, von wo sie Doc holte. Noch bevor Alasdair nach ihr suchen konnte, war sie bereits auf dem Weg in ihr Cottage. Dort angekommen, genoss sie erst ein warmes Bad und im Anschluss öffnete sie eine Flasche schottischen Wein. Den Blick träge ins prasselnde Feuer gerichtet, sinnierte sie einmal mehr über ihr verkorkstes Leben. Konnte man etwas zerstören, das nicht mehr existent war?

War ihre Ehe nicht eigentlich nur noch Gewohnheit und Pflichtgefühl gegenüber ihren Söhnen? Schließlich holte sie das ziemlich zerlesene Exemplar von „Feuer & Stein" aus dem Koffer und begann, bewaffnete mit einer großen Tafel Cadbury Caramel Schokolade, ihren Helden durch die Highlands der Jakobiten zu folgen. Selbst nach dem zehnten Mal lesen des Buches, hatte sie nicht aufhören können und war wohl darüber eingeschlafen. Ein lautes Klopfen an ihrer Terrassentür ließ den neuen Morgen ziemlich plötzlich anbrechen. Obwohl sie die Wolldecke bis zur Nasenspitze zog und keine Reaktion zeigte, hielt der Lärm an, steigerte sich sogar penetrant. Verschlafen schielte sie unter der Decke hervor.

Sie erkannte Grace Munro, die ihr freudestrahlend zuwinkte und auf einen Korb in ihrer anderen Hand zeigte. Doc kratzte bereits schwanzwedelnd am Glas der Tür. Gähnend verließ sie ihren warmen Deckenkokon, um dem Mädchen Einlass zu gewähren. Doc ließ sie im Gegenzug in den Garten hinaus. Als wäre es das Normalste der Welt, am frühen

Sonntagmorgen eine Fremde zu besuchen, hüpfte die Kleine zielstrebig an ihr vorbei zu ihrem Esszimmertisch. Dort stellte sie ihren Korb ab. Aufgeregt begann sie, mit den Händen zu sprechen. Natürlich verstand Lou kein Wort von dem, was Grace erzählte. Schließlich war sie der Gebärdensprache nicht mächtig. Glücklicherweise hatte Grace wie eigentlich immer ihren Block sowie Stift dabei, um sich zu verständigen. Die nächsten Worte reichten bereits aus, um sie lautlos fluchen zu lassen.

Papa kommt gleich um ... stand da in schönster Schrift.

Was sollte das werden? Ein Sonntagsfrühstück? Hatte der Schotte seine Tochter vorausgeschickt, damit sie nicht nein sagen konnte?

Und das wo sie aussah, als wäre sie in einen Sturm geraten. Völlig überfordert ließ Lou Grace stehen, eilte in ihr Schlafzimmer auf der Suche nach etwas Brauchbarem zum Anziehen. Das hatte der verflixte Kerl ja geschickt eingefädelt. Warum tat er das? Wollte er ihr ins Gewissen reden, damit sie Alexander anrief, um zu ihm zurückzukehren? Oder wollte er sich für seine plumpen Sprüche entschuldigen?

Während sie Hosen ebenso wie Röcke aus dem Schrank zerrte, fiel ihr auf, dass sie gar nicht wusste, was für ein Wetter überhaupt war? Warm oder kalt? Hose oder Rock? Verdammt. Sie hatte wohl einfach zu viel Auswahl. Minuten später sah ihr Schlafzimmer ebenfalls aus, als hätte ein Tornado darin gewütet. Schließlich hielt sie ihr rotes Kleid vor sich hin, warf es jedoch nach einem Blick in den Spiegel mit einem lauten Prusten aufs Bett.

Nein, das wäre wohl doch zu overdressed. Himmelherrgott. Seit wann machte sie so ein Aufheben um ihre Kleidung?

„Ich benehme mich ja fast wie ein verliebter Teen", schimpfte sie vor sich hin und griff letztendlich zu Wohlfühlklamotten, nämlich einer verwaschene Jeans sowie einem übergroßen Sweatshirt. *Hör auf, mehr hinein zu interpretieren, als es ist, Lou. Es ist ein Frühstücks-Überfallkommando. Nicht mehr und nicht weniger*, ermahnte sie sich im Stillen.

Sie schaffte es gerade noch, die Zähne zu putzen, dass Gesicht zu waschen sowie einmal durch die Haare zu bürsten. Ein Klopfen riss sie von ihrem verschlafenen Spiegelbild weg, in dessen Wangen sich gut sichtbar immer noch die Kanten der Highland-Saga verewigt hatten. Keine Minute später stand Alasdair Munro bereits im Flur. Er sah ihr belustigt entgegen, wie sie eilig die Treppen hinab stolperte.

„Immer schön langsam, Lass. Diese Stufen haben es in sich", mahnte er.

„Madainn mhath. Wir dachten uns, an so einem schönen Sonntagmorgen gibt es nichts Besseres, als ein schottisches Frühstück", begrüßte er sie, den Korb aus dem der leckere Geruch nach frisch gebackenen Brötchen empor schwebte, hob er ihr zur Bestätigung demonstrativ entgegen.

Bevor sie eine Antwort geben konnte, zwängte sich Doc bereits an ihr vorbei, um den Schotten an ihrer Stelle gebührend zu empfangen.

„Ähm schön …", erwiderte sie verhalten.

Grace hatte bereits den Tisch gedeckt. Ein frischer Wiesenblumenstrauß stand in der Mitte des Tisches und bunte Servietten gaben dem schlichten weißen Porzellan des Geschirrs Farbe. Um ihr aufgewühltes Inneres sowie die zitternden Hände zu beschäftigen, flüchtete sie in die Küche, um Wasser für den Kaffee aufzusetzen. Vor lauter Hektik verbrannte sie sich einmal mehr ihre Finger beim Entzünden der Gasflamme.

Das Alasdair sie vom Türrahmen aus, an den er sich lässig gelehnt hatte, beobachtete, machte es auch nicht besser. Immerhin schien er ihre Schusseligkeit zu übersehen haben.

„Ich wollte mich nochmals bei dir für meine Sprüche von gestern entschuldigen, Lass. Sie waren unangebracht", erklang seine dunkle Stimme.

Augenblicklich jagte ihr eine Gänsehaut über den Leib. Nervös blickte sie sich nach dem Mädchen um. Ihr Blick entging ihm keineswegs. Völlig beiläufig beantwortete er ihre unausgesprochene Frage: „Gracy ist kurz mit Doc im Garten. Ist doch okay für dich, oder?"

Sie nickte beiläufig, während sie sich abmühte den dicken Kloß, der sich urplötzlich in ihrem Hals befand, hinab zu schlucken. Prompt ergossen sich einige große Tropfen kochend heißes Wasser über ihre Finger.

„Autsch", zischte sie.

Er war mit zwei Schritten bei ihr, entwand ihr den Topf aus den Händen. „Ich mach das. Kühl deine Finger, sonst bekommst du Blasen", wies er sie an. Sie waren sich so nahe, dass sich ihre Körper in der kleinen Küche fast zwangsläufig berühren mussten.

„Wow, Lass. Alles gut. Kein Grund nervös zu werden!", hauchte er absichtlich in ihr Ohr, während sie einen kleinen Satz machte, um sich vor seiner plötzlichen Nähe in Sicherheit zu bringen. Dabei stieß sie sich schmerzvoll die Hüfte am Küchenschrank und sein heiseres Lachen ließ ihr Herz fast aussetzen.

„Ich glaube, du bildest dir ein bisschen zu viel ein, Mr. Charming", hielt sie ihm kämpferisch entgegen.

„Vielleicht. Vielleicht auch nicht!", antwortete er frech. Sie konnte sich das Augenverdrehen nicht verkneifen.

„Du bist also nicht sauer mit mir? Frieden?"

„Kommt ganz darauf an, was du da aus deinem Korb zauberst, Ladd", hielt sie ihm nun ihrerseits keck entgegen.

Er lachte erneut auf. „Lass mich kurz noch Speck und Eier anbraten, aye. Diese Küche ist zu klein für zwei, die sich nicht berühren wollen", antwortete er mit einem verschwörerischen Zwinkern, das ihr augenblicklich die Schamesröte ins Gesicht trieb. Sie war nicht mehr fähig, ihm Kontra zu bieten. O mein Gott. Was um alles in der Welt war das hier? Warum kam sie sich vor, als wäre das ein verflixtes Date?

„Du bist also vor deinem Mann davongelaufen?", fragte er im Plauderton, das Geschirrtuch lässig über die Schulter geworfen. Verzweifelt versuchte Lou, ruhig zu atmen. Zwang ihre Augen nicht mehr auf die behaarte, muskulöse Brust zu starren, die aus dem zwei Knöpfe weit geöffnetem karierten Hemd hervor blitzte. Der Mann schien ein Faible für karierte Hemden zu besitzen.

„Bin ich nicht. Ich habe mir eine Auszeit genommen", hörte sie sich selbstsicher antworten, während sie seinen vorherigen Platz eingenommen hatte und sich lässiger, als ihr zumute war, gegen das raue Holz des Türrahmens lehnte. Angestrengt lenkte sie sich ab, in dem sie auf die Tattoos starrte, die aus seinen hochgekrempelten Hemdsärmeln hervorstachen. Himmel, die waren ihr noch gar nicht aufgefallen. Gleichzeitig fragte sie sich, wieso sie das einem völlig fremden Mann überhaupt auf die Nase band. Das war doch nicht normal? Außerdem gingen ihre Eheprobleme niemanden etwas an.

Was ist nur los mit mir?

„So, so. Eine Auszeit. Nennt man das bei dir in Deutschland so?", erwiderte er, die Augenbrauen hochgeschoben und auf eine Antwort von ihr wartend. Seine Hände verquirlten dabei so gekonnt die Eier, dass sie ihre Augen vor Faszination nicht mehr von diesen nehmen konnte.

„Und wo ist Gracys Mutter?", hielt sie ihm mit einem Blick entgegen, der sagte: Wenn ich dir meine Geheimnisse erzähle, verlange ich von dir das selbe! Einen Moment wurden seine Gesichtszüge hart, doch dann grinste er breit.

„Okay Lass. 1:0 für dich. Die Frau, die Grace auf die Welt gebracht hat, meine Exfrau Felicitas, hat uns zwei Tage nach ihrer Geburt sitzen lassen. Ein Baby sowie ein armer Bauer passten nicht in die Kariere einer zukünftigen Schauspielerin. Selbst als sich nach drei Monaten herausstellte, dass Gracy gehörlos ist, kam sie nicht zu uns zurück."

„Das ist ja fürchterlich. Wie konnte sie so etwas tun?", brach es aus ihr heraus.

„Och, das frage ich mich längst nicht mehr. Wir sind uns mit der Scheidung ziemlich schnell einig gewesen. Du bist wieder dran", forderte er sie auf.

„Meinem Mann sind seine Firma und das Büro wichtiger als ich. Selbst als die Kinder größer waren, war es ihm ein Dorn im Auge, dass ich wieder arbeite. Da ich aber gerne auf eigene Füßen stehe ..."

„Liebt ihr euch noch?"

„Äh ... ich ... ich weiß es nicht ..."

„Entschuldige meine Direktheit, Lass. Aber du trägst immerhin noch seinen Ring am Finger."

Er sah sie mit einem seltsamen Augenaufschlag auffordernd an. Augenblicklich fühlte sie sich in eine Ecke getrieben. Fast ein bisschen so, als wäre sie das Lamm und er der Wolf. Verdammt, sie konnte ihm ja wohl schlecht sagen, dass der blöde Ring ihr mit den Jahren in den Finger gewachsen war.

„Warum hast du Grace nie operieren lassen. Es gibt doch inzwischen so eine Art Hörgerät für Gehörlose. Oder ist das bei Grace nicht möglich?", lenkte sie gekonnt, zumindest bildete sie sich das ein, von sich ab.

Ein grimmiger Zug legte sich um seine Mundwinkel. Er hatte sich frisch rasiert und für einen Lidschlag lang blieben ihre Augen an einem kleinen Schnitt an seiner Wange hängen. War sie mit ihrer Frage zu weit gegangen?

„Aye. Man nennt es ein Cochlea-Implantat. Eine Operation birgt Risiken und ich wollte nicht … ich konnte nicht riskieren, Gracy zu verlieren", antwortete er mit einem tiefen Seufzen, den Blick auf seine Hand gerichtet, die inzwischen mit dem Pfannenwender die Eiermasse in der gusseisernen Pfanne hin und her schob.

„Vielleicht war ich auch einfach feige. Ich bereue zu tiefst, dass ich mein Ego über Gracys Zukunft gestellt habe. Aye. Gracy ist jetzt acht und ein Cochlea-Implantat bedeutet mindestens drei Jahre Hörtraining …", er zuckte mit den Schultern. Seine Ehrlichkeit ihr gegenüber rührte sie zutiefst.

Lou musste sich zusammenreißen, der Drang, den Schotten einfach tröstend in den Arm zu nehmen, war fast übermächtig. Jäh drehte er sich mit der Pfanne in der Hand zu ihr um. „Das Frühstück ist fertig …"

„Okay. Ich … ich hole Grace", unterbrach sie seinen Satz stammelnd.

„Nein. Setz dich. Ich hole sie selbst!"

Lou gelang es nicht, ihm in die Augen zu sehen. Eingeschüchtert sank sie auf den nahegelegenen Stuhl. Geschmeidig wie ein Raubtier bewegte er sich zu ihrer Terrasse hinaus. Keine zwei Minuten später stürzte Doc herein, verfolgt von Grace, die sich freudestrahlend direkt neben sie setzte. Lou konnte nicht sagen, was schlimmer war, dass die Kleine fröhlich mit den Füßen baumelnd neben ihr saß, oder dass sie keines ihrer mit den Händen gezeigten Wörter verstand. Unangenehm war allerdings auch, dass Alasdair nun gezwungen war, ihr gegenüber Platz zunehmen. Die Mimik, die er dabei zu Tage trug, gefiel ihr überhaupt nicht.

„Gabaldon, also, Lass?", raunte er belustigt, ließ sie nicht mehr aus den Augen. Mit kämpferischem Blick hielt sie dagegen, deshalb griffen sie beide nach demselben Brötchen. Ihre Fingerspitzen berührten sich. Lou war, als hätte sie der

Blitz getroffen. Sie konnte sehen, wie sich Alasdairs Augen verengten, dunkel wurden.

„Warum nicht?", knurrte sie säuerlich.

Er schmunzelte unbeeindruckt, biss dabei herzhaft von einem Brötchen mit Speck. „Ich hab es selber gelesen", erklärte er mit vollem Mund. „Ist nicht schlecht. Manches Historische stimmt nicht genau, ist aber um einiges besser, als bei anderen Schriftstellern. Ist dieser Jamie das, was du dir unter einem Schotten vorstellst?", fragte er schmatzend und ließ sie dabei nicht aus den Augen.

Was erwartete er, was sie sagen würde? Verzweifelt suchte sie nach einer schlagfertigen Antwort, doch ihr wollte einfach keine einfallen.

„Also das mit dem übers Knielegen … unter uns, ehrlich?"

O mein Gott!

Jetzt war sie gleich dreimal nicht mehr fähig, ihm zu antworten. Völlig überfordert starrte sie auf das Spiel der Muskeln an seinem Unterarm, welche die Tattoos, die in verschiedensten Grauschattierungen vorhanden waren, fast zu einer Art bewegten Bildern machte, als er ein neues Brötchen mit Butter bestrich. Ganz zu schweigen das ihre Hand noch immer in der Luft schwebte, um nach einem Brötchen zu greifen. Lou wusste, dass sich ihre Wangen bereits bedenklich rot verfärbt hatten, ebenso wie sie wusste, dass sie unschicklich die Zähne in ihre Lippe grub. Sie spürte die Hitze, die sich in ihrem Gesicht sammelte.

Alasdair Munro spielte nicht nur mit ihr, er flirtete auf Teufel komm raus. Er wertete ihr nicht antworten genau richtig. Amüsiert biss er von dem neuen Brötchen. Endlich gelang es ihr, ebenfalls nach eines zu ergreifen. Ihren zitternden Fingern zum Trotz gelangte es direkt auf ihren Teller. Alasdair war indes Honig auf die Finger seiner großen Hand getropft, seine Zunge schob sich aus den sinnlichen

Lippen. Ohne sie aus den Augen zu lassen, leckte er provokant langsam den Honig von diesem ab. Die Hitze in ihrem Körper nahm zu, schoss von ihren Wangen bis in ihre Knie hinab. Lou war sich sicher, wenn sie jetzt aufstehen müsste, würde sie umfallen wie ein Baum.

„Aye. Versteh einer euch Frauen. Einerseits seid ihr gegen jegliche Gewalt. Andererseits rennt ihr in Scharen in diesen *Fifty Shades of* so und so… Würdest du es mögen, wenn ich dich übers Knie …", hob er an.

Das war der Moment, in dem sie sich letztendlich vollkommen blamierte, indem sie einen Lachanfall bekam. Das Frühstück, die ganze seltsame Situation, ebenso wie die Spannung zwischen ihnen beiden. Grace schien dabei die Rolle der Anstandsdame zu spielen. Das war doch alles völlig absurd und surreal. Lou lachte so sehr, das sie kaum noch atmen konnte.

„O mein Gott…", stieß sie glucksend vor Lachen aus, ohne den stechend blauen Augen des Schotten ausweichen zu können, der ihr mit locker gefalteten Händen vor der Brust zusah, als fühlte er sich bestens unterhalten.

„Al würde mir für den Anfang völlig reichen, Lass. Und ich für meinen Fall könnte mir schon vorstellen, deinem süßen Hintern den ein oder anderen …"

Sie unterbrach ihn, immer noch lachend, indem sie ihn brüskiert derb an die Schulter stieß.

„Träum weiter, Munro!"

„Oh keine Sorge, Lass. Damit habe ich nun wirklich keine Probleme!", witzelte er. Nach wie vor herrschte eine seltsame Spannung zwischen ihnen. Fast als würde ein einziger Funke genügen, um sie beide vollends in Brand zu setzen. Nach dem gemeinsamen Abwasch des Geschirrs gingen sie mit Doc und der Kleinen eine Runde am See spazieren.

„Wegen dem Internetempfang habe ich mir überlegt, dir

den hinteren Tisch im Café freizuhalten. Dort ist der Empfang am besten. Wenn du möchtest, erstatte ich dir einen Teil deiner Miete zurück", erwähnte er beiläufig, ließ dabei einen Stein nach dem anderen gekonnt über die Wasseroberfläche des Lochs hüpfen.

„O das ist nett von dir. Klar. Ich komme gerne auf dein Angebot zurück. Du brauchst mir aber nichts zurückerstatten. Ist okay", beeilte sie sich zu sagen, damit ihm nicht auffiel, dass sie ihn heimlich beobachtete.

Noch immer waren die Ärmel seines Hemdes hochgekrempelt. Sie konnte einen Wolf sowie mehrere keltische Tribals unter den Tätowierungen erkennen. Ob die kompletten Arme oder gar der ganze Körper tätowiert waren? Zumindest hatte er keine erkennbaren Piercings, außer einem kleinen silbernen Ohrring. Denn restlichen Weg über unterhielten sich über Gott und die Welt. Lou konnte sich nicht daran erinnern, wann sie sich das letzte Mal so intensiv mit einem Mann unterhalten hatte, ohne jedes zweite Wort genau abzuwägen. Alasdair war so komplett anders, als all die anderen Männer, die ihr Leben mit ihr teilten.

Je näher sie ihn kennenlernte, umso mehr mochte sie ihn und seine Art, die Dinge zu sehen. Er schien nie mit seiner Meinung hinterm Berg zu halten, sagte geradeaus, was er dachte. Ganz zu schweigen dass er keine Anzüge mit Krawatten trug. Seine Kleidung bestand aus Jeans, kariertem Hemd und verschrammten, derben Schnürstiefeln. Er machte sie nichts aus Dreckspritzern auf der Hose oder den Pfotenabdrücken, die Doc auf jener Hose hinterließ, als er nach dem Stöckchen sprang, das der Schotte für ihn warf.

Die wenigen Sonnenstrahlen, die an diesem Tag aus der Wolkendecke hervor blitzten, ließen seine kurzen Haare in einem warmen Braun leuchten. Nicht eine einzige graue Haarsträhne konnte sie darin entdecken. Dabei war sie sich mehr als sicher, dass dieser Mann nicht zu Haarfärbemittel griff. Alasdair Munro war eines ganz sicher nicht und das war eitel. Die stechenden blauen Augen leuchteten voller Wärme, wenn er seiner Tochter hinterher sah, die wie ein kleiner Wirbelwind mit ihrem Hund um die Wette sprang. Das wiederum nahm seinem eher kantigen Gesicht die harten Züge. Schön war dieser Mann nicht. Selbst nach dem er bereits einige Zeit gegangen war, bildete sie sich noch immer ein, den sanften Abschiedskuss auf ihrer Wange zu spüren, ebenso wie sie noch immer den Geruch seines herben Aftershaves in der Nase hatte.

Wenn sie an Alasdair Munro dachte, begann es in ihrem Magen empfindlich zu flattern. Nein. Sie musste der nackten Wahrheit ins Auge sehen. Denn wenn ein anderer Mann ihre Gefühle so ins Chaos stützen konnte, ohne sie überhaupt geküsst oder geliebt zu haben, dann konnte dies doch nur bedeuten, dass sie Alexander nicht mehr liebte. War es nicht ein Hohn, dass der Name Alasdair eigentlich nichts anderes bedeutete als Alexander, wenn man ihn übersetzte? Egal wie sie es drehte und wendete, Tatsache blieb, sie war drauf und dran, sich in diesen elendigen Munro zu verlieben. Einen Mann, wegen dem sie ihr ganzes Leben ändern müsste.

Und das wegen einem um ganze vier Jahre jüngeren Mann. In Gedanken hörte sie bereits Konstanze und Co hinter vorgehaltener Hand über sie herziehen: „Stellt euch vor, Louise hat eine derartige Midlife-Crisis, dass sie sich einen Jüngeren und dazu noch einen Bauer aus Schottland an Land gezogen hat. Ist das nicht beschämend?"

Andererseits, würde sie je wissen, ob ihre Ehe und somit ihre Liebe zu Alexander tatsächlich am Ende war, wenn sie es nicht drauf ankommen ließ?

„Seit wann interessieren dich die Meinungen von anderen? Wann ist aus der selbstbewussten Lou ein überängstliches

Mäuschen geworden?", schimpfte sie ärgerlich mit sich selbst.

22 Jahre Ehe waren kein Pappenstiel. Zwangsläufig veränderte man sich. Sie hatte noch nie zu den Frauen gehört, die darauf Wert legten, Zuhause das Sagen zu haben, aber das Fehlen jeglicher Zuneigung, ganz zu schweigen von einem nicht vorhandenen Sexleben, war nicht das, was sie sich bis zum Rest ihrer Tage ersehnt hatte. Auf ihrem Smartphone fand sie mehrere entgangene Anrufe ihrer Galeristin sowie eine Sprachnachricht. Am Nachmittag packte sie kurz entschlossen ihren Laptop, nahm Doc an die Leine.

Den Laptop unter dem Arm machte sie sich auf, um das Angebot von Alasdair anzunehmen. Sonntagnachmittags war in Kildermorie einiges geboten. Heerscharen an Fremden schlenderten plötzlich am See entlang. Selbst das Café war gänzlich überfüllt. Marge begrüßte sie geschäftig mit einem freudigen: „O Lou, schön dich zu sehen."

Fast bekam sie ein schlechtes Gewissen, als sie der Schottin ihren Besuch erklärte. Diese winkte jedoch mit einem Lächeln ab und schob sie samt Doc an der Verkaufstheke vorbei nach hinten.

Sie fand sich in einem verwinkelten großzügigen Gang wieder, an dessen einer Wand ein total überfüllter Schreibtisch nebst Telefon sowie Fax und Computer stand.

„Hier hast du das beste Internet und außerdem Ruhe vor den ganzen neugierigen Blicken oder dem Geplapper", erklärte Marge zwinkernd. „Mach dir einfach Platz, Schätzchen. Ach und falls du Al suchen solltest. Er ist in der Backstube. Du kannst ihn nicht verfehlen, immer dem lauten Fluchen nach, aye!"

Ihr Gesicht musste ihre Verständnislosigkeit ziemlich gut zur Schau getragen haben. Zumindest fühlte sich Marge genötigt, ihr ein vertrauensvolles hinter der Hand gemurmeltes

„Ich sage nur Hochzeitstorte!" zuraunen.

Hochzeitstorte? In ihrem Magen bildete sich ein ziemlich fieser, großer Klumpen, der ihr augenblickliches Bauchgrimmen bereitete. Wollte der elendige Schotte etwa heiraten? Warum hatte er ihr nichts gesagt? Genervt verdrehte sie die Augen. Ausgerechnet wo sie dabei war, sich in diesen Kerl Hals über Kopf zu verlieben. Andererseits war es doch kein Wunder, dass ein solcher Prachtkerl vergeben war. Immerhin war er nicht schwul, wie am Anfang von ihr befürchtet. Vermutlich hatte sie laut aufgestöhnt, denn Doc sah von ihren Füßen unter dem Schreibtisch, wo er sich breitgemacht hatte, alarmiert zu ihr empor.

„Du hast kein Recht auf diesen Mann, Louise. Schließlich bist du immer noch verheiratet und trägst einen Ehering am Finger", murmelte sie erbost, während sie einmal mehr am Ring zerrte, den sie nicht mehr über den Finger bekam, egal wie sehr sie ihn auch loswerden wollte. Der goldene Reif mit dem großen Diamant war ziemlich fest in ihren Finger eingewachsen. Sie brauchte Ablenkung. Jetzt sofort. Ärgerlich vor sich hin brütend, steckte sie ihren Laptop ein und widmete sich ihrer Arbeit. Nach einigen Rezensionen, die sie nachholen musste, widmete sie sich ihren Mails. Ihre Galeristin Alicia hatte es tatsächlich geschafft, alle ihre Bilder zu verkaufen.

Außerdem hatte sie bereits einen weiteren Ausstellungstermin, falls sie, wie ihre Galeristin zurecht annahm, mit einem Koffer voller neuer Bilder von ihrer Auszeit zurückkäme. Eine beunruhigende Nachricht hatte sie allerdings auch für Lou. Alexander hatte irgendwie von ihrem Konto und den verkauften Bildern Wind bekommen. Er hatte die Galeristin schwer bedrängt, ihr gar gedroht. Glücklicherweise hatte sich Alicia jedoch nicht von ihrem Ehegatten beeindrucken lassen.

Lou war sich fast zu hundert Prozent sicher, dass Alexander die Detektei, die hin und wieder für seine Firma tätig wurde, engagiert hatte, um sie zu finden.

Typisch. Alex war ein Kontrollfreak. Er musste immer und über alles die Kontrolle und Oberhand behalten. Der durchdringende Schlag einer zugeworfen Tür, gefolgt von etlichen derben Flüchen, die sie nicht verstand, riss sie aus ihren dunklen Überlegungen. Doc interessierte dies nicht, er schlief alle Viere von sich gestreckt, soweit ihm dies bei dem wenigen Platz unter dem Schreibtisch möglich war.

Entschlossen erhob sie sich, um der Ursache des Lärms auf den Grund zu gehen, gleichfalls jedoch auch, um ihrer Neugierde gegenüber Alasdair Munro nachzugehen. Mehrere dumpfe Schläge hintereinander ließen sie erneut zusammenzucken. Was um Himmelswillen tat der Kerl? Die Torte mit einem Beil zerteilen? Die erste Tür, die sie durchschritt, führte sie in einen Raum, der unverkennbar das Lager von unendlich vielen Konservenbüchsen sowie Mehl- und Getreidesäcken war. Drei der vier Wände waren vom Boden bis zur Decke mit Regalen bedeckt, in denen es keinerlei Platz mehr gab.

An der vierten Wand stapelten sich die verschiedensten Säcke. Ein neuer Schwall an Flüchen ertönte durch eine angelehnte Tür. Zaghaft schob sie diese weiter auf und blickte ins Heiligtum der Bäckerei – der Backstube. Sie bestand aus einem einzigen großen, lichtdurchfluteten Raum, in dem sich mehrere Tische, Regale sowie zwei riesige Öfen befanden. Eine große Fensterfront unter der eine große Ablagefläche entlanglief, beleuchtete den feinen Mehlstaub, der in die Luft wirbelte, immer dann, wenn der Schotte unverkennbar wütend mit den Fäusten auf den Teig eindrosch, der vor ihm lag. Er stand mit dem Rücken zu ihr, hatte sie scheinbar noch nicht bemerkt.

Bewundernd blieben ihre Augen auf dem breiten Rücken hängen, der sich muskulös unter dem engen schwarzen T-Shirt abzeichnete, das voller Mehl war.

Auf dem einen Unterarm konnte sie den Namen Grace als Tattoo lesen und erkannte die Midgardschlange.

Ist Schwarz eine vorteilhafte Farbe in einer Backstube? Was für Muskeln sich wohl unter diesem T-Shirt verstecken, überlegte sie im Stillen. Im nächsten Moment wischte Alasdair mit einem zornigen Aufschrei alles, was sich vor ihm befand, vom Tisch. Mehl, Teig, ebenso wie etliche Tiegel, ergossen sich auf den Fußboden, zerbrachen teilweise. Gleichzeitig schrie Lou erschrocken auf, versuchte nach hinten zu flüchten, was die Tür, gegen die sie lief, schmerzhaft vereitelte. Der Schotte drehte sich nach ihr um, erstarrte jedoch mitten in der Bewegung.

„Lou?"

„Entschuldigung, ich wollte nicht einfach hier hereinplatzen, aber du warst bis nach draußen zu hören und da dachte ich … ich", plapperte sie ohne Punkt oder Komma los, um ihre Nervosität zu überspielen, die sie einmal mehr erröten ließ. Dieser Mann sah einfach zu gut aus, wie er so dastand mit dem schwarzen T-Shirt, auf dem sie jetzt klar und deutliche AC/DC lesen konnte. Selbst die weiße Schürze, die locker um seine Hüfte geschlungen war, oder das Mehl in Gesicht sowie Haaren, gaben ihm etwas Verwegenes.

Inzwischen lag ein erfreutes, freches Grinsen um seine Mundwinkel. Er hatte wieder diesen raubtierhaften, dunklen Ausdruck in den Augen, der ihr sofort die Beine weich werden ließ.

„Du musst einen fürchterlichen Eindruck von mir haben, Lass. Ich glaube, es ist eher an mir, sich zu entschuldigen", erwiderte er. Streckte fordernd die Hand nach ihr aus. „Ich hatte … na ja, habe hier ein ziemliches Problem …", versuchte er zu erklären, während sie die ihr dargebotene Hand ergriff und sich plötzlich direkt vor ihm wiederfand.

„Hmm, Hochzeitstorte, sagt Marge. Deine?"

Sein Griff wurde fester. Lauthalses Lachen brach aus ihm heraus: „Ha Ha … der war gut, Lass. A Dhia. Ha ha, meine", japste er nach Luft ringend und schlug sich die freie Hand auf den Oberschenkel, was den Mehlstaub auf seiner Schürze in einer Wolke in die Luft steigen ließ.

Völlig perplex ließ sie zu, dass sich seine Finger mit den ihren verschränkten. „Ich dachte nur weil … weil …", stieß sie verzweifelt nach einer Erklärung suchend aus.

„So so …", sagte er. Seine Finger verselbstständigten sich, strichen gewagt eine ihrer Haarsträhnen beiseite, während er mit dunkler Stimme weiter sprach.

„Es ist die Hochzeitstorte meines besten Freundes. Sie soll eigentlich mein Hochzeitsgeschenk werden. Das Backen bereitet mir auch keinerlei Probleme, selbst das Verzieren würde ich irgendwie hinbekommen. Nur diese elendigen kleine Rosen und Herzen aus Marzipan, aye. Die kosten mich meine letzten Nerven. Naja, deshalb übe ich seit einigen Tagen. Leider mit mäßigem Erfolg. Die Hochzeit ist erst in nicht ganz einer Woche", erklärte er, eine ihrer längeren Strähnen provozierend um seine Finger wickelnd.

O Gott, ich falle gleich in Ohnmacht, dachte sie verzweifelt.

Er hatte sich inzwischen rücklings gegen den Tisch gelehnt, die Füße locker über den Knöcheln verschränkt. Sie beide waren lediglich eine handbreit voneinander getrennt.

Lou konnte nicht aufhören, seine vollen Lippen anzustarren. Der elendige Kerl wusste es. Fing erneut an, mit ihr zu spielen. Unverschämt sinnlich leckte er sich über die Lippe, zeigte seine weißen Zähne. Plötzlich wurde ihr bewusst, dass sie beide bereits zu lange schwiegen, als das es normal gewesen wäre.

Nein. Nein. Nein, nicht gut. Gar nicht gut, ich fall gleich über ihn her!, stöhnte Lou frustriert über ihre eigenen Gefühle gedanklich auf. Mühsam entzog sie sich seinen Händen, wich einen Schritt zurück. Er beobachtete dies sichtlich amüsiert.

„Wir … das … Hör auf damit, Alasdair!", stammelte sie.

„Was genau meinst du, Lass?", tat er unschuldig.

„Du weißt ganz genau, was ich meine, Munro!", erwiderte sie mit fester Stimme, die dennoch unüberhörbar zitterte.

Verdammt!

„Okay. Ich höre damit auf, bevor wir beide Dinge tun, die uns vielleicht später leidtun", versprach er ernst, wenngleich sein Blick etwas völlig anderes zu sagen schien. „Du kannst nicht zufällig modellieren?" Hoffnungsvoll sah er sie an, während er das Chaos auf dem Boden zusammenkehrte und entsorgte.

„Modellieren?"

„Ja. Mit Marzipanmasse. Du bist doch Künstlerin, aye. Vielleicht liegt dir so etwas mehr als mir. Würdest du es versuchen? Für mich?", bat er mit verzweifeltem Augenaufschlag.

„Schauspieler", erwiderte sie lachend.

„Wenn es sein muss, geh ich auch auf die Knie vor dir, Lass".

Ach du … Bloß nicht!, schrie sie innerlich auf. Himmel.

Dieser Kerl machte sie verrückt. Lou war fast, als könne sie die Funken, die zwischen ihnen beiden flogen, wahrhaftig sehen. Konnte Mehlstaub nicht explodieren?

„Also gut, ich versuche es. Allerdings muss ich dich warnen. Ich habe noch nie so etwas in der Art versucht. Noch nicht einmal mit Knete."

Ehe sie sich versah, hatte er ihr mit geübten Fingern eine weiße Schürze um die Hüfte gebunden, die seiner eigenen im Aussehen glich. Interessiert hörte sie seinen Anweisungen zu. Er hatte ein Buch mit verschiedenen Anleitungen für die Gestaltung von Marzipanblumen sowie diversen Herzen und Dekorationen aufgeschlagen. Einträchtig arbeiteten sie Seite an Seite miteinander. Nachdem Lou einige der Vorschläge aus dem Buch nachgebildete hatte, versuchte sie sich an eigenen Kreationen. Alasdair schien mehr als zufrieden mit ihren Ergebnissen zu sein.

„Aye. Wusste ich doch, dass dir das besser liegt als mir. Du rettest mir Kopf und Kragen, Lou", lobte er anerkennend.

Ab und an half er ihr, legte dabei seine Hände über die ihren, die gänzlich unter seinen Händen verschwanden, um neuen Puderzucker in die Marzipanmasse zu kneten. Sein Körper hinter ihr war ihr dabei nur allzu bewusst. In Lous Kopf nahmen Szene aus dem Film *Ghost* Gestalt an, in der die beiden Hauptdarsteller sowie eine Töpferscheibe eine tragende Rolle gespielt hatten. Dies hier kam ihr zumindest ebenso verboten erotisch vor. Sein Atem strich begehrlich über ihr Ohr, ihren bloßen Nacken. Sein männlicher Körper lehnte unschuldig an dem ihren.

Ohne es bewusst zu wollen, reagierte sie auf ihn. Sämtliche Härchen standen ihr zu Berge. Es gelang ihr nicht mehr, der Versuchung zu widerstehen. Sie sank gegen ihn. Spürte seine Wärme durch ihre Kleider. Roch den herben, frischen Geruch seines Aftershaves. Sein Atem beschleunigte sich hörbar, passte sich dem ihren an.

„Keine gute Idee", versuchte sie schwer atmend Herrin der Lage zu werden, als seine Lippen zärtlich an ihrem Ohr entlang streiften.

„Nein. Keine gute Idee", murmelte er bestätigend, drehte sie zu sich um.

„Wir ... wir sollten das nicht tun", wisperte sie stockend, brannte jedoch bereits unter den sinnlichen Blicken, die er ihr schenkte, lichterloh.

„Nein. Sollten wir wohl nicht …", flüsterte er rau. Seine eine Hand wanderte langsam, als wartete er drauf, dass sie ihn stoppte, an ihren Flanken entlang nach oben. Voller Begehren legte sie sich auf ihre Wange, während die andere Hand sich auf ihren Po niederließ, sie fordernd an sich drückte. Ihr Kopf schrie lautlos *Nein*.

Doch es war längst zu spät. Ihr Herz ebenso wie ihr Körper hatten sich bereits anders entschieden und verrieten ihre Sehnsucht nach diesem Mann. Sie war hoffnungslos verloren. Lou konnte die gleiche Sehnsucht im dunklen Blick des Schotten sehen. Ihre Wange schmiegte sich an seine Hand, deren Daumen voller Begehren über ihre Lippen strich. Wie selbstverständlich öffnete sie die Lippen, knabberte sacht an seinem Finger, ohne ihn aus den Augen zu lassen. Er schmeckte nach Puderzucker ebenso wie nach dem Mandelgeschmack des Marzipans. Ein heiseres Stöhnen entrang sich seiner Kehle. Inzwischen drückte sein Unterleib sie gegen die Tischkante.

„A Dhia, ich kann dir nicht widerstehen … es geht einfach nicht", hauchte er entschuldigend, bevor er ihr seinen Daumen entwand.

Es gelang ihr gerade noch, ein „Ich auch nicht … Ich will dich!" zu erwidern, bevor seine Lippen dessen Stelle einnahmen. Als hätte er nur auf dieses Geständnis gewartet, plünderte er ungestüm ihren Mund auf so gekonnte Art und Weise, dass sie das Gefühl hatte, die Hitze, die sich in ihr ausbreitete, würde sie verbrennen. Sie konnte nicht anders, als seine Küsse zu erwidern. Leidenschaftlich vergrub sie die Finger in seinen kurzen Haaren. Nur am Rande bekam sie mit, wie Alasdair einmal mehr alles vom Tisch wischte, was darauf gestanden hatte. Weder das Klirren von zerberstendem Porzellan noch das Klappern von Teigrädern, Wellhölzern und Co war wichtig.

Einzig und allein sie beide existierten. Im nächsten Moment hob er sie hoch, setzte sie auf dem Tisch ab, ohne ihre Küsse zu unterbrechen, die immer fordernder und leidenschaftlicher wurden. Lous Beine schlangen sich wie selbstverständlich um seine Hüften, während ihre Finger das AC/DC T-Shirt bereits aus Hose sowie Schürze zogen, um sich liebkosend an seinem Bauch nach oben zu tasten.

Alasdair konnte sich nicht erinnern, wann er zuletzt so für eine Frau empfunden hatte. Hatte er überhaupt je einer Frau solche Gefühle entgegengebracht? An ein Einhalten war längst nicht mehr zu denken. Die Berührung ihres Körpers, das Tasten ihrer Fingerspitzen, die sanft über seine Haut glitten, ebenso wie ihre Zunge, die mit der seinen zu tanzen schien, löste an jeder Stelle seines Körpers eine Gänsehaut aus. Seine Ohren fühlten sich heiß an, sein Herz war kurz davor zu explodieren und er hatte Sorge, sich in seine mehr als zu eng gewordenen Hose zu ergießen. Sie war die Frau eines anderen und er verabscheute sich für das, war er hier mit ihr tat.

Doch wie hätte er aufhören können, wenn jede ihrer Berührungen die Leidenschaft tief in ihm schürte, ihm zugleich Antwort auf sein eigenes Begehren zu sein schien. Wie entkommen, wenn der Verstand nicht mehr länger die Oberhand hatte? In ihren Augen gleichfalls in jedem kleinsten Laut, den sie von sich gab, fand er das selbe Feuer wieder, das auch in ihm brannte.

Ich will dich!, hatte sie gesagt.

Das hatte noch nie eine Frau zu ihm gesagt.

Jetzt war sie hier, hier bei ihm. Jetzt in diesem Moment gehörte diese wundervolle Frau ihm, ganz egal, was morgen sein mochte. Er begehrte sie. Verzehrte sich nach ihr mit jeder einzelnen Faser seines Körpers, seines Seins. Sie riss ihm das T-Shirt fast vom Leib und es flog in hohem Bogen zu Boden. Unverhüllt musterten ihre Augen ihn für einen Lidschlag lang, dann hinterließ ihre freche Zunge eine Spur aus Küssen auf seinem haarigen Brustkorb, während ihre Beine ihn noch enger an sich zogen.

Verlockt schoben sich seine Hände unter das übergroße Sweatshirt, wo sie sich besitzergreifend um ihre Brüste legten, um die erregten Spitzen zu liebkosen.

„O Gott, mo cridhe. Ich kann nicht mehr aufhören", brach es dunkel vor Leidenschaft aus ihm hervor. Seine Finger öffneten bereits die Knöpfe ihrer Jeans.

„Das musst du nicht ... Al", antwortete sie außer Atem.

Ein Stöhnen entwich ihr, als seine Finger in ihre Feuchtigkeit eintauchten. Er konnte kaum glauben, wie bereit sie für ihn war. Es war, als hätte er sein ganzes Leben auf diese eine Frau gewartet, so als würden sie sich bereits in- und auswendig kennen. Bereits einen Lidschlag später hatten sie beide voller Hast ihre Hosen von sich gestrampelt. Wie hungrige Wölfe fielen sie übereinander her, verschmolzen miteinander in ein einem Strudel aus Lust und Gefühlen, nur um sich dann wiederzufinden wie ein Fleisch, ein Herz und eine Seele. Dergleichen hatte er noch nicht einmal mit Felicitas erlebt.

Alasdair wusste nicht mehr, wie oft sie sich geliebt hatten. Kein Platz der Backstube war vor ihrer Leidenschaft sicher gewesen. Weder verschwendete er irgendeinen Gedanken an Hygienevorschriften, noch an plötzliche Besucher oder gar Zuschauer vor den Fenstern. Alles was zählte, waren er und Lou. Tatsächlich konnte er sich nicht an ihrem nackten Körper sattsehen. Alles daran lockte ihn. Er war wie berauscht. High von jedem Zentimeter ihrer Haut, jedem noch so kleinen Leberfleck, ja selbst die kleinen Makel wie Narben, Schwangerschaftsstreifen oder die wenige Orangenhaut wollte er sich einprägen. Festhalten, um die Erinnerung daran nie wieder zu verlieren. Denn dieses zauberhafte Wesen in seinen Armen gehörte nicht zu ihm, war nicht seine Ehefrau. Zwangsläufig würde sie zu ihm, ihrem reichen, mit Sicherheit besser als er aussehendem Mann, zurückkehren und ihn mit einem erneut gebrochenen Herzen zurücklassen.

Und er? Nun er würde sich wieder in seinen Panzer zurückziehen, wo er erneut Jahre ausharren würde. Wie lange würde es dann dauern, bis er sich wieder einer Frau hingeben könnte? Jetzt in diesem Moment wünschte er sich, Louise könnte ihn lieben, um des Mannes wegen, der er einst gewesen war und nie wieder wäre. Seine Mutter hatte ihm davon erzählt, von Seelenverwandten. Von dem einen besonderen Menschen, der zu einem passte wie kein anderer.

Nie hätte er gedacht, dass Marge recht haben könnte. Dass es diese eine besondere Frau für ihn überhaupt gab. Warum hatte das Schicksal sie zusammenfinden lassen, wenn es sie wieder entzweireißen würde? Waren ihm Glück und Liebe nicht vergönnt? Es gelang ihm doch sowieso selten genug, Abstand zu all den Problemen zu finden, die ihm das Herz schwer machten. Mit Louise schien plötzlich alles so leicht, so einfach zu sein. Alles war so lebendig, so voller Farbe. Bei ihr hatte er das Gefühl, alles erreichen zu können. Vermutlich hätten sie nie voneinander lassen können und er hätte sich auch nicht den Kopf zerbrechen können, wäre nicht urplötzlich Doc zu ihnen hereingestürzt und hätte sie unterbrochen.

Deutschland

„Frau Butt, ist der Flug gebucht?", herrschte Alexander seine Sekretärin und Frau für alles an. Er sah schrecklich aus, seit Louise in Schottland verschwunden war. Beim Rasieren hatte er sich einen tiefen Schnitt an der Wange zugezogen.

Er rauchte wieder Kette und trank am Abend zu viel Alkohol. Kein Wunder, dass er völlig verhärmt wirkte. Selber ertrug er seinen Anblick in keinem Spiegel mehr. Die mitleidigen Blicke seiner Angestellten machten ihn noch zorniger, als er so oder so schon war. Sie war an all dem Schuld. Sie, Louise, der er den Himmel zu Füßen gelegt hatte. Louise, die auf seinen Gefühlen herumgetrampelt war, ihn verlassen hatte.

Wenn er nur daran dachte, wie sie ihn vor allen Geburtstagsgästen bloßgestellt hatte, indem sie einfach nicht auftauchte. Wütend hackte er auf die Tastatur seines Computers ein, ignorierte das schreckliche Gefühl in seinem Magen. Alexander aß zu wenig, ebenso wie er zu wenig schlief. In seinem Kopf drehte sich alles um seine Frau. Untreu. War sie ihm untreu geworden? Ständig fragte man ihn nach ihr. Jeder wollte wissen, wie es ihr ging. Er war sie so Leid, all diese Fragen. Ganz zu schweigen von den Kommentaren seiner eigenen Mutter.

„Ich habe dir schon immer gesagt, sie ist unter deinem Stand. Aber du wolltest ja nicht auf mich hören. Eine Frau mit dem Niveau einer Bäuerin ist keine gute Partie für den einzigen Sohn der Schulzinger Dynastie!"

Wenn er die Augen schloss, konnte er Beatrixe Schulzinger, seine verwitwete Mutter, immer noch zetern hören.

„Frau Butt, ich habe sie etwas gefragt", knurrte er unleidig, was die Mittfünfzigerin, die soeben mit einem Tablet in den Händen sein Büro betreten hatte, betroffen zusammenzucken ließ.

„Selbstverständlich, Herr Schulzinger. Ich habe ihnen bereits zwei Mal geantwortet. Der Flug samt Hotel ist wie von ihnen gewünscht gebucht. Der Angestellte der Detektei wartet am Flughafen auf Herr Schulzinger Junior. Ich habe mir erlaubt, ihnen ein Stück ihres Lieblingskuchen und eine Latte

Macchiatto mitzubringen. Herr Schulzinger, sie sollten wirklich etwas essen!", ermahnte die gute Butte ihn mit einem besorgten Ausdruck im Gesicht. Frau Butt war bereits die Sekretärin seines Vaters, bevor dieser verstarb und er hatte sie quasi samt der Firma geerbt. Wie keine andere Frau in seinem Leben, nicht einmal Louise, verstand sie ihn. Seit jeher war sie so etwas wie ein Mutterersatz für ihn gewesen.

Beatrixe war immer schon Beatrixe. Nie wäre ihm in den Sinn gekommen, die Frau, die immer dein Eindruck erweckte, als hätte sie einen Besenstiel verschluckt, mit Mutter anzureden. Vermutlich hätte sie ihn verkauft, hätte sie darin ein gutes Geschäft gesehen. War es vielleicht sogar eine Art Trotzreaktion gewesen, die ihn dazu getrieben hatte, die gut aussehende junge Kunststudentin Louise zu heiraten? Er bedankte sich ruppig für die Latte und scheuchte die gute Butte wieder hinaus, bevor er sich nicht mehr unter Kontrolle hatte.

„Ein Schulzinger weint nicht. Ein Schulzinger steht über den Dingen!", hörte er erneut Beatrixe kommandieren. Müde fuhr er sich durch die grauen Haare. Es war alles vorbereitet.

Die Detektei Osanowic hatte die GPS Daten des Leihwagens, den Louise fuhr, herausgefunden. Sie befand sich allem Anschein nach in einem kleinen Kaff mitten in den schottischen Highlands. Das war so ziemlich der allerletzte Ort, an dem er sie vermutet hätte. Auf keinen Fall kam es infrage, dass er selbst hinflog und sie zwang zurückzukehren. Vermutlich war er auch der letzte Mensch auf Erden, dem sie diesen Gefallen tun würde. Aus diesem Grund hatte er Richard dazu verdonnert, dies zu tun.

Zwar hatte sich der 21-jährige vehement geweigert, doch er kannte genügend Mittel und Wege, ihm diese wichtige Rolle schmackhaft zu machen. Ihren Kindern zuliebe, zumindest einem davon, würde Louise sicherlich eher nach Hause folgen. Zumindest hoffte er das. Und wenn sie erst einmal wieder hier war, würde er ihr diesen Blödsinn schnell austreiben. Da war er sich ziemlich sicher!

Heute war Sonntag.

Der Flug ging am Mittwochabend, er hatte einen der Günstigeren genommen. Schließlich hatte Louises Unfähigkeit ihn in letzter Zeit schon genügend Geld gekostet. Der Angestellte von Osanovic würde dann am Tag nach ihrer Ankunft in Edinburgh in aller Frühe mit Richard losfahren, um einen Tag später zurückzufliegen. Er selbst hatte keine Zeit für solchen Unfug. Immerhin hatte er eine Firma zu leiten.

Gefühlschaos

Schottland

Es hatte eine halbe Ewigkeit gedauert, bis sie das Chaos in der Backstube beseitigt hatten. Weder Lou noch Alasdair hatten sich dabei richtig in die Augen sehen können. Bereute der Schotte bereits, was sie beide getan hatten? Sie konnte die heimlichen Blicke spüren, die er ihr immer wieder, unter niedergeschlagenen Lidern, zuwarf. Immer wieder, wenn er nicht hersah, tat sie es ihm gleich, beobachtet ihn. Sie konnte sich nicht sattsehen an den geschmeidigen Bewegungen, dem Spiel seiner Muskeln unter dem engen T-Shirt und den fast zur Gänze tätowierten Armen. Noch immer spürte sie die Hitze in ihrem Körper pulsieren.

Doc, den sie vor die Tür gesperrt hatten, winselte einmal mehr verärgert. Schließlich gab es nichts mehr aufzuräumen. Alasdair schlenderte gemächlich auf sie zu, eine Augenbraue belustigt in die Höhe geschoben. Er biss sich überlegend auf die vollen Lippen, was sie zugegebener Weise richtig gehend anmachte. In Gedanken zählte sie auf zehn.

„Einen Penny für deine Gedanken, Lass?", raunte er und strich beiläufig die Kontur ihres Gesichts entlang.

„Bereust du es?", entschlüpfte ihr die alles entscheidende Frage.

„Hältst du mich denn für so einen Kerl?", argwöhnte er, ohne jedoch eine Antwort von ihr zu erwarten. „Nein. Nein, mo chridhe. Ich bereue gar nichts. Und du?"

Tränen schossen ihr in die Augen. Er bemerkte es sofort. Lou konnte sehen, wie sich seine Gesichtszüge für einen winzigen Moment verhärteten.

„Ich … ich sollte es bereuen, nicht? Immerhin habe ich meinen Mann mit dir betrogen. Also … also sollte ich es bereuen …", stieß sie gequält aus, während ihre Hand nach der seinen griff und diese unruhig drückte. Sie war nicht fähig, den Kopf zu heben, um ihm ins Gesicht zu blicken. Würde sie darin Verachtung oder gar Abscheu finden? Mühsam zwang sie sich, weiter zu sprechen, um die Wahrheit zutage zu fördern. Eine Wahrheit, vor der es, wenn sie es erst einmal laut ausgesprochen worden war, kein Zurück gab. Dann würde sie sich ihren Dämonen stellen müssen.

„Aber das tue ich nicht … Ich … du musst mich für eine ganz schreckliche Person halten und das …", holperten die Worte ungelenk aus ihrem Mund, den Alasdair nicht weiter reden ließ. Sein schwindelig machender Kuss verschloss ihre zitternden Lippen. Schließlich schob er sie von sich.

Seine Augen schienen direkt ins Dunkle ihrer Seele zu blicken. „Wenn ich das von dir halten würde, mo chridhe, hätte ich dich gefickt und nicht mit Leib sowie Seele geliebt. Wärst du tatsächlich einfach nur ein kleines Flittchen auf der Suche nach einem Romanschotten für eine Nacht, Lou, dann hätte ich dich benutzt. Benutzt und am nächsten Tag einfach vergessen. Ich schwöre dir bei allem, was mir heilig ist, beim Namen meiner Tochter Grace, ich hätte dich kein Stückchen in mein kaputtes Herz gelassen", flüsterte er eindringlich, während seine Hand an ihrem Kinn sie zwang, ihn anzusehen.

„Felicitas hat nicht viel von mir übrig gelassen. Ich war sieben Jahre lang alleine. Es war nicht schlecht, versteh mich bitte nicht falsch, Lass. Ich hatte einige Frauen, auf die ich nichts stolz bin. Aber das war Sex und hatte mit Liebe nicht wirklich was zu tun."

Lou blieb stehen, schluckte trocken unter seinen harten Worten. Was um alles in der Welt tat sie hier? Ihr Versuch, eine gute Miene zu machen, misslang. Zumindest schien es dem Schotten aufzufallen.

„Tut mir Leid, Lass. Ich bin ernsthafte Gespräche mit einer Frau nicht mehr gewohnt. Du musst Geduld mit mir haben", versuchte er, mit fahrigen Gesten zu erklären, so als spürte er ihre Unsicherheit.

„Marge hat mir damals etwas mit auf den Weg mitgegeben: Du kannst nichts kaputt machen, was nicht schon bereits kaputt ist! Heute habe ich die Hoffnung, dass sie recht damit hatte!", sagte er schlicht und griff nach ihrer Hand. War es wirklich so einfach? Du kannst nichts kaputt machen, was nicht schon bereits kaputt ist?

Traf das tatsächlich auch auf ihre Ehe mit Alexander zu, oder suchte sie viel mehr verzweifelt eine Ausrede, um sich ihren Seitensprung schön zu reden? Ihre Hand fühlte sich gut an in der seinen. Ihre Hand kam sich nicht klein oder verloren vor. Nein. Diese große Hand gab ihr Halt. Wie der Schimmer von Abendrot am Himmel, sah sie plötzlich einen Lichtstreifen am Horizont ihrer Einsamkeit. Die Sehnsucht nach einem Neubeginn wurde zunehmend stärker.

Alasdair überbrückte die peinliche Stille zwischen ihnen beiden, indem er seine Hand fester um die ihre schloss, sie hinter sich herzog.

„Komm mit, Lass. Ich zeige dir meine Träume", raunte er, als wäre es ein besonderes Versprechen. Sie verließen die Backstube, um von dem Korridor durch eine schmale, leicht verzogene Holztür in einen weiteren kleineren Flur zu gelangen. Hand in Hand stiegen sie die mit Plüschschonern im gleichen freundlichen Grün wie die Bordüre der Tapete gehaltene Stufen empor, von wo aus sie in eine Art Vorraum gelangten, von welchem erneut einige Türen sowie weitere Treppenstufen abgingen.

Alasdair öffnete die erste Tür auf ihrer Seite. Diese führte in ein Schlafzimmer mit zauberhaftem Ausblick. Zumindest nahm Lou an, dass es ein Schlafzimmer werden würde, denn die Wände waren kahl. Der Boden war mit dunklen Kirschholzdielen belegt. Es gab einen Durchgang, in dem die Tür samt Rahmen fehlte, der jedoch den Einblick in ein Bad im Rohzustand eröffnete, in dem lediglich eine Toilette bereits vorhanden war.

„Früher habe ich davon geträumt, aus diesem Haus ein Bed & Breakfast zu machen", erklärte er mit sonorer Stimme. Er zog sie ans Fenster, um ihr den Garten zu zeigen. Herrliche alte Apfelbäume gab es ebenso wie einen Mix aus allerlei Gemüse und Blumen. Ein Landhausgarten wie aus dem Bilderbuch. Genauso einen Garten hatte Lou sich in ihren eigenen Träumen immer gewünscht. Sie liebte Gartenarbeit, empfand sie als entspannend. Leider war Alexander nie davon zu überzeugen gewesen.

Denk an den ganzen fürchterlichen Schmutz unter deinen Nägeln! Louise, das ist eine Arbeit für Bedienstete!, konnte sie ihn in ihrer Erinnerung sagen hören. Außerdem sei es Zeitverschwendung, hatte er geschimpft. Ehe sie sich versah, hatte sie einen, manchmal sogar mehrere Gärtner an der Backe. Aus ihrem schönen wilden Gartenidyll wurde ein durchgestylter Trendgarten, indem kein Halm falsch wachsen durfte. Bewundernd strichen ihre Augen über die im Rasen verteilten Pflanzen in Kübeln. Über den ganzen Garten verteilt gab es kleinen Statuen, Puten oder einfach Ziersteine.

„Er ist einfach nur … Wow … mir fehlen die Worte, Al", wisperte sie andächtig, den Blick auf den Garten gebannt.

Seine Wange hatte sich an ihren Haarschopf geschmiegt. Fast bildete sie sich ein, sein Schmunzeln zu spüren.

„Aye. Das ist er, mo chridhe. Kannst du das nochmal sagen?", sagte er ernst.

„Was? Das der Garten wundervoll ist?" Lou wand sich ihm irritiert zu.

„Nein …", räusperte er sich verhalten. „Nein … meinen … hm … meinen Namen. Ich habe ihn schon lange nicht mehr gehört, zumindest nicht so", hauchte er rau.

„Alasdair, Al", wisperte sie voller Hingabe zurück. Bevor sie jedoch einmal mehr küssend über einander herfallen konnten, erklangen laute Schritte auf den Stufen, gefolgt von Hundebellen und gälischen Sprachfetzen.

„Ich fürchte, wir müssen meinen Freund vor deinem Hund retten gehen, Lass. Komm!"

Am Fuß der Treppe bot sich ihnen ein mehr als amüsanter Anblick. Ein rothaariger Mann hatte sich mit beiden Beinen auf den Stuhl geflüchtet, auf dem Lou vor einigen Stunden noch gesessen war, um ihre Arbeit am Laptop zu erledigen. Vor dem Stuhl hatte ein zähnefletschender Doc Stellung bezogen, der den Fremden derart anknurrte, dass diesem regelrecht die Haare zu Berge standen.

„Aus, Doc", schimpfte sie mit dem großen Hund, der sie aus treuen Knopfaugen ansah.

„Cormack, wie sind die Aussichten dort oben? Was verschafft mir die Ehre deines Besuches?"

Ohne zu zögern, schlenderte der große Schotte zu dem noch immer knurrenden Hund, dem er wie selbstverständlich die Ohren kraulte. Dabei zog er diesen gekonnt am Halsband etwas von Cormack weg, sodass dieser vom Stuhl steigen konnte.

„Seit wann ist der Teufel bei dir eingezogen, mein Freund? Und wer ist diese bezaubernde Lady?", hob dieser Kopf schüttelnd an, während er einige Schritte Abstand einnahm.

Alasdair lachte leise auf.

„Das ist Louise, äh meine Mieterin." Trotz der herben Enttäuschung, die sie empfand, als sie mit *meine Mieterin* vorgestellt worden war, zwang sich Lou zu einem freundlichen Lächeln. Der verdutzt dreinschauende Schotte erwiderte dies und streckte ihr begrüßend seine Hand entgegen, die sie beherzt ergriff und schüttelte.

„Ah, sie sind die Deutsche, die Alasdairs Cottage gemietet hat, oder?", fragte er.

„Die bin ich."

„Louise ist so freundlich und hilft mir bei deiner Hochzeitstorte, Cormack", klärte Alasdair auf.

Ein freches Grinsen legte sich auf die Wangen des fremden Schotten. „Aye. Tut sie das? Was bin ich für ein Glückspilz. Ich hatte unter uns gesagt schon Sorge, ich müsste mich selber ans Verzieren machen", vertrauter er ihr gespielt ernst zu, was Alasdair mit einem entrüsteten Schnauben kommentierte.

„Ich würde Louise gerne zu eurer Hochzeit mitbringen. In Deutschland sind die Hochzeiten sicher um einiges anders als bei uns", erwiderte er.

Was passierte hier gerade? Warum wurde sie nicht wenigstens gefragt, ob sie das überhaupt wollte? Wieso behandelte er sie vor seinem Freund, als wäre sie einfach nur irgendeine Bekannte? Alasdair Munro benahm sich wie ein Obermacho. Bevor sie sich selbst versah, hörte sie sich zu allem Übel auch noch ziemlich deutlich: „Ich würde sehr gerne mit kommen, Alasdair", sagen. *Himmelherrgottsackzement, Louise. Was tust du da?*, stöhnte sie innerlich auf. Sie schaffte es noch nicht mal, das dümmliche Grinsen, das sie mit Sicherheit zur Schau trug, zu unterbinden. Verdammt, sie hatte Alexander mit einem Macho betrogen. Schlimmer noch, sie war dabei, sich in einem Mann zu verlieben, der allem Anschein nach auch ein ganz schönes Arschloch sein konnte. Die beiden Männer schienen sich gegenseitig seltsame Blicke zuzuwerfen.

Lou kam es fast vor, als würden sie sich in Gedanken unterhalten, zumindest konnte man in Cormacks Gesicht ziemlich genau ablesen, was dieser dachte: Was läuft da zwischen euch, schien geradezu in leuchtenden Lettern auf dessen

Gesichtszügen zu prangen. Da Alasdair noch einiges mit seinem Freund zu bereden hatte, schickte er sie schon mal alleine auf Hausbesichtigung.

Das ist deine Chance, um einigermaßen glatt aus der Sache rauszukommen! Nimm die Beine in die Hand Louise und lauf so schnell du kannst! , schrien ihre Gedanken sie geradezu an. Anstatt genau das zu tun, tat sie wiederholt etwas für sie völlig Untypisches. Sie gehorchte.

Einen Schritt vor den anderen setzend, schlenderte sie verträumt durch das obere Stockwerk, wo sie jedes der fünf unfertigen Gästezimmer ansah. Weitaus schlimmer war jedoch, dass sie diese bereits in Gedanken einrichtete. Lieber Gott, was war nur auf einmal mit ihr los? Ein jedes der Zimmer war schöner als das nächste. Sie vermutete stark, dass Alasdair das nötige Kleingeld ausgegangen war, um seinen Traum zu verwirklichen.

Wieder etwas, das uns verbindet, zerplatzte Träume!

„O Al, das tut mir so unendlich leid für dich!", flüsterte sie leise in den leeren Raum hinein, den das Licht der untergehenden Sonne in zartes Orange hüllte. Alasdair war ein Mann der zupackte, einer, der wenn möglich alles, selbst in die Hand nahm. War es das, was sie an ihm faszinierte? Wenn sie bloß an seinen muskulösen Oberkörper mit den ganzen Tattoos dachte, wurde ihr ganz anders und nicht nur ihr Herz fing wie wild an zu pochen. Völlig verunsichert von ihren Gefühlen, versuchte sie ihre Überlegungen in andere weniger emotionsgeladene Gefilde zu lenken.

Zum Renovieren brauchte man das nötige Kleingeld, sinnierte sie. Dieses schien ihrem Schotten allem Anschein nach zu fehlen. Alasdair und Alexander waren nicht nur rein körperlich total verschieden. Alexander hatte Geld genug. Wenn ein Alexander Schulzinger mit den Fingern schnippte, sprangen fünf Lakaien und fragten dabei noch, wie hoch sie springen sollten. Alexander war ein kühler, berechnender Mensch, der selten Gefühle zuließ und sie noch seltener zeigte. Trotzdem hatte sie sich in ihn verliebt, nicht in sein Geld. Wann waren ihre Gefühle für ihn nur verloren gegangen? Unsicher. Verloren. Genauso fühlte sie sich jetzt in diesem Moment. Das Karussell der Gefühle drehte sich in ihr, mit solch einem schwindelig machenden Tempo, dass sie Angst hatte, sich dabei selbst zu verlieren. Zögerlich zwang sie sich Schritt für Schritt weiter. Die alten Holzdielen des Fußbodens, die unter etlichen verschiedenen und durchgelaufenen Läufern hervorlugten, begleiteten ihren Weg mit Knarzen und Knacken.

Marge und Conner Munro wohnten augenscheinlich nicht hier. Lou fand sich in einem kleinen Wohnzimmer wieder, in dem sie sich augenblicklich heimisch fühlte. Es sah fast aus wie ihr eigenes Wohnzimmer, das sie bewohnt hatte, bevor sie Alexander kennengelernt hatte. Deckenhohe Regale voller Bücher nahmen fast alle Wände für sich ein. Eine überdimensionale geflickte Ledercouch stand mitten im Raum. Der einzig moderne Gegenstand war ein großer Flatscreen Fernseher, der gekonnt in eines der Bücherregale integriert worden war. Überall in den Regalen gab es gerahmte Fotos von Grace. Grace als Baby, Grace im Sandkasten oder Grace auf den Schultern ihres Vaters.

Was es nicht gab, war ein Foto ihrer Mutter. Im Anschluss an diesen Raum fand sie sein Schlafzimmer. Auch dieses war vollgestopft mit Büchern, die sich rund um das 1,40 Meter große Bett in Regalen tummelten. Befremdlich empfand sie lediglich den großen Spiegel über dem Bett, bei dessen Anblick ihr die Schamesröte ins Gesicht geschrieben stand.

Ich hatte einige Frauen, auf die ich nichts stolz bin. Aber das war Sex und hatte mit Liebe nicht wirklich was zu tun, wiederholte Alasdairs Stimme in ihrem Kopf. Ablenkend besah sie sich das Bettgestell genauer, welches selbst zu einem Sammelplatz für Lesematerial umfunktioniert worden war. Sie bückte sich nach einer der Zeitschriften und stellte überrascht fest, dass es sich dabei um Land- und Ackerbau- sowie um Motorrad-Zeitschriften handelte, wenngleich sie auch einige Playboy Hefte entdeckte. Warum auch nicht? Alasdair war ein Mann, kein Heiliger. Ein wurmstichig wirkender Kleiderschrank nebst einem Schaukelstuhl, auf dem sich ein Kleiderberg türmte, sowie ein wuchtiger Schreibtisch komplettierte das Zimmer. Graces Zimmer, welches direkt gegenüber lag, versetzte ihr einen kleinen Stich.

An der Decke hatte sich jemand, sie schätze Al, ziemlich unbeholfen an Wolken und Sternbildern versucht. Alle Möbel waren in zartem Flieder sowie Rosé gehalten. Eine kleine Frisierkommode mit Spiegel und dazu passendem Schrank, der auf verschnörkelten Beinen stand, machten keinen Hehl daraus, dass es sich bei diesem Raum um ein Mädchenzimmer handelte. Auf dem Bett lag ein großes Stoffeinhorn und darüber waren einige ihrer gemeinsam gemalten Zeichnungen angebracht. Lous Herz machte vor Freude einen Hüpfer, als sie den Elefant dort entdeckte, mit dem alles angefangen hatte und auf dem deutlich eine rote 1 mit Sternchen prangte. Zum Zeichnen brauchte man kein Gehör. Grace hatte Talent, das war unübersehbar. Wie konnte ein Macho gleichfalls so ein weiches Herz haben?

Der Schotte schien ein wirklich seltsamer Mann zu sein. Eine Tür weiter fand Lou ein Badezimmer, bei dessen Einrichtung sie kichernd die Hand vor den Mund schlagen musste.

Himmel was für ein Kitsch, schoss es ihr durchs Hirn. Das war dann doch für einen Mann mit Alasdairs Aussehen etwas *to much*. Eine gemauerte, ganz in tief dunkelblau gefliste Dusche mit einer Decke aus LED-Lichtern, welche man durch einen orientalisch angehauchten Durchgang betrat. Die eine Wand zierte ein Waschbecken in Form einer riesen Muschel, die auf einer Säule stand, hinter der sich ein riesiger Spiegel aus hunderten von Spiegelscherben in teils bunten Farben erhob. Sandfarbene Terrakottafliesen auf dem Boden und Wände aus gesplitterten Natursteinen, die mit echten Muscheln zu Ornamenten gelegt worden waren, vervollständigten den Traum aus 1001 Nacht. Bewundernd strichen ihre Fingerspitzen über die Muscheln.

„Ein Künstler ist er wohl auch noch", murmelte sie anerkennend. Lieber Gott! Sie kam sich vor wie ein Teenager, wenn sie an ihn dachte. Es war, als hätte sie Schmetterlinge im Bauch. Sie konnte sich beim besten Willen nicht erinnern, wann sie dieses Gefühl zuletzt gespürt hatte?

„Ich mag dein Lachen", erklang es amüsiert hinter ihrem Rücken. Ertappt drehte sie sich zu ihm um. Seine stechend blauen Augen betrachteten sie begehrlich, was ihn verboten sexy aussehen ließ. Nervös biss sich Lou auf die Lippe.

„Ich frage mich, was genau du an meinem Bad so amüsant findest, Lass? Oder ist es eher der Gedanke daran, was ich in dieser Wasseroase mit dir anstellen könnte … ", raunte er, trat näher an sie heran. Zu nahe. Lou konnte spüren, wie ihre Wangen erneut rot wurden. Jäh fühlten sich ihre Beine an wie aus Gummi. Ganz zu schweigen davon, dass seine Stimme den elendigen Schwarm Schmetterlinge in ihrem Bauch erneut wild flattern ließ. Sie schluckte trocken, wich jedoch seinem Zeigefinger nicht aus, der einmal mehr die Kontur ihres Gesichtes wie in Zeitlupe nach fuhr.

Er strich sachte über ihre Lippen weiter zu ihrem Kinn, folgte ihrem Hals entlang hinab zu ihrem Schlüsselbein, zwischen ihre Brüste bis zum Bund ihrer Jeans. Dort hakte sein Zeigefinger sich ein und zog sie mit einem Ruck an seinen gestählten Oberkörper.

„Was soll ich nur mit dir machen, A' gearmailteach", hauchte er heiser. Ihre Erwiderung verstummte unter seinen fachkundigen weichen Lippen. Weckte erneut ihre Lust nach mehr. Nach diesem Mann.

Herr im Himmel, der Kerl küsst einfach zu gut.

Bevor sie überhaupt wusste, wie ihr geschah, schob er ihren Körper mit dem eigenen weiter ins Badezimmer hinein. Er bemerkte ihr Sträuben, begann, sie abzulenken.

„Erzähl mir ein bisschen etwas von euren deutschen Bräuchen. Sind Lederhosen so etwas wie bei uns der Kilt?", lenkte er sie gekonnt ab, zog sie jedoch mit sich, während er gleichzeitig auf dem Rand der Badewanne Platz nahm, landete sie auf seinem Schoß. Tatsächlich musste nun sie sich das Lachen verkneifen.

Alasdair war tatsächlich der Ansicht, typisch Deutsch wären: Lederhosen, Dirndl, Sauerkraut und Kuckucksuhren. Das weitläufige Klischee. Lou sah sie sich genötigt, ihn über diesen Unsinn aufzuklären. Er fand das Bayrische Fensterln sehr interessant und bat sie, einmal für ihn Schwäbische Käsespätzle zu kochen. Was sie ihm zwar zusicherte, aber nicht erwähnte, dass sie überhaupt nicht kochen konnte. Zudem stand eine Spätzlespresse in Schottland aufzutreiben auf der Liste des Unmöglichen. Wie sich herausstellte, mochte Alasdair hingegen kein Haggis, obwohl er ihn zubereiten konnte, wie er ihr erklärte.

Seine Finger gingen bei ihrem Gespräch ihre eigenen Wege, wanderten neckend unter ihr weites Sweatshirt. Wäre in diesem Moment nicht ein fürchterlicher Schrei aus dem Untergeschoss des Hauses erklungen, wer weiß wo sie beide gelandet wären. Sie fuhren beide erschrocken auseinander.

„Was?", hob sie an. Alasdair schüttelte unwillig gälisch murmelnd den Kopf, während er bereits zu Treppe eilte. Sie hatte lediglich ein „Das ist Gracy ... irgendwas hat sie aufgebracht ...", verstehen können. Unschlüssig überlegte sie, was sie tun sollte. Schließlich entschloss sie sich, dem Schotten zu folgen. Der Anblick, der sich ihr im menschenleeren Café bot, war nicht schön. Alasdairs Tochter Grace war kaum zu bändigen. Wie ein Derwisch wirbelte die Kleine durch den Raum, warf Stühle um, riss Tischdecken herunter, sodass bereits mehrere Vasen in Scherben auf dem Boden lagen. Die wenigen Besucher, die das Café noch beherbergte, flüchteten in aller Eile hinaus. Fasziniert verfolgte sie die Hände des Mannes, die noch vor wenigen Minuten so zärtlich auf ihrem Körper auf Wanderschaft gegangen waren. Jetzt vollführten diese eine Art wilden Tanz in der Luft.

Allem Anschein nach lieferten sich Vater sowie Tochter einen heftigen Wortaustausch. Natürlich konnte sie es nicht mit Gewissheit sagen, hatte jedoch inzwischen einiges an Gebärdensprache gesehen. Doc war auch plötzlich wieder da, schmiegte sich winselnd an ihre Wade.

„Die Kleine braucht einfach eine Mutter, bei der sie ihr Herz ausschütten kann", schnaubte Marge neben ihr missbilligend. Eine Flut aus grauen Haaren hatte sich aus ihrem Dutt gelöst, während ihre Wangen in erhitztem Rot strahlten und sie sich geschäftig die Hände an ihrer Schürze trocken rieb. Lou wich Marge Munros angeschnittenem und wie sie fand heiklem Thema so gut sie konnte aus, in dem sie fragte:

„Um was geht es denn bei dem Streit der beiden?"

„Nun eigentlich streiten sie nicht. Es handelt sich eher um eine Diskussion über gewissen Dinge, die Grace ihrem Vater, ebenso wie uns, verschweigt", erklärte Marge eilig nach einem Besen greifend.

„Grace ist genauso stur und bockig wie Al. Ich frage mich wirklich, wie lange das noch so gehen soll ...", zeterte die ältere Frau, wobei sie sich an Lou vorbei drängte.

Unentschlossen blieb sie stehen, wo sie war, nur um im

nächsten Augenblick fast von einer tränenüberströmten Grace umgerannt zu werden. Als wäre das nicht schon genug, heftete sich ihr treudoof blickender Hund auch noch an die Fersen der Kleinen.

„Stopp. Hier, Doc!", stieß sie fluchend aus, hatte jedoch keinerlei Chance, wenigstens ihren Hund aufzuhalten. Mit mulmigem Blick nahm sie wahr, wie sie Alasdair betrübt die Haare raufte. Unvermittelt kam ihr Richard in den Sinn. Selbst heute noch im Alter von 21 Jahren hatte sie keinen guten Draht zu ihrem ältesten Sohn. Wie oft hatte sie sich gefragt, was sie in ihrer Erziehung ihm gegenüber falsch gemacht hatte. Ein und dieselbe Frage konnte sie unausgesprochen im Gesicht des Schotten ablesen. Allerdings beruhigte es sie keineswegs.

Ganz im Gegenteil, sie hätte Alasdair nicht noch mehr Probleme an den Hals gewünscht, als er sowieso bereits hatte. Sie wurde Zeuge, wie Marge unter seinem Blick zusammenzuckte, den Mund schloss, ohne etwas zu erwidern.

„Keinen Ton, mo màthair", knurrte er sie an. Im Vorbeigehen schob er sie kommentarlos hinaus. Entschuldigend zuckte sie an Marge gewandt mit der Schulter. Diese nickte verstehend und einvernehmlich.

„Hmpf!" Als ob sie nicht selber schon mit ihren eigenen Problemen und den Gefühlen für diesen verschrobenen Kerl zu tun hätte. Warum konnte sie nicht einfach gehen? Leider war sie in einem Alter, in dem man nur zu gut wusste, dass man eben nicht vor Problemen weglaufen konnte. Dieser elendige Schotte rief etwas in ihr wach, dass sie tief in sich vergraben hatte. Gefühle vor denen sie sich mehr fürchtete, als ihr lieb war. Es war zu spät! Was auch immer sie sich einzureden versuchte.

Tatsache war, sie hatte sich Herz über Kopf verliebt. Jetzt konnte sie sich nicht mehr in ihr Schneckenhaus zurückziehen, in dem sie sich jahrelang versteckt hatte. Außer in den vielen Romanen hatte sie die Liebe vergessen. Ihr abgeschworen. Nun, die Liebe hatte aber sie wohl nicht vergessen!

Na Louise, was hat es dir letztendlich gebracht? Du hast deinen Ehemann mit einem Macho betrogen, dich ganz nebenbei in einen Mann verknallt, der am Ende der Welt in einem Kaff lebt. Himmelherrgottsackzement, Lou. Dieser Kerl bringt noch mehr Probleme mit, als du selbst schon an der Backe hast!, unkte ihr Gewissen.

Er ließ sie nicht los, ebenso wenig wie sie Anstalten machte, vor ihm zu fliehen. Sie brachte es einfach nicht übers Herz. Einen Umweg über die Küche später, saßen sie mit zwei Bierflaschen bewaffnet auf dem Dach der darunterliegenden Veranda, welches man über sein Schlafzimmer erreichte. Gekonnt öffnete er ihre Flasche an der Kante eines Dachziegels. Er reichte diese an sie weiter, ohne sie dabei anzusehen. Eine ganze Weile starrten sie beide einträchtig, jedoch stumm in den zauberhaften Garten oder nippten abwechselnd an ihrem Bier. So lange bis Lou schon dachte, sie würde wahnsinnig neben diesem seltsamen Mann.

„Du hättest dich nicht mit mir einlassen sollen, Lass", raunte er verbittert. Das tiefe Timbre seiner Stimme verlieh seinen Worten noch mehr Schwere. Lou verschluckte sich fast, erstarrte mitten in der Bewegung. „Ich bin kein Mann für eine Frau wie dich, aye", erklärte er „Vielleicht war es ein Fehler, das mit uns. Versteh mich nicht falsch. Es war schön aber … Ich denke nicht, dass ein paar Gefühle reichen … Ich war zu lange alleine, Louise." Seine Worte breiteten sich wie brennende Säure in ihrem Magen aus. Genau davor hatte sie Angst gehabt. Sie war also nicht gut genug für ihn. Letztendlich hatte er sie benutzt wie eine seiner abgelegten Betthasen.

„Du bereust es …", hob sie an, während sich ihre Finger

so fest um den Flaschenhals legten, dass sie Sorge hatte, dieser würde brechen. Ein trauriges Lachen erklang.

„Bereuen? Sind wir wieder beim Thema bereuen? Wenn es nur so einfach wäre, a Dhia, Lou. Die Wahrheit? Du willst die Wahrheit von mir wissen?", stieß er mit Augen aus, die jetzt die finstere blaue Farbe eines Gewitterhimmels hatten.

Trotzig biss sie die Zähne zusammen. Nickte.

„Ich bereue nicht, was wir beide getan haben", sagte er voller Inbrunst, während er ihr dabei nicht enden wollend tief in die Augen sah.

„Was ich bereue, ist, dass ich es soweit habe kommen lassen, mit uns beiden. Du wirst zu deinem alten Leben zurückkehren …"

„Nein. Ich …", versuchte sie zu wiedersprechen, doch er ließ es nicht zu.

„Doch, Lass. Geh zurück zu deinem Ehemann, zu deinen Söhnen und deinem Job. Ich bin nicht gut für dich. Ich bin ein Niemand", unterbrach er sie mit beherrschter Stimme.

„Warum sagst du das, Al? Wieso stößt du mich weg?", flüsterte sie mit tränenschwerer Stimme.

„Weil du die Wahrheit verdienst. Das hier ist die Wahrheit, mo cridhe, auch wenn sie wehtut. Verschwinde aus meinem Leben, Lass, bevor es zu spät ist."

Sie hasste sich dafür, dass er die Tränen sah, die ungehindert über ihre zornig geröteten Wangen rannen. „Schön. Wenn es das ist, was du möchtest, dann gehe ich. Du tust mir Leid, Munro. Ich hatte irrwitzigerweise tatsächlich angenommen, du würdest dir etwas aus mir machen. Mein Fehler. Es kommt nicht wieder vor." Vorsichtig, mit Beinen, die sich anfühlten, als wollten sie ihr jeden Augenblick den Dienst verweigern, erhob sie sich. „Wenigstens bin ich auf meine Kosten gekommen. Du hast Stehvermögen bewiesen. Das sagt man doch den Schotten nach, nicht wahr, Ladd!"

Die Kälte ihrer Worte hätte sie selbst nicht mehr erschrecken können, als sie Alasdair Munro mit einem falschen Lächeln den Rest des Biers über den Kopf leerte. Sie war so schnell vom Vordach geklettert und aus dem Haus gerannt, dass sie nicht einmal mehr hörte, wie er ihr hinterher rief.

Ein Schotte beim Fensterln

Der erste klare Gedanke, den er zustande brachte, war: Dearg Amadain, cac! Er hatte es versaut. Barfuß und mit einem vor Bier tropfenden Hemd hatte er versucht, die Deutsche einzuholen. Vergeblich. Die erste Frau seit Graces Geburt, die seinen Panzer geknackt hatte, die sein Herz zum Jubilieren gebracht hatte und er hatte sie weggestoßen. Zornig warf er die Bierflasche gegen die Wand, wo sie in einem Hagel aus Glas zerbarst. Es war besser so. Besser für Louise. Warum fühlte er sich dann so mies? Wieso schmerzte ihn der Gedanke daran, dass sie sich jetzt benutzt vorkam, dass sie weinend in seinem Cottage saß?

„Was hast du nur für ein Arschloch aus mir gemacht, Felicitas", wisperte er in den Abend hinaus. Er verfluchte das fehlende E in ihrer Mietanfrage für sein Haus. Wie konnte er mit dem Gedanken spielen, dass eine Frau wie Lou bei einem blieb, dem das Wasser bis zum Hals stand.

Die Gästezimmer des Bed & Breakfast waren seine letzte Rettung gewesen. Doch das Schicksal hatte ihm die Horn- und Klauenseuche geschickt. Horrende Tierarztrechnungen hatten seinen Rettungsplan platzen lassen. Alasdair Munro stand mit dem Rücken zur Wand. Bewaffnet mit einem neuen Bier machte er sich auf in die Garage in der seine Baby, seine Maschine, stand. Andächtig fuhren seine Fingerspitzen an Chrom und Metall entlang. Liebkosten den breiten Ledergürtel. Sein Hemdärmel polierte sorgfältig über die Brosche am Tankdeckel. Wie nicht anders zu erwarten, hatte er bereits mehrere Käufer für das Motorrad gefunden.

Es gelang ihm nicht mehr, die Tränen zurückzuhalten. Hilflos schluchzend rutschte er an der Wand der Garage zu Boden. Hörte das nie auf? Konnte ihm das Schicksal nicht ein einziges Mal gut gesinnt sein? Gequält barg er den Kopf in seinen Armen, stellte sich vor, Lou würde ihn festhalten. Ihm liebevolle Worte zuraunen. Liebe und Geborgenheit. Vor seinem inneren Auge sah er wieder ihre Tränen, fühlte den Schmerz, den er ihr mit seinen Worten zugefügt hatte. Seine Bonnie Lass hatte es ihm mit barer Münze zurückgezahlt. Noch immer nagten ihre Worte an seinem Ego.

„Wenigstens bin ich auf meine Kosten gekommen. Du hast Stehvermögen bewiesen. Das sagt man doch den Schotten nach, nicht, Ladd!"

Ihre Worte tobten in einer Endlosschleife durch seinen Kopf. An Schlaf war nicht zu denken. Unruhig wälzte sich Alasdair in seinem Bett hin und her. Er hatte erneut eine ganze Stunde gebraucht, um Grace zum Schlafen zu bewegen. Was zur Hölle ging nur in seinem kleinen Mädchen vor? Mit acht Jahren war sie doch noch weitentfernt von der Pubertät, oder nicht? Dass sie sich von ihm nicht helfen ließ, war er ja gewohnt. Aber von Marge oder Conner? Doch nicht einmal diese fanden Zugang zu der Kleinen. Sie ließ plötzlich keinen mehr an sich heran. Keinem schüttete sie ihr Herz aus und das gefiel ihm gar nicht. Wie sollte er ihr helfen, wenn sie es nicht zuließ? Ihre Lehrerin konnte sich ebenfalls keinen Reim auf ihr Verhalten machen.

Schulische Probleme seien nicht vorhanden, hatte sie ihm erklärt. Sollte er sich doch dazu durchringen und Lou darum bitten, mit seiner Kleinen zu reden? Die Deutsche schien als Einzige irgendwie einen Draht zu ihr zu haben. Andererseits wurden seine Probleme dann auch nicht weniger, schließlich würde Lou nicht mehr lange in Schottland sein, da war er sich ziemlich sicher.

Außerdem war das, was zwischen ihnen vorgefallen war, nicht einfach mal kurz wieder aus der Welt geräumt! Er war nicht der richtige Mann für eine Frau, die locker als Modell für irgendein Modelabel auf dem Laufsteg posieren konnte. Verflucht, er hätte nicht an sie und ihren weichen Körper denken sollen. Er hätte verdammt noch mal die Finger von ihr lassen sollen. Jetzt war er hoffnungslos verloren. Wenn er die müden Augen schloss, sah er wieder und immer wieder ihre weidwunden Rehaugen vor sich, verfolgte vor seinem inneren Auge den wiegenden Gang ihrer langen dünnen Beine. Ihm war, als könne er die Süße ihrer weichen Lippen auf den seinen schmecken, spüren, wie sie sich willig seinen Bewegungen angepasst hatte, als er sie auf der Ablage der Backstube genommen hatte, so voller Lust, so voller Verlangen. Ihm war, als könne er sie diese leisen Töne der Wonne wispern hören, als sie sich auf dem Boden langsam aber umso zärtlich weiter geliebt hatten.

„Dearg amadain!", stöhnte er frustriert. Ärgerlich wälzte er sich aus dem Bett. „Meinen Mann gestanden … elendes Weibsbild." Aufgewühlt bis tief ins Innerste, stellte er sich unter die kalte Dusche. Zu seinem Leidwesen wollte auch das mitnichten Wirkung zeigen. Noch bevor ihm überhaupt bewusst war, was er überhaupt tat, steckte er in frischen Jeans sowie T-Shirt. Leise fiel hinter ihm die Haustür ins Schloss. So viel hatte er nicht getrunken, um nicht mit seinem Heiligtum eine Spritztour fahren zu können.

Die Harley Davidson 74 Knucklhead war schnell einige Meter vom Haus weggeschoben, damit der Sound des Motors Grace sowie seine Eltern im Anbau des Hauses nicht aufweckten. Ohne Helm ließ er sich die feuchten Haare vom nächtlichen Fahrtwind um die Ohren wehen. Eine ganze Stunde fuhr er ziellos hin und her. Ohne zu wissen, wo er überhaupt hin wollte. Es glich fast einem schlechten Witz, dass er trotzdem automatisch vor seinem eigenen Cottage landete. Es brannte kein Licht mehr. Vermutlich lag Lou längst in seligem Schlummer im Bett. Ob Lou von ihm träumte? Wenn er nur einen einzigen Gedanken daran verschwendete, von was sie womöglich träumen könnte …

A Dhia, was war nur los mit ihm? Er durfte sich nicht in sie verlieben. Sein Herz war viel zu vernarbt für eine Liebe, die nicht sein durfte.

„Sie träumt davon, wie sie dir deine Eier abschneidet, sie genüsslich brät. Und sie hat alles Recht dazu", warf er sich selbst an den Kopf. Ruhelos ließ er das Motorrad stehen, schlug jedoch die entgegengesetzte Richtung zum Loch ein. Dort verbrachte er einige Zeit damit, Steine über die glatte Wasseroberfläche springen zu lassen, während er über sich und das Leben, das er führte, sinnierte.

Am späten Abend saß sie vor dem knisternden Kaminfeuer, einen Whisky in der Hand, sinnierend ins Feuer blickend. Ihr Smartphone hatte noch mehr Anrufe und Nachrichten angezeigt, als an den Tagen zuvor, was vermutlich daran lag, dass sie bei Alasdair im Café zum ersten Mal über längere Zeit vollen Empfang gehabt hatte. Dummerweise gingen über die Hälfte davon auf Alexanders Konto. Jeder dieser Nachrichten sowie Anrufe quälte ihr schlechtes Gewissen. Vielleicht lag es daran, dass sie einfach eine zu ehrliche Haut für einen Seitensprung war. Hatten all die Menschen, die fremdgingen, kein Gewissen?

Sie fand den Gedanken, dass Alexander wegen ihr leiden musste, fürchterlich. Himmel, sie war doch keine zweite Konstanze, der es durchaus zuzutrauen wäre, dass sie sogar über Leichen ginge, wenn es ihrer Kariere dienlich wäre. Vielleicht hätte sie sich diesen scheußlichen Kerl aus dem Pub schöntrinken sollen? Dem hätte sie mit Sicherheit am nächsten Tag keine Träne nachgeweint. Ausgerechnet dieser elendige Munro. Was wollte eine Frau wie sie von einem Kerl wie Alasdair? Er war nicht nur jünger wie sie selbst, sondern hatte vermutlich an jedem Finger eine Frau.

„Er ist ein Arschloch, an das sich das denken nicht lohnt!", machte sie sich selber Mut und prostete ihrem Lieblingsbuch mit der Tasse voller Whisky zu. „Slàinte mhath! Danke Frau Gabaldon, sie sind schuld, dass ich jetzt in dieser bescheuerten Situation bin", lallte sie. Aber war es nicht eigentlich ungerecht, einer Autorin die Schuld für ihr kindisches Handeln zu geben? Schließlich hatte sie nur die Sehnsüchte der Frauen auf Papier gebannt, ihnen einen Körper und einen gewisses Charakter gegeben. Alasdair konnte ja letztlich nichts dafür, dass er eben diesem Romanhelden nicht das Wasser reichen konnte. Nur ganz ehrlich. Welcher Mann aus Fleisch und Blut konnte schon mit den Jamies, Mr. Darcys oder Christian Greys mithalten? Keiner. Andererseits hätte es ja auch wesentlich schlimmer kommen können. Sie hätte fixiert mit Kabelbinder an einem Bett enden können. Dann war doch einvernehmlicher, guter Sex, wie sie zugeben musste, die weitaus bessere Variante.

„Verfluchsssst seien alle die Mannnssbilder. Darauf noch ein … hicks … Whisschki."

Doc sah sie irgendwie seltsam an. Vielleicht lag es aber auch daran, dass sich der Raum zu drehen begann.

„Uuupps … zu viel Whisschki …"

Wenigstens musste sie ihm jetzt ihre lausigen Kochkünste nicht beichten. Nachdem was zwischen ihnen passiert war, konnte er ihre Verabredung am nächsten Tag vergessen. Sie hatte nicht vor, diesen Mistkerl auch noch zu bekochen. Obwohl mitvergiften hätte sie vermutlich nicht viele Probleme. Um die Zutaten, die sie im kleinen Dorfgeschäft zu völlig überteuerten Preisen bekommen hatte, war es zugegeben schade. Naja, der Käse war sowieso nicht die richtige Sorte gewesen. Vielleicht könnte sie ihn zu irgendetwas anderem verbrauchen.

Ihre Suche nach einem Käsespätzleteig im Internet war somit auch umsonst gewesen. Kurz noch betrachtete sie die

Skizze von Alasdair auf ihrem Block. Sie hatte ihn gut getroffen. Zu gut. Wenige Sekunden später war die Skizze zu einer Papierkugel zerknäult. Es änderte allerdings nichts daran, dass sich ihr auf ihrem ganzen Körper ein Kribbeln ausbreitete, wenn sie an den Schotten dachte.

„40. Du bist … hicks … 40 keinnn Teen …", schimpfte sie mit sich selbst. Mehr krabbelnd als gehend, schleppte sie sich in ihr Schlafzimmer, wo sie ein Bein herausstreckte, um das Karussell, welches das Besäufnis bei ihr ausgelöst hatte, zu stoppen.

Lange hielt Alasdair es nicht am Loch aus. Ständig spukte sie durch seine wirren Gedanken. Er fühlte sich fürchterlich. Hatte er ihrer Beziehung bereits zerstört, bevor sie überhaupt begann? Ruhelos wie ein Raubtier schlich er schließlich einige Zeit später um sein eigenes Cottage, auf der Suche nach einem Zeichen aus dem Inneren, das nicht kommen wollte. Die Sterne am Himmel leuchteten verschwenderisch auf ihn hinab, fast als stünde er im Scheinwerferlicht ihrer Verspottung. Verlierer. Idiot. Lausiger Lover, schienen sie ihm zuzurufen. In seinem ganzen Leben war er sich noch nie so schäbig vorgekommen.

Die Haustür visierend, scharrte er nervös mit den Schuhen auf den dreckverkrusteten Holzdielen. Was um Himmelswillen tat er hier? Er konnte schlecht den Schlüssel ins Schloss stecken und einfach aufschließen, wenngleich er genau das im Begriff war zu tun.

„Dearg amadain." Vollidiot, schimpfte er sich erneut. Das, was ihm vorschwebte, war eine ziemlich dumme Idee gewesen. Wenn er Lou zu Tode erschreckte, würde sie ihm sicherlich keinen Platz in ihrem Bett zugestehen. Plötzlich fiel es ihm wie Schuppen von den Augen. Er sah völlig klar. Er, Alasdair Munro, der betrogene Schotte, der sein Herz vor allem was einen Rock trug, hinter einer Mauer verschlossen hatte. Er, der sich Frauen lediglich für Gelegenheitssex ins Bett holte. Ausgerechnet ihn hatte die Liebe erwischt und machte ihn jetzt zum Gespött. Nicht genug, dass er sich überhaupt verliebt hatte, obwohl das wahrlich das Letzte war, was er gebrauchen konnte. Nein. Sein Scherbenhaufen von Herz hatte sich ausgerechnet in eine verheiratete Touristin aus Deutschland verknallt. Eine Frau, der er bereits wirklich ausgiebig offenbart hatte, warum er der absolut Falsche für sie war. Wie blöd musste man eigentlich sein?

Mit weit ausholenden Schritten flüchtete er, kam jedoch nicht weiter, als bis zum Grundstücksende, wo er nach Atem ringend anhielt. Louise Schulzinger war ganz sicher nicht die Richtige für ihn, oder? Und wenn sie es doch war? Was wenn ausgerechnet sie mutig genug war, um durch den Scherbenhaufen seines Herzens zu fassen? Würde sie allen Schnitten zum Trotz nicht aufgeben. Ihn nicht verlassen? Was wenn Louise zu heilen versuchen würde, um des Mannes willen, der er einst gewesen war? Würde er es je erfahren, wenn er zu feige war, um diese Frau zu kämpfen? Nicht nur er hatte seine inneren Dämonen. Louise hatte ihre eigenen.

„Jetzt komm schon, Alasdair. Welcher vernünftige Ehemann würde schon seine Frau für Monate alleine in eine menschenleere Gegend ziehen lassen?", redete er sich selbst Mut zu.

„Keiner der noch ganz bei Trost ist. Ich jedenfalls hätte eine Ehefrau wie Lou niemals gehen lassen!"

Entschlossen ging er mit festen Schritten auf die alte Scheune zu. Es stand außer Frage, dass er in dieser Nacht keinen Schlaf finden würde, es sei denn, er fand Vergebung für seine Worte. Also würde er eben diesen seltsamen Brauch aus Deutschland oder war es Bayern tun? Egal, irgendetwas mit einem Fenster. Nun, er würde es ausprobieren, auch wenn er sich durch das winzige, schiefe Schlafzimmerfenster ziemlich durchzwängen müsste. Aber wenn er damit Eindruck machte, würde Lou ihm vielleicht zuhören, wenn er sie um Verzeihung bat. „Oder sie stößt dich absichtlich von der Leiter. Ha, wenn du nicht schon von alleine abstürzt!", brummte er vor sich hin.

Die alte Leiter aus der Scheune unterm Arm machte er sich an die Arbeit. Zugegeben, ihm war mulmig zumute, da die Leiter bessere Zeiten gesehen hatte und er sich zudem etwas lächerlich bei seinem Vorhaben vorkam. Das Schlafzimmerfenster sah aus der Nähe betrachtet, zumal von außen, noch kleiner aus, als bereits befürchtet. Hoffentlich erlöste Lou ihn schnell. Zehn Minuten später hielt er seinen Einfall bereits für bescheuert, da ihn das Objekt seiner Begierde nicht erhörte. Alles Klopfen, Hämmern oder Rütteln am Fenster nützte nichts.

Im Inneren rührte sich nichts außer dem Hund, der ihn schwanzwedelnd, wenngleich auch skeptisch, aus seinen Knopfaugen betrachtete. Wo um alles in der Welt steckte Lou? War ihr etwas passiert? Sie hatte sich doch nicht etwa verletzt? Frage über Frage schoss durch seinen Kopf, während die alte Leiter immer mehr unter seinem Gewicht ächzte und er gleichzeitig am Fenstergriff zerrte. Vielleicht sollte er sich doch lieber Sorgen um sein eigenes Genick machen, überlegte er.

Eine weitere Überlegung wäre es, das Fenster einfach einzuschlagen. Andererseits war ein neues Fenster, dazu auch noch auf Maß, nicht gerade eine günstige Alternative für jemanden, dem finanziell so oder so schon das Wasser bis zum Hals stand. Im nächsten Moment hätte er um ein Haar das Gleichgewicht verloren, als ihm von innen unvermittelt das verschlafene Gesicht seiner Bonnie Lass entgegen blickte. Keine Sekunde zu früh reagierte diese, indem sie das störende Glas, das sie beide voneinander trennte, aufriss.

„Was zur Hölle tust du da, Munro? Bist du von allen guten Geistern verlassen", fuhr sie ihn ungehalten an, machte jedoch keinerlei Anstalten, ihn hereinzubitten.

„Ich wollte mich … na ja … es ist zugegeben nicht ganz optimal …"

Mit einem zornigen „Vergiss es!" knallte das Fenster wieder zu. Es gelang ihm gerade noch, seine Finger in Sicherheit zu bringen, was allerdings die Leiter beträchtlich ins Schwanken brachte.

„Daingead, cac!", zischte er. Gegen das Glass klopfend, flehte er: „Louise. Lou, bitte hör mir zu!"

Erneut wurde das Fenster aufgerissen. „Irgendwie will mir kein Grund einfallen, Munro. Komisch, oder?"

„Bitte. Ich habe Mist gebaut, okay. Da gibt es nichts daran zu rütteln. Ich habe dir gesagt, dass ich seit acht Jahren alleine lebe. Zumindest ohne Frau und … Sag mal, hast du getrunken?"

Der Versuch der Deutschen, das Fenster zu schließen, misslang, da er bereits beide Arme im Holzrahmen verkeilt hatte.

„Das geht dich ja wohl überhaupt nichts an. Außerdem bin ich wieder nüchtern!", knurrte sie ihn säuerlich an.

„Dafür dass du angeblich nüchtern bist, hast du eine ziemliche Fahne. Whisky, nehme ich an?"

„Du bist langweilig, Munro. Ich habe keine Lust mehr, mitten in der Nacht ausgerechnet mit dir, Mr. Frauenfachmann, zu diskutieren. Entschuldige!" Hand wedelnd, versuchte sie, ihn zurückzuscheuchen. Leider ging diese Option nicht auf, selbst wenn er gewollt hätte, da er just eine weitere Sprosse spürte, die unter seinen Füßen wegbrach.

„Ich habe einen Fehler gemacht, Lass. Ich dachte, wenn

ich mir meine Gefühle für dich verwehre, dann würden sie weggehen. Wenn dir etwas an mir liegt, Lou, dann lässt du mich herein, bevor ich abstürze. Ich verspreche nichts zu tun, was du nicht auch willst!" Keinen Augenblick zu früh zwängte er sich durch die enge Öffnung des Fensters, während unter ihm die Leiter in sich zusammenbrach. Dankbar nahm er ihre helfende Hand an, ohne den Blick von ihren verweinten Augen zulassen.

Einerseits war ihm ja mulmig zumute gewesen beim Gedanken an Lou in seinem Haus. Oder besser gesagt in diesem Schlafzimmer, in welchem das Bett stand, in dem er einst mit Felicitas Grace gezeugt hatte. Jetzt jedoch konnte er die Augen nicht mehr von ihr nehmen. Sein Herz wollte ihm aus der Brust springen, jubilierte als er sein eigenes T-Shirt an ihrem Leib wahrnahm.

Ein rotes Guns N' Roses T-Shirt, welches er vergeblich gesucht hatte, um es in die Wäsche zu werfen. Es stand ihr verboten gut, verdeckte jedoch kaum ihren wohlgeformten Po. Die kurzen Haare standen ihr wirr vom Kopf und ihr Gesicht zierte ein sorgenvoller Blick.

„Ich habe mir gedacht, ich probiere das mit dem Fensterding einfach mal aus, um mich zu entschuldigen und …", versuchte er zu witzeln. Es war ein Versuch, seine wackeligen Beine zu überspielen sowie ganz nebenbei Lou zu beruhigen. Sie war immer noch leicht angetrunken, das verrieten ihm ihre unkoordinierten Bewegungen. „Allerdings hätte ich vielleicht doch besser die Tür genommen, wenn ich geahnt hätte, wie sehr ich dich verletzt habe!"

Er sah die Ohrfeige nicht kommen, die sie ihm mit der freien Hand verpasste, bevor sie sich in seine Arme warf, womit sie ihn fast aus dem Gleichgewicht brachte.

„Sag mir dass das Geräusch nicht von einer zusammenbrechenden Leiter kam", stieß sie anklagend aus, während sie sich an ihn drückte.

„Ähm…", räusperte er sich verunsichert.

Sie zitterte am ganzen Körper. „Du blöder Idiot",
schimpfte sie entsetzt, als erahnte sie die Wahrheit bereits.
„Du hättest abstürzen können! Ist dir das klar?"

Er hielt problemlos ihre Hände fest, die dabei waren, erneut auf ihn einzuschlagen. Gut. Sie hatte recht. Der Versuch, romantisch zu sein, wenn man den anderen zuvor aufs
Tiefste verletzt hatte, war keine gute Idee gewesen. Im
Nachhinein bereute er es, die Leiter genommen zu haben.
Wäre ihm das Glück nicht hold gewesen, läge er jetzt mit
gebrochenen Gliedern oder schlimmer noch, einem Genick-
bruch unter dem Schlafzimmerfenster.

Sah ganz so aus, als wäre seine Entschuldigung gründlich
in die Hose gegangen. Andererseits machte sie sich allem
Anschein nach Sorgen um ihn. Ein Wärmegefühl rauschte
durch seinen Körper. Empfand sie doch mehr für ihn, als er
geglaubt hatte?

„Hey, Kleines. Ist ja gut. Kannst du dich jetzt bitte beruhigen, aye?" Er ließ ihre Hände los, wich dabei jedoch argwöhnisch einen Schritt zurück. Ein bisschen Vorsicht war
bekanntlich nie schlecht. Lou sah ihn zerknirscht an.

„Es tut mir Leid, Al. Ich wollte dich nicht schlagen …
Aber das war wirklich die hirnrissigste Idee, die mir je untergekommen ist. Mein Gott, wenn du abgestürzt wärst … Du
hättest dir das Genick brechen können."

Ihre Stimme war fast nicht zu hören, so leise sprach sie. Sie
hatte ihn wieder Al genannt. Er liebte es, wenn sie seinen
Kosenamen so zärtlich aussprach. Dabei hatte sie nicht den
leisesten Schimmer, was sie in ihm bewirkte. Wie gebannt
wanderten seine Augen an ihrem süßen Körper entlang,
verharrten bei den beiden Pistolenläufen des Guns N' Roses
T-Shirts, welche sich genau zwischen ihren Brüsten trafen.

Bei dem Gedanken daran, dass er selbst genau dieses T-Shirt kürzlich noch auf der eigenen Haut getragen hatte, welches nun ihre zauberhaften Körper nur spärlich verdeckte, wurde ihm schlagartig noch heißer, als ihm sowieso schon war. Er räusperte sich vernehmlich, um seine Stimme ebenso wie alle anderen Teile seines Körpers wieder unter Kontrolle zu bekommen.

„Aye. Ich gebe zu, es war nicht unbedingt die beste Idee, die ich je hatte. Es ist nur so, mir fiel keine bessere Lösung ein, um dich dazu zu bringen, mir zuzuhören. Ich wünschte, ich könnte dir plausibel erklären, wie es dazu gekommen ist, dass ich dir gestern so wehgetan habe. Du siehst ja, ich bin weder ein Mann der großen Worte, noch tauge ich zum Romantiker … das was ich gesagt habe, hat mir keine Ruhe gelassen. Ich bin zum Loch gefahren, spazieren gelaufen und … na ja, das mit diesem Festerding hatte ich mir auch einfacher vorgestellt."

Er bemühte sich wirklich, ihr seine Beweggründe zu erklären, ohne sich seiner Gefühle wegen komplett lächerlich zu machen. Was zugegeben nicht gerade einfach war. Allerdings schien sie ihn durchschaut zu haben, zumindest sah sie mit diesem kleinen erhobenen Mundwinkel aus, als ob sie von all seinen Geheimnissen wüsste.

Lieber Gott, wie konnte ich dieser Frau nur so verfallen?

Ohne das er eine andere Chance gehabt hätte, trat er näher zu ihr, streckte den Zeigefinger nach diesem frechen Mundwinkel aus, dem er bis zu ihren warmen, weichen Lippen folgte. Sie hinderte ihn nicht daran. Jetzt schenkte sie ihm ein freches Lächeln, während sie ihren ausgestreckten Zeigefinger in seinem Hosengürtel einhakte und ihn direkt zu sich herzog, so wie er es am Tag zuvor bei ihr gemacht hatte.

Danigead, Lass. Du lernst schnell!

„Stilecht war das aber nicht Mister Schotte. Ein Jamie wäre

sicher galant im Kilt hier eingestiegen", zog sie ihn mit leiser Stimme auf.

„Aye, mag sein, Lass", gab er amüsiert grinsend zu.

„Aber ich finde, einer von uns beiden sollte die Hosen an haben und das bist im Moment nicht du, mo cridhe", erklärte er, während seine Hand der Versuchung nicht widerstehen konnte und sich unter ihrem T-Shirt neckend auf ihre blanke Pobacke legte.

„1:0 für dich, Munro!", erklang es heiser aus dem Mund, dem er sich nun näherte, um ihn zu liebkosen. Von einem Lidschlag zum andere war alles völlig einfach.

Er verschwendete weder einen Gedanken an das, was vor acht Jahren in diesem Bett geschehen war, noch an Felicitas. Alles, was zählte, war Lou und er. Es war, als gäben sich ihre beiden Leiber längst vergessene Antworten auf etwas, das sie beide etliche Jahre verzweifelt gesucht aber erst in dieser Nacht gefunden hatten.

Nachdem sie sich geliebt hatten, brachte er es endlich fertig, die Fragen auszusprechen, die seine Seele quälten.

„Warum ausgerechnet ich, Lass. Alles, was ich dir bieten kann, sind meine Hände, mein sturer Schädel und ein kaputtes Herz. Alles Geld, das ich je besessen habe, hat meine Exfrau bekommen. Ich bin eine miserable Partie für eine Lady wie dich, Louise. Ganz zu schweigen von meiner gehörlosen Tochter, die ihren Vater hasst ... Also warum ich, Lou. Wieso solltest du bei mir bleiben wollen?"

Die plötzliche Stille zwischen ihnen war kaum zu ertragen. Kalte, bleierne Angst breitete sich in ihm aus. Ihre Antwort kam leise, zögerlich und doch war es all das, was er sich so sehnlichst gewünscht hatte.

„Weil du, du bist Alasdair. Du siehst mich. Nicht die reiche Ehefrau. Nicht die Künstlerin oder die Mutter. Du siehst mich. Ungeschminkt mit all meinen Narben, allen meinen Fehlern. Du gibst mir das Gefühl, wieder Ich zu sein. Deshalb habe ich mich in dich verliebt!"

Nichts auf der Welt konnte schöner sein, als Alasdairs Gesicht, als er begriff, was sie ihm soeben offenbart hatte. Für sie selbst war es ebenfalls eine Offenbarung. Bis zu diesem Moment war sie sich längst nicht sicher gewesen, was ihre Gefühle des Schotten gegenüber anbelangte. Ein Strohfeuer brannte schließlich auch lichterloh und dennoch war am Ende nichts mehr davon übrig. War sie wirklich fähig, für eine neue Liebe alles hinter sich zulassen? Vielleicht lag es einfach nur daran, dass sie seit mehr als fünf Jahren keinem Mann mehr so nah gewesen war wie diesem Exemplar neben sich. Alasdair sah glücklich aus, wie er so da saß. Er hatte die langen Beine locker von sich gestreckt, seine Augen schienen bis in ihre Seele zu blicken.

„O Al, was willst du denn nur von einer wie mir. Du bist durchtrainiert, sportlich und nebenbei ganze vier Jahre jünger als ich. Ich habe Schwangerschaftsstreifen, einen schlaffen Bauch und von den ganzen grauen Haare rede ich lieber nicht … Warum nimmst du dir kein hübsches Mädchen in deinem Alter? Sie müssen doch verrückt nach einem gestandenen Mann wie dir sein", versuchte sie, den Ernst in ihren Worten mit einem Scherz zu mildern. Ein sarkastisches Lachen erklang.

„A Dhia, Lou. Machst du Witze? Du machst dir doch nicht ernsthaft Gedanken wegen lächerlichen vier Jahren, oder? Ich versichere dir, ich mache mir keine! Außerdem bin ich weder minderjährig noch minderbemittelt. Wir sind beide Erwachsen und wussten beide, was wir tun. Ich mag die Kampfspuren deiner Schwangerschaften. Du solltest dich nicht dafür schämen, sondern sie mit Stolz tragen. Ich verstehe nicht, wer dir eingeredet hat, dass du nicht schön bist?

Dein Ehemann? Wenn dem so ist, wenn er dich nicht so liebt, wie du bist, dann hat der Mann dich nicht verdient, Lou! Im Übrigen hasse ich aufgetakelte Frauenzimmer ebenso wie die, die nichts mit einem hässlichen Kerl ohne einen Penny in der Tasche anfangen würden, der zudem noch alleinerziehender Vater ist!"

Letzteres klang so verbittert, dass sie sich gezwungen fühlte, ihre Finger um seine zu legen, um ihn dazu zu bringen, ihr in die Augen zu sehen.

„Du bist nicht hässlich, Al. Ich finde dich männlich und anziehend. An deiner Kompetenz als Vater finde ich auch nichts zu bemängeln. Im Gegenteil, du bist Grace ein wundervoller Vater, so einer, den ein so zauberhaftes Mädchen wie Grace verdient hat. Wer etwas anderes behauptet, ist einfach nur blind", flüsterte sie bestimmt.

„Was meinen Ehemann angeht … ich, ich möchte nicht über ihn reden. Wenn du eine Frau wirklich liebst, Al, egal wie sie aussieht, würdest du … jahrelang nicht mehr mit ihr … ich meine …", stotterte sie verlegen, während sie bereits fühlte, wie ihre Wangen heiß wurden und somit die verräterische Röte ankündigte.

Alasdair sah sie offenbar geschockt an.

„Ihr hattet keinen Sex mehr?", stieß er aus. Seine Hand zog sie näher an seinen Körper, in eine feste Umarmung.

„Das erklärt einiges über dein Selbstbewusstsein, mo chridhe", flüsterte er in ihren Haarschopf. „Dein Ehemann ist wirklich ein noch größerer Idiot, als ich angenommen hatte. Es tut mir so leid Lou."

Behutsam legten sich seine Lippen auf die ihren, welche bebend die Anstrengung verrieten, die es sie kostete, die Tränen zurückzuhalten. Zärtlich küsste er sie so lange, bis sie seinen Kuss endlich erwiderte. Erhitzt und mit geschwollenen Lippen lösten sie sich erst nach einer ganzen Weile wieder voneinander. Lou versuchte, sich diesen Moment einzuprägen. Jede Schattierung, ja sogar jede Kante seines Antlitzes in sich aufzunehmen, um diese abzuspeichern und so später erneut auf Leinwand oder Skizzenblock bannen zu können. Würde sie wirklich fähig sein, nach dieser Liaison zurück zu Alexander zu kehren? Zurück in ein Leben ohne Liebe, um weiter die ihr zugedachte Rolle in ihrer eigenen Familienscharade zu spielen wie zuvor? Ohne dass sie es verhindern konnte, rückte sie näher an den Mann neben sich, strich mit den Fingern über seinen muskulösen Brustkorb, die Wange erneut an seine Schulter lehnend.

„Felicitas hat ein nervliches Wrack aus mir gemacht. Früher hatte ich eine Zeit lang Führungen in Edinburgh in der Altstadt. Wir haben uns dort kennengelernt. Seit unserer Scheidung hab ich die Stadt nicht mehr betreten. Ich habe mich bei keiner Frau so vollkommen, so bewegt und am Leben gefühlt wie bei dir!", gestand er ihr, bevor sie beide endlich in den Schlaf fanden.

Der nächste Morgen begann mit einem Knoten aus Armen sowie Beinen, in denen sie keinerlei Gefühl mehr zu besitzen schien. Alasdair hatte sie gänzlich unter seinem Körper begraben. Lou versuchte, ruhig weiter zu atmen, damit sie ihn im Schlaf beobachten konnte. Der friedliche Schlaf gab ihm das Aussehen eines zu groß geratenen Jungen. Auf seinen Wangen sprossen bereits wieder die ersten Barthaare. Sie war so vertieft damit ihn anzusehen, dass sie zuerst nicht bemerkte, dass er bereits wach war.

„Und wie habe ich gestern abgeschnitten, Lass?", zog er sie, mit den Händen in ihren Haaren vergraben, auf.

„O, du bist wach …"

„Bin ich das? Vielleicht träume ich auch einen besonders süßen Traum. So ganz genau kann ich das gerade nicht sagen", antwortete er ihr belustigt und mit funkelnden Augen.

„Eine glatte Zwei mit Sternchen, wenn du es genau wissen willst, Munro", entgegnete sie ihm frech, um es ihm heimzuzahlen. Seine Augenbrauen schossen beide gleichzeitig in die Höhe. „Wie bitte? Eine Zwei?"

„Mit Sternchen", konterte sie ernst, obwohl sie sich dann sofort auf die Lippe beißen musste, um nicht lauthals loszulachen.

„Eine Zwei? Ist das zu fassen?", knurrte er neben ihr, während seine Hände bereits eines Virtuosen gleich, erneut an ihrem nackten Körper entlang glitten. In ihrem ganzen Körper breitete sich prickelnde Hitze aus. „Das hier ist also nur eine Zwei mit Sternchen, mo cridhe?", flüsterte er, die Finger unerträglich reizend an den Spitzen ihrer Brüste.

Ein lustvolles Stöhnen entwich ihr ungewollt. Verdammter Kerl! Seine Lippen folgten seinen Fingern, die inzwischen bereits in die pulsierende Feuchtigkeit ihrer Mitte unterwegs waren.

„Nur eine Zwei, aye, Lass", hauchte er in ihr Ohr, an dem er entlang knabberte. Seine erregende Härte presste sich schmeichelnd an ihre Kehrseite. Lous Ohren schienen mindestens ebenso zu glühen wie jeder Zentimeter ihrer gesamten Haut, über die sich der verflixte Schotte soeben hermachte.

„Zum Teufel mit dem Sternchen, mo cridhe. Ich hole mir die Eins", ließ er sie heiser vor Lust wissen, bevor er gekonnt züngelnd den Rest ihres Körpers in Flammen setzte. Alasdair Munro wusste ganz genau, was er tat. Ein Feuerwerk an Gefühlen brachte dieser Mann in ihr zum Brennen.

Lou hatte hoffnungslos Feuer gefangen, explodierte bereits mit dem ersten Stoß von ihm. Doch es genügte dem Schotten keinesfalls. Unerträglich neckend, liebkosend, reizend bis zum letzten Stoß, raubte er ihr das letzte bisschen Verstand, den sie ihr Eigen nannte. Er trieb sie höher und höher, bis sie zusammen auf einem gemeinsamen Gipfel der Lust und Liebe zusammenbrachen.

„Sag jetzt nicht, das war keine Eins mit verteufelten Sternchen!", stieß er nach Atem ringend aus.

„Nein. Eine Zwei mit doppelten Sternchen, Al. Denn eine Eins mit Sternchen hätte ich nie für mich alleine", antwortete Lou leise, den Blick abgewandt, damit er die Tränen, die in ihren Augen schwammen, nicht sehen konnte. Mühevoll beherrscht, rutschte sie mit der Überdecke zum Bettrand und versuchte aufzustehen.

„Lou?"

Sein Arm um ihre Hüfte vereitelte jede weitere Flucht.

„Hab ich etwas falsch gemacht, mo cridhe?" Seine Stimme zitterte leicht, klang besorgt.

Es gelang ihr nicht, das laute Schluchzen zu unterdrücken.

„Sie mich an, Kleines. Es ist alles okay. Es gibt nichts, für was du dich bei mir schämen müsstest, meine Bonnie Lass. Nichts vor dem du Angst haben müsstest. Ich bin hier, Lou!" Behutsam zog er sie zu sich, drehte ihr abgewandtes Gesicht, um sie ansehen zu können. Zärtlich ohne ein weiteres Worte, küsste er jede Träne hinfort, die lautlos über ihre Wangen rann.

„Es ist nur, ich … ich weiß nicht mehr, wann ich mich zum letzten Mal so, so …" Lou gelang es nicht, das Wort *geliebt* auszusprechen, denn wenn sie es jetzt erneut aussprechen würde, dann würde sie Alasdair ihr Innerstes offenlegen und das durfte sie nicht, das konnte sie nicht. Noch nicht. Doch auch das schien diesem fleischgewordenen Traum von Mann egal zu sein. Er schloss einfach seine starken Arme um ihren bebenden Leib, wiegte sie mit sachten Bewegungen, als wäre sie ein kleines Kind. Noch nie hatte sie sich mehr gewünscht, einfach loslassen zu können.

Doch es wollte ihr einfach nicht gelingen. Ein Spruch von

Konstanze kam ihr in den Sinn: „Der Fehler der Frau bei einem Seitensprung besteht meist darin, dass sie nicht nur mit dem Unterleib fremdgehen, sondern auch mit Herz, Seele und ihrem Kopf!" Sicherlich traf das nicht auf alle Männer oder Frauen zu. In ihrem Fall allerdings traf es den Nagel auf den Kopf. Sie hatte es total vermasselt. Hatte einen Mann in ihr Herz gelassen, der die Sehnsucht auf einen Neubeginn in ihr weiter vorantrieb. Kurze Zeit später stahl sie sich zur Toilette davon. Eingewickelt in die Überdecke, um ihre Blöße zu verdecken.

„Warum versteckst du dich auf einmal vor mir, Lass?"

„Weil … Musst du eigentlich immer alles wissen, Alasdair Munro?", verteidigte sie ihr Tun, blieb aber mitten im Schritt verunsichert stehen.

Er lachte leise auf. „Nein, nur bei dir. Aber da ich in der Backstube ebenso wie vorhin jeden Zentimeter deines hübschen Körpers bereits gesehen habe, frage ich mich, was auf einmal mit dir los ist?", erwiderte er in einem Tonfall, der ihr klar machte, wie ernst es ihm damit war.

Mutiger als sie sich fühlte, ließ sie kurz entschlossen die Decke fallen, stellte sich splitternackt seinem bewundernden Blick. „Besser?", stieß sie sarkastisch aus.

Das Grinsen von Mundwinkel zu Mundwinkel, welches ihr entgegen strahlte, hätte ihr eigentlich gereicht, aber das heisere: „Aye, mo cridhe. Ich hatte noch nie bessere Aussichten!", ließ die Schmetterlinge in ihrem Bauch derart fliegen, dass sie fast gegen den Türrahmen des Badezimmers gelaufen wäre. Herr im Himmel, woher wusste der Kerl nur, wie sie tickte? „Himmelherrgottsackzement, warum kann ich diesem Mann nicht widerstehen? Was stimmt nur nicht mit mir?", schimpfte sie ihr Spiegelbild aus, das ihr mit roten Wangen und geschwollenen Lippen entgegenblickte. Alles kalte Wasser, das sie sich händeweise ins Gesicht warf, wollte nichts nützen. Verflixt und zugenäht. In ihrem ganzen Körper brodelten die Hormone wie kochendes Wasser in einem Topf.

Kurz entschlossen stieg sie in die Badewanne, stellte das Duschwasser immer ein bisschen kälter, während sie sich mit geschlossenen Augen schwer gegen die kühlen Wandplättchen lehnte. Sie wusste, dass er da war, obwohl sie weder die Tür noch sonst ein Geräusch gehört hatte. Dennoch konnte sie fühlen, dass er hinter ihr in der Badewanne stand, auch wenn er sie nicht berührte. Noch nicht. Sein Körper strahlte spürbar Wärme aus. Selbst als seine Hände sich rechts und links von ihr abstützten, ließ er Abstand zwischen ihren beiden Körpern.

„Ich hätte dir sagen können, dass eine kalte Dusche im Fall von uns beiden nicht funktioniert", hauchte er ihr vertrauensvoll ins Ohr.

„Ach, was du nicht sagst. Und woher weißt du das so genau? ", antwortete sie dem Mann, der sie fast um den Verstand brachte, indem er sich jäh gegen ihren Rücken lehnte, damit er die Temperatur besser regulieren konnte.

„Aye. Ich habe es auch versucht, bevor ich zu dir gefahren bin", ließ er sie wissen, um im nächsten Moment mit kreisenden Bewegungen seiner einen Hand Duschgel auf ihrem Rücken zu verteilen.

„Lass mich raten, Al. Wir werden hier so schnell nicht mehr rauskommen, oder?"

Die Antwort, die er ihr gab, bestand nicht aus Worten.

Plötzlich Mrs. Munro

Trotz einmal mehr zu wenig Schlaf, war er so gut gelaunt, das ihn sein Vater in der Backstube irritiert beobachtete. Conner hatte allerdings kein einziges Wort über den gut sichtbaren Knutschfleck an seinem Hals verloren, den er wie eine Trophäe zur Schau trug. Zum ersten Mal in seinem Leben glaubte er an das Schicksal. Selbst Graces getrübte Laune, als sie in den Bus stieg, der sie wie jeden Morgen zur Schule nach Inverness mitnahm, ließ ihn nicht verzweifeln.

Stattdessen versprach er seiner Tochter hoch und heilig, Lou zu überreden, sie in den nächsten Tagen irgendwann zur Schule zu begleiten, auch wenn er immer noch nicht wusste, wieso eine Frau besser geeignet war, um Grace bei ihren unausgesprochenen Problemen zu helfen, als er selbst. War sie etwa auch verliebt? Jeder seiner Gedanken an diesem Morgen drehte sich um die Frau, die dabei war, sein kaputtes Herz zu reparieren. Hatte sie bereits sein Frühstück gefunden? Auf leisen Sohlen hatte er sich davon geschlichen, um sie nicht zu wecken.

Im Wohnzimmer wäre er dabei fast über den Hund gefallen, der sich getrollt hatte, nachdem sie beide nicht voneinander hatten lassen können. Im Eilverfahren hatte er den Tisch für sie gedeckt, Kaffee gekocht und in der alten Thermoskanne deponiert. Aus dem Garten hatte er die letzte Rose abgeschnitten, um sie in einem Glas auf dem Tisch zu dekorieren. A Dhia, diese Frau schaffte es sogar aus einem verschrobenen Kerl wie ihm, einen Romantiker zu machen. Ein verklärtes Grinsen legte sich auf sein Gesicht.

Eine Zwei mit doppelten Sternchen, weil man eine Eins nie für sich alleine hat, hörte er sie in seinen Gedanken sagen. Eigentlich waren ihm bereits ihre Geständnisse tief unter die Haut gegangen. Louise Schulzinger hatte zwar die drei berühmten

Worte nicht gesagt. Aber das war auch nicht nötig gewesen. Er hätte blind sein müssen, um das, was in ihren bezaubernden Rehaugen zu sehen gewesen war, nicht deuten zu können. Jede ihrer Tränen sagte ihm mehr, als er wissen musste, mehr als er je zu hoffen gewagt hatte. Nachdem er seiner Arbeit als Bäcker nachgegangen war, war er etwas später noch einmal zurückgekehrt, um frisch gebackene Brötchen auf den Tisch zu stellen.

Wie versprochen war er dieses Mal mit seinem eigenen Schlüssel zur Haustür hineingegangen, auch wenn er Doc dabei vorsichtshalber mit einem großen frischen Knochen von Gregory dem Metzger bestochen hatte. Der Wetterbericht hatte für den heutigen Tag ebenso wie für den nächsten bestes Wetter vorhergesagt, was sich aber je nach Region so oder so noch mehrmals ändern konnte. Er war an die beständig wechselnden vier Jahreszeiten an einem einzigen Tag seit Kindesbeinen gewohnt.

Glücklicherweise schien auch Lou nicht zimperlich zu sein, was den Wettermischmasch anging. Kurz entschlossen holte er nach einem Besuch auf der unteren Weide sein Baby noch einmal aus der Garage, obwohl er es eigentlich nach der nächtlichen Fahrt gestern endlich für einen Käufer vorbereiten wollte. Andächtig fuhren seine Fingerspitzen an Chrom, Edelstahl sowie dem alten Leder der Harley Davidson entlang. Wie immer verharrte er andächtig am Gürtel seines Vorfahren, der fest mit dem Tank verarbeitet war, um dann mit dem Hemdärmel die Plaid Brosche zu polieren, welche mit dem Tankdeckel verschweißt war.

Wenn er überlegte, wie viel mühevolle Arbeit und welches Herzblut in dieser Prachtmaschine steckte, schossen ihm Tränen der Verzweiflung in die Augen. Sein Baby war so gut wie verkauft. Jeder Harley Davidson Fahrer leckte sich die Finger nach einer Rarität wie eine 74 Knucklehead.

Den wahren Wert konnte jedoch keiner wirklich erahnen. Der Schritt war ihm nicht leicht gefallen, andererseits war ihm wahrlich keine große Wahl geblieben. Zu viele unbezahlte Rechnungen waren zu erledigen. Vielleicht würde dies seine letzte Fahrt mit dieser Maschine werden. Ob Lou wohl Spaß daran fände, mit ihm einen kleine Spritztour Richtung Ranoch Moor und Glen Coe zu machen? Zu dieser Jahreszeit waren nicht mehr ganz so viele Reisebusse voller Touristen unterwegs. Sie liebte die schottische Landschaft und das Tal von Glen Coe war überaus malerisch.

Vermutlich würde ihr schmaler Oberkörper zwar in seiner alten Lederjacke etwas verloren gehen, aber er war sich sicher, dass sie das Freiheitsgefühl samt dem Fahrtwind gerne gegen stylelische Klamotten eintauschen würde. Vielleicht war es auch egoistisch von ihm, aber dennoch war das einzige, was die letzte Fahrt mit seinem Baby noch schönere machen würde, dieses Gefühl von Freiheit mit der Frau zu teilen, der es gelungen war, ihm Hoffnung auf bessere Zeiten zu machen. Selbst jetzt in diesem Augenblick, wenn er lediglich an sie dachte, fing sein Herz erneut wie wild zu pochen an. Gedankenverloren lehnte er sich an seine Maschine.

Der Vormittag war wie immer im Eilverfahren vergangen. Demnächst müsste Grace Schulschluss haben. Sicherlich wartete Lou bereits an ihrer Schule, denn sie hatte einen Hang zur Überpünktlichkeit. Ob sie es bereits bereute, dass er sie zu diesem seltsamen Ausflug überredet hatte? Was um alles in der Welt hatte Grace nur angestellt, fragte er sich bereits zum hundertsten Mal.

Lou hatte den ganzen Morgen am Ufer des Lochs verbracht, ohne sich von den Regentropfen, die ab und an kamen und wieder gingen, stören zu lassen. Alasdair ebenso wie die schottische Landschaft mit seinem zauberhaften beständig wechselnden Licht hatten für einen regelrechten künstlerischen Schub gesorgt. Sie hatte bereits die dritte Zeichnung fertig. Beschwingt packte sie ihre Utensilien zusammen. Im direkten Anschluss zog sie sich um und lieferte Doc bei Marge ab. Es ließ sich nicht verleugnen, dass sie eine seltsame Anspannung empfand bei dem Gedanken, alleine mit Grace zu sein. Würde die Kleine ihr auch wirklich alles begreiflich machen können? Weder konnte sie die Gebärdensprache, noch hatte sie jemanden dabei, der diese beherrschte. Hoffentlich war Graces Problem auch tatsächlich von ihr lösbar.

„Lieber Gott, lass mich bitte gleich die Schule samt einem Parkplatz finden!", bete Lou vor sich hin. Inverness war alles andere als eine Kleinstadt und dass sie mit ihrem Jeep heillos überfordert war, machte es keineswegs einfacher.

Zum Glück war sie rechtzeitig losgefahren. Zum gefühlt zehnten Mal landete sie in einer Einbahnstraße, die am Inverness Castle vorbeiführte. Kurzentschlossen bog sie in einen großen Parkplatz unterhalb des Burgbergs, um zu wenden. Dem Parkplatzwächter schien dies allerdings gar nicht recht zu sein, denn er kam wild gestikulierend auf sie zu gerannt. Aufgebracht erklärte ihr der ältere Herr, dass sie soeben zur Ausfahrt in seinen Parkplatz eingefahren war. Er ließ nicht zu, dass sie rückwärts wieder hinausfuhr, sondern zwang sie trotz der engen Platzverhältnisse unter seinen Anweisungen zu wenden.

Zähneknirschend sowie schweißgebadet schaffte sie es zurück auf die Einbahnstraße. Auf dem Vorplatz des Inverness Castles hielt sie kurz an und umarmte tief ein- und ausatmend das Lenkrad, fast kam sie sich dabei vor, als ob Flora MacDonald von ihrem Statuensockel sie dabei missbilligend beobachtete. Erst eine ganze halbe Stunde später hatte sie es endlich vor Graces Schule geschafft. Mit wackelnden Beinen samt zerstörter Frisur verließ sie den Lehrerparkplatz, wobei sie betete, dass sie keinen Strafzettel bekam. Die Schulglocke klingelt mit einem durchdringenden Ton, während sie bereits Scharen von Schülern über die breite Außentreppe des alten Victorianischen Gebäudes ergossen. Für eine Schule von Gehörlosen ging dies kein bisschen ruhig vonstatten. Lou entdeckte Grace fast augenblicklich. Die Kleine stand neben einer zierlichen Frau oberhalb der Schultreppe und gab ihr winkend Zeichen näher zu kommen.

Die fremde Frau schenkte Lou ein freundliches Lächeln.

„Ah, sie müssen Graces Mutter sein. Mein Name ist Fiona Lewis, ich bin Lous Klassenlehrerin!"

Es gelang Lou gerade noch, ihre Gesichtszüge unter Kontrolle zu halten. Was zur Hölle? „Ich … äh … sehr erfreut Mrs. Lewis. Louise … äh … Schulzi … äh … Munro", stotterte sie, wobei sie versuchte, eine gute Miene zu diesem makabren Spiel zu machen.

Grace schenkte ihr ein fröhliches Grinsen, so als wäre nichts geschehen.

„Grace hat ihre Schreibtafel dabei, soll ich ihnen in ihrem Namen sagen. Ach und bevor ich es vergesse, wenn sie Interesse haben, kann ich ihnen unseren Gebärdensprachenkurs sehr ans Herz legen. Es ist wirklich nicht schwierig, zu lernen, und mit ein bisschen Übung sind ihre sprachlichen Differenzen in kürzester Zeit aus dem Weg geräumt", erklärte ihr Graces Lehrerin.

Himmel, was hatte Grace ihr nur erzählt? Alasdairs Tochter schien ein ganz schön ausgekochtes Früchtchen zu sein.

„Oh. Danke, Mrs. Lewis. Das ist sehr nett von ihnen", erwiderte sie, durchbohrte Grace jedoch gleichzeitig mit einem *Fall tot um Blick,* der ihren beiden Söhnen wärmstens bekannt war. Leider zeigte er bei der Kleinen keinerlei Wirkung. Lou konnte nicht sagen, was ihr lieber war, selber tot umzufallen oder unauffällig in irgendein Loch zu kriechen, um erst wieder hervorzukommen, wenn diese Farce beendet war.

Gott wie peinlich!, kreischte sie in Gedanken auf.

„Sehr gerne. Mrs. Munro. Sie glauben ja gar nicht, wie sehr ich mich für Grace und ihren Vater gefreut habe, als mir die Kleine von ihnen erzählt hat. Grace ist so ein intelligentes, begabtes Kind. Ich finde es sehr bewundernswert von ihnen Mrs. Munro, dass sie sich so für Grace einsetzen, obwohl sie keine Erfahrung mit Gehörlosen haben.“

Mrs. Lewis hatte wohl Feierabend, Sprachbedarf oder einfach jede Menge Zeit. Zumindest fand dieses ihr mehr als unangenehme Gespräch kein Ende. Jedes Mal wenn die Frau Mrs. Munro zu ihr sagte, setzte Lou fast das Herz aus. Sie kam sich wie eine Hochstaplerin oder eine Heiratsschwindlerin vor, auch wenn sie nicht mit Alasdair verheiratet war. Andererseits schmeichelte es ihr wiederum. Louise Munro. Eigentlich eine schöne Namenskombination.

„Es hat mich sehr gefreut, sie kennenzulernen, Mrs. Munro. Sehen wir uns auf dem kommenden Elternabend?“

„Ich … Oh, ich bin mir ehrlich gesagt nicht ganz sicher, ob nicht Alasdair, also äh mein Mann, kommen möchte. Wegen des Kurses werde ich mich gegebenenfalls gerne bei ihnen melden. Danke Mrs. Lewis. Ich wünsche ihnen einen schönen Feierabend“, verabschiedete sie sich schnellstens.

Im Stechschritt flüchtete sie, Grace an einem ihrer Ärmel hinter sich her zerrend, zum Jeep. Dort schupste sie die Kleine unsanft auf den Beifahrersitz und traute sich erst aufzuatmen, als sie die Tür hinter sich zugeknallt hatte.

Zornig schimpfte sie Grace aus: „Was verdammt nochmal hast du dir dabei gedacht, Grace? Bist du verrückt. Dein Vater bringt uns beide um, wenn das rauskommt, Fräulein! Ich … Himmelherrgottsackzement“, stieß sie völlig verärgert aus und holte Luft, um dem Mädchen weiter die Leviten zu lesen, bis deren entsetzter Gesichtsausdruck sie innehalten ließ. Dicke Tränen kullerten über Graces Wangen. Der Mund stand zu einem lautlosen O geformt offen. Lieber Gott, die Kleine sah total verängstigt aus. Lou hatte vergessen, dass Grace zwar Lippenlesen konnte, aber nur wenn man deutlich sprach sowie von Angesicht zu Angesicht.

Sie hatte gerade eben weder das eine noch das andere getan. Völlig aufgelöst zog das Mädchen mit fahrigen Bewegungen ihre Tafel aus der Tasche.

„Du willst nicht meine Mummy sein?", stand da in kritzeliger Drittklässlerschrift. Vor Scham schossen Lou die Tränen in die Augen. Es kostete sie große Mühe, nicht selbst zu weinen, so anrührend war dieser Satz. Auch wenn sie das Gefühl nicht loswurde, dass Grace ganz genau wusste, wie man sie manipulierte. Erschüttert atmete sie tief ein, sammelte sich. Schließlich wandte sie sich jedes Wort betonend der Kleinen zu: „Das habe ich nicht gesagt, Grace. Aber meinst du nicht, dass es dafür noch ein bisschen zu früh ist?"

„Du hast mich nicht lieb?"

„Ach Grace, das hat doch gar nichts damit zu tun. Natürlich hab ich dich lieb!"

„Warum willst du mich dann nicht? Weil ich gehörlos bin?"

„Verdammt, Kleines. Jetzt komm mir nicht auf die Tour. Ich habe dich so lieb, wie du bist!"

„Aber du liebst Daddy doch. Was ist dann das Problem?"

Wenn das alles nur so einfach wäre, wie du dir das in deinen kindlichen Vorstellungen ausmalst! , protestierten ihre Gedanken lautlos. „O Grace, das sind Dinge von denen du nichts verstehst. Ich kann dir das nicht erklären …"

„Ich dachte, du kannst ihr sagen, dass du jetzt meine Mummy bist. Das sie abhaut! Aber du willst nicht und ich weiß nicht …" Der Rest des Satzes wurde von einer wahren Tränenflut verschmiert. In Lou schrillten alle Alarmglocken. Was zum Teufel meinte die Kleine? Beherzt zog sie das schluchzende Kind in ihre Arme, drückte es fest an sich.

„Wem soll ich das sagen …", flüsterte sie in den Haarschopf, um dann die Kleine von sich zu schieben und es ihr nochmals wiederholend ins Gesicht zu sagen: „Wem soll ich das sagen, Grace?"

„Der Frau."

„Ich verstehe nicht? Welche Frau, Grace?", wiederholte sie, den eisigen Klumpen in ihrem Magen ignorierend.

„Die, die sagt, dass sie meine Mummy ist!" , kritzelte das Mädchen kaum leserlich auf die Tafel. Nicht auch noch das. Das durfte doch alles nicht wahr sein. Hatte sie nicht bereits mehr Probleme, als ihr lieb waren? Mehr als eine halbe Stunde lang entlockte Lou Grace behutsam, wie es dazu gekommen war, dass sich Felicitas Munro, Alasdairs geschiedene Frau, zurück in das Leben ihrer Tochter geschlichen hatte.

Scheinbar hatte die Frau Grace vor der Schule aufgelauert, eine Dolmetscherin im Schlepptau. Sie hatte sich Grace knallhart als ihre leibliche Mutter vorgestellt und behauptet, ihr Vater hätte jeglichen Kontakt unterbunden. Was wie Lou vermutete, der Wahrheit entsprach. Sie glaubte kaum, dass Alasdair diese Treffen gutheißen würde, wenn er davon Kenntnis hätte. Heimlich still und unbemerkt hatte sie Grace immer und immer wieder aufgelauert, um sie in einem netten Café unterhalb von Inverness Castle bei Eis und Kuchen weichzukochen.

Doch obwohl Grace immer wieder ihr Missfallen ebenso wie ihr Nichtwollen kundgetan hatte, verschwand die Frau nicht. Deshalb hatte Grace wohl Lou mit ins Boot geholt, um zu verhindern, dass die Situation eskalierte. Gott bewahre, wenn Alasdair Wind davon bekam, war die Hölle noch ein gemütliches Plätzchen. Die Kleine hatte all ihre Hoffnungen auf die neue Frau an der Seite ihres Vaters gesetzt.

Lieber Gott, sie konnte das Mädchen doch jetzt nicht im Stich lassen! Außerdem machte sie sich berechtigt Sorgen bei dem Gedanken, wie Alasdair auf die Rückkehr seiner verhassten Exfrau reagieren würde. Mit großer Wahrscheinlichkeit alles nur nicht erfreut! Wo war sie da nur hineingeraten?

Himmel. Sie hatte einfach nur einen Romanhelden gesucht und was hatte sie bekommen? Einen neuen Berg voller Probleme samt einem Mann, der fähig war, ihr komplettes Inneres nach außen zu kehren. Plötzlich machte sich Wut in ihr breit. Wut auf die Frau, die ihren Mann samt Neugeborenen in einer ausweglerscheinenden Situation verlassen hatte. Sie waren zu Fuß zum nahegelegenen Café, das gleichzeitig der Treffpunkt war, am Burgberg gegangen. Lou begrüßte diesen Umstand sehr. Nicht dass der Wächter vom gegenüberliegenden Parkplatz sich an ihr Parkfiasko erinnerte.

Sie wagte kaum, hinüberzusehen, aus Sorge, dass der Mann sie erkennen würde. Sie hätte Doc mitnehmen sollen. Der Hund hatte die Fähigkeit, sie zu beruhigen. Außerdem hätte sie ihn zur Not auf Alasdairs Exfrau hetzten können. Grace wies auf ein rosafarbenes Haus, das sich kaum aus der bunten Häuserfassade, welche Haus an Haus die Straße zur Burg säumten, hervorhob.

Lieber Gott, wie sehe ich aus?, kreischten ihre Gedanken auf. Umständlich versuchte sie, einen Blick auf ihr Spiegelbild in einem der Schaufenster zu erhaschen. Seufzend schlug sie so beiläufig wie möglich den Kragen ihrer verwaschenen Jeansjacke hoch, unter der ihr geblümtes Kleid hervorsah. Wenn sie nur den Hauch einer Ahnung gehabt hätte, wie dieser Nachmittag verlaufen würde, hätte sie sich in ihr Businesskostüm gezwängt und die ziemlich ruinierten Jimmy Choos angezogen. Jetzt war es dafür zu spät. Wenigstens würde sie in ihren Chucks schnell die Flucht ergreifen können, wenn vonnöten. Vor dem Café holte sie noch einmal tief Luft, drückte entschlossen den Rücken durch und schenkte Grace ein, wie sie hoffte, beruhigendes Lächeln.

Auf auf in den Kampf Torero, summte sie sarkastisch.

Das Café offenbarte ein gemütliches wenn gleich völlig menschenleeres Inneres. Dennoch war an einem Tisch in einer gemütlichen Ecke eine Frau aufgesprungen, winkte ihnen verhaltend zu.

„Himmelherrgottsackzement!", entfuhr es Lou ungehört beim Anblick der schlanken, kleinen Schwarzhaarigen. Die Frau war eine Augenweide, wenngleich ihre stahlblauen Augen keinen Vergleich mit Alasdairs Augen standhielten. Diese Augen waren kalt, berechnend und bar jeglicher Freundlichkeit. Nicht nur die Farbe dieser Augen ließ Lou an Gletscherwasser denken.

Kein begrüßendes Hallo, kein freundliches Guten Tag, kam über die perfekt geschminkten Lippen mit den tätowierten Konturen. Ein schnippisch ausgesprochenes: „Ich hatte wirklich angenommen, dass mich die Kleine belügt. Aber scheinbar hat sie die ganze Zeit die Wahrheit gesagt", zeigte Lou sofort die Grenzen auf.

Das „Wie kommen sie darauf, das meine Tochter lügen könnte!", ging Lou völlig beiläufig und so schnell über die Lippen, dass sie über ihre eigene Dreistigkeit entsetzt war.

Ich kann auch Grenzen abstecken!, kam ihr in den Sinn.

„Tja, Alasdair hatte schon immer einen nun gut, nennen wir es eigenwilligen Geschmack. Mrs. …"

„Schulzinger. Louise Schulzinger. Wir sind nicht verheiratet. Noch nicht!" *Himmel. Wie einfach mir Lügen über die Lippen kommen!* „Und was Alasdairs Geschmack angeht, nun das sieht man an ihnen", konterte Lou sachlich. Ohne eine dementsprechende Geste abzuwarten, nahm sie Platz, zog dabei Grace wie ein Schutzschild auf ihre zitternden Knie. Für einen winzigen Moment entgleisten die perfekten Gesichtszüge Felicitas Munros. Doch sie hatte sich sofort wieder unter Kontrolle. Was erwartest du, Lou? Die Frau ist eine professionelle Schauspielerin. Sie sie dir nur an. Miss Perfekt, tritt womöglich sogar am Broadway auf.

„Mrs. Leod ist so freundlich, als Dolmetscherin zu fungieren. Sie wollen tatsächlich heiraten? Einen mittellosen, schottischen Bauer? Woher sagten sie, kommen sie?"

„Nun Mrs. Munro. Woher ich komme und was ich oder Alasdair machen, tut hier denke ich nichts zur Sache", wiegelte sie ab. Ich erzähle doch einer wie dir nichts über mein Privatleben!

„In Ordnung. Entschuldigen sie bitte. Selbstverständlich geht mich das nichts weiter an. Ich möchte einfach nur meine Tochter näher kennenlernen. Im Zuge einer Werbekampagne in der ich behinderte Kinder unterstütze …"

Lou unterbrach den Satz, indem sie wie von der Tarantel gestochen emporschnellte, wobei sie Grace ebenfalls mit hochriss. So war das also. Das hatte sich Felicitas Munro gut ausgedacht. Dummerweise gab es zwei Dinge in Lous Leben, mit denen sie sich besser auskannte als jeder andere. Kunst und Werbung.

„Dass sie es überhaupt wagen, mit so etwas zu kommen. Hier geht es nicht um Grace. Sie wollen die Kleine doch überhaupt nicht kennenlernen. Habe ich recht? Hier geht es nur um sie, Felicitas Munro. Alles, was sie wollen, ist Graces Gehörlosigkeit für ihre eigene Publicity ausnutzen. Ist ihnen überhaupt klar, was sie der Kleinen, meiner Kleinen antun?"

Mit Genugtuung beobachtete sie, wie Felicitas Munros Gesicht die Farbe von frisch gefallenem Schnee annahm.

Dann jedoch schossen der Frau hektische rote Flecken ins Gesicht. „Das ist doch die Höhe. Sie wagen es … Grace ist mein Fleisch, mein Blut. Sie ist meine Tochter … ich bin ihre Mutter … was erlauben sie sich, sie dahergelaufenes …"

Innerlich auf Zehn zählend, schob Lou Grace hinter ihren Rücken. Mühevoll zwang sie sich zur Kontenance.

„Flittchen. Das wollten sie doch soeben sagen, Mrs. Munro. Ist es nicht so? Ich weiß allerdings nicht, ob ausgerechnet sie so ein Wort benutzen sollten, Mrs. Munro!" Und an die Dolmetscherin gewandt: „ Mrs. Leod, ich wäre ihnen äußerst dankbar, wenn sie Grace nicht übersetzen, was sich hier gerade abspielt. Vielleicht wären sie so freundlich und würden mit meinem Mädchen vor der Tür warten!", bat sie die ältere Frau, welche den Anschein erweckte, am liebsten unter dem Tisch in Deckung gehen zu wollen.

„Sie versteht doch sowieso kein Wort. Warum soll sie dann nach draußen?", keifte Felicitas Munro den beiden beim Verlassen des Cafés hinterher.

„Grace ist weder behindert noch dumm oder zurückgeblieben, Mrs. Munro. Die Kleine nimmt Spannung und Atmosphäre mehr war als sie oder ich. Wenn sie sich je um ihr Kind geschert hätten, anstatt sich hier mit Publicity und ihrer Kariere zu befassen, dann würden sie das wissen!", knurrte Lou, während sie sich zur Ruhe zwang.

„Langsam wird mir klar, warum sie beide zusammenpassen. Sie haben einen wie Alasdair verdient. Er kann seine Rechnungen nicht mehr bezahlen, wird jetzt sogar sein heiß geliebtes Baby los. Wussten sie das schon? Ich würde an ihrer Stelle aufpassen, wem ich mein Herz schenke. Er wird sie mit in den Ruin ziehen, Schätzchen! Ich will nur das, was eine Mutter für ihr Kind will, das Beste!"

Jedes ihrer Worte traf sie mehr, als sie jemals irgendetwas verletzt hatte. Dennoch gelang es ihr, gelassener als ihr zumute war, mit eiskalter Stimme zu antworten: „Sie haben weder das Recht noch den Anstand das Wort *Mutter* überhaupt verdient zu haben! Sie waren noch nie in ihrem Leben das, was man eine *Mutter* nennt. Sie haben Alasdair mit einem Neugeborenen alleingelassen. Sie haben diesen Mann mit all den Problemen, die ein gehörloses Kind mit sich bringt, sitzenlassen! Sie sind keine Mutter, Felicitas Munro! Lassen sie meine Familie in Ruhe. Wenn sie sich Grace noch einmal ungefragt nähern, hetze ich ihnen zusätzlich zu ihrem Exmann meine Anwälte an den Hals!"

Innerlich zitternd bis tief ins Mark, drehte sie sich um. Den Kopf hoch erhoben, verließ das Café unter weiteren Schmährufen und Beleidigungen. Sie drehte sich nicht mehr um. Die Hand fest um Graces Hand geschlungen, zwang sie sich langsam in die Richtung ihre Autos zurückzugehen. Wie eine Siegerin fühlte sie sich dabei nicht, ganz im Gegenteil. War sie wirklich so viel besser als Felicitas? War sie nicht ebenfalls gerade dabei, ihre Kinder im Stich zu lassen? In was für einen Schlamassel hatte sich Alasdair hineingeritten?

Natürlich wusste sie, dass es um seine Finanzen nicht gerade rosig stand. Schließlich hatte er es ihr ja erzählt. Dass es allerdings so furchtbar aussah, hatte sie nicht geahnt. Und außerdem, wer verdammt noch mal war Baby? Nicht genug, dass sie nicht mehr wusste, wo ihr der Kopf stand, vor lauter Fragen. Nein, sie musste ihm später direkt gegenüber sitzen und hatte keinen Schimmer, wie sie ihm das Treffen mit seiner Ex beichten sollte. Siedend heiß fielen ihr die Käsespätzle ein, die sie für ihn kochen wollte. Vielleicht sollte sie vorsichtshalber ihr Koffer packen, falls er sie rauswerfen würde. Grace sah sehnsüchtig zu einem Imbiss mit Fish & Chips. Entschlossen straffte sie die Schulter, kaufte der Kleine eine große Portion und machte sich dann daran, dem heutigen Albtraum in Form von Inverness den Rücken zu kehren.

Deutschland

„Nett von dir, nach mir zu sehen, Konstanze. Aber mir geht es gut. Du brauchst dir keine Sorgen zu machen", versuchte Alexander, der Freundin seiner Frau händeringend zu erklären. All seinen Bemühungen zum Trotz ließ sie sich dennoch nicht abwimmeln. Schließlich kapitulierte er missmutig, half ihr jedoch Gentleman like aus dem Nerzmantel, um das gute Stück sorgfältig an die Garderobe zu hängen. Immerhin war Konstanze eine Frau, die Stil zu schätzen wusste. Louise hätte ihm etwas gehustet, wenn er ihr einen Nerz gekauft hätte.

Ich könnte mich übergeben, wenn ich an all die vielen Nerze denke, die für so eine Scheußlichkeit ermordet werden! Ja, er konnte sich noch wortwörtlich an ihr Kommentar erinnern.

„Darf ich dir einen Sherry oder etwas anderes anbieten, meine Liebe?", widmete er sich an Konstanze, die ihm ein charmantes Lächeln schenkte.

„Du bist wirklich ein Charmeur, Alex. Danke, zu einem Martini auf Eis würde ich nicht nein sagen."

Wie selbstverständlich nahm sie seinen dargebotenen Arm an, um sich unterzuhaken. Galant hielt er ihr die Tür zu seinem Privatzimmer oder dem Raucherraum, wie ihn Louise immer missbilligend genannt hatte, auf. Schwarze Lackregale gepaart mit wuchtigen schneeweißen Ledersesseln beherrschten diesen Raum. Louise hatte diesen Raum gemieden wie die Pest. Er drehte der rassigen Frau den Rücken zu, bereitete geübt ihre Getränke zu.

Für einen winzigen Moment hielt er inne, betrachtete den groben Eiswürfel, den er soeben aus dem intrigierten Gefrierfach der Bar genommen hatte, um diesen in das Martiniglas fallen zu lassen. Sein Leben mit all seinen Vorzügen, die Geld und die Upperclass so mit sich brachten, schien am

Limit zu sein.

Beängstigenderweise machte er sich zwar Sorgen um Louise. Wenn er ehrlich war, ging es ihm dabei jedoch eher um die Frage, ob sie ihn betrog. Er war ein Mann, der sich in den höchsten Kreisen bewegte. Schlechte Presse über eine Ehefrau, die dem Chef der Schulzinger Consultings Hörner aufsetzte, war da nicht gerade gut. Es gab wahrlich schon genug Gerede und die wildesten Spekulationen, was seine Ehe anbelangte, seit dem Fiasko mit der Geburtstagsparty ohne Geburtstagskind. Ärgerlicherweise fand die Detektei, die er beauftragt hatte, Louise auch nicht. Tja und trotz Martins guter Verbindung zu den obersten Etagen der Polizei hatten sie sich geweigert, GPS Daten für ihn zu organisieren. Das sei zu viel verlangt. Könne ihn seine Karriere kosten, hatte er argumentiert. Wenigstens Louises Kreditkarten hatte er durchchecken lassen. Fehlanzeige. Scheinbar war sein blondes Rehlein nicht auf den Kopf gefallen.

Cleverer als er ihr zugetraut hätte. Bevor er die Gläser servierte, öffnete er seinen Krawattenknoten, der ihm die Luft zum Atmen zu nehmen schien.

„Alles in Ordnung mit dir, Alex", schnurrte Konstanze hinter seinem Rücken, an dem er bereits im nächsten Augenblick ihre Finger spürte, die sachte seine verspannten Nackenmuskeln massierten. Er hatte nicht gehört, dass sie aufgestanden war.

Nein. Nichts aber auch gar nichts ist in Ordnung. Mein Leben geht gerade den Bach runter!, wollte er sagen. Doch er brachte es nicht fertig.

„Du bist völlig verspannt, Alex. Lass uns eine Havanna rauchen und dafür sorgen, dass du endlich mal loslässt. Vergiss Louise. Sie hat einen Mann wie dich nicht verdient!"

Konstanzes Worte schmeichelten ihm. Beruhigten sein mehr als angekratztes Ego. Seit ihrer Hochzeit vor 22 Jahren fürchtete er sich vor diesem Tag. Dem Tag, an dem ihn seine junge schöne Frau wegen eines anderen Mannes verließ. Lag es tatsächlich am Altersunterschied, so wie seine Mutter ihn immer gewarnt hatte? Louise und ihn trennten immerhin mehr als 10 Jahre. Mehrere Sherrys und eine dicke Havanna später, ließ er zu, dass sich Konstanzes Hände unter sein Hemd schoben. Ob Louise ihm wirklich untreu war, spielte doch eigentlich längst keine Rolle mehr!

Käsespätzle in Schottland

Schottland

Der Regen prasselte in sintflutartigen Ausmaßen vom für 17 Uhr bereits ziemlich finsteren Himmel herab. In seinem ganzen Leben war er noch nie so froh gewesen, dass Grace zuhause angekommen war, wie am heutigen Tag. Alasdair schenkte dem Regen keine weitere Aufmerksamkeit mehr, wand sich mit einem Schulterzucken ab. Für ihn war dieses Wetter ja nichts Neues. Da Grace heil und überraschenderweise ziemlich aufgekratzt von ihrem Treffen mit Lou angekommen war, ging er davon aus, dass für Lou das Gleiche galt. Seine deutsche Bonnie Lass war eine toughe Frau. Auch wenn man ihr das rein äußerlich nicht unbedingt ansah.

Er war mehr als gespannt, was sie ihm Neues zu Graces Problemen berichten konnte. Außerdem freute er sich diebisch darauf, von Lou bekocht zu werden. Bereits drei Mal hatte er sich umgezogen. Ausgerechnet er, den fast nichts und so ziemlich niemand aus der Ruhe bringen konnte, sah man von Grace, seinen Eltern und seiner Exfrau mal ab, war mehr als nervös. Dabei war dies ja nicht ihr erstes Date.

Absichtlich hatte er sich nicht rasiert, weil er wusste, dass es Lou gefiel, wenn er nicht ganz so gestylt war. Was wenn sie für den morgigen Tag bereits etwas anderes geplant hatte? Womöglich mochte sie keine Motorräder. Vielleicht würde es auch den ganzen nächsten Tag nur regnen, dann würde selbst ihm einen lange Motorradtour keinen Spaß bereiten. War er selbst überhaupt bereit dazu? Konnte er einer anderen Frau in seinem Leben all die schönen Plätze in Edinburgh zeigen, die ihm selbst so unendlich viel bedeuteten? Er war nun mal ein gebranntes Kind. So vieles in der malerischen Altstadt verband Erinnerungen an Felicitas, an ein glückliches Leben. Deshalb hatte er die Stadt jahrelang gemieden wie die Pest. Patrick hatte sich fast überschlagen vor Freude, als er ihn um ein Zimmer für die morgige Nacht gebeten hatte. Sein alter Schulfreund war derart aus dem Häuschen, dass er ihm seine kleine private Zweizimmerwohnung direkt an der Royal Mile zur Verfügung gestellt hatte. Unbezahlbar für Fremde. Umsonst für ihn. In seinem Kopf stritten sich Engel und Teufel, oder waren es Herz und Verstand?

Warum legst du dich so ins Zeug für eine Frau, die dich sowieso wieder verlassen wird?, säuselte der Verstand, während sein Herz antwortete: *Wer nicht wagt, der nicht gewinnt! Du musst alles tun, um ihr zu zeigen, wie viel sie dir bedeutet. Nur so wird sie sich für dich entscheiden!*

Ihm war bereits schwindelig vor lauter Für und Wider. Durften nicht auch Männer einfach träumen? Kopf schüttelnd verließ er das Haus, schlenderte gemächlich zu seinem Traktor, mit dem er Lou später auf eine der malerisch gelegenen Weiden entführen wollte. Je näher er seinem Haus und somit Lou kam, umso unruhiger wurde er. Kaum war der Traktor geparkt, fielen ihm unheilvolle, dunkle Wolken über dem Haus auf. Rauchwolken. Nicht umsonst gehörte er der freiwilligen Feuerwehr von Kildermorie an.

Bevor sein Kopf überhaupt registrierte, was er da sah, rannten seine Beine bereits los. Noch im Rennen schnappte er sich einen alten Eimer, den der Regen mit Wasser gefüllt hatte. Alasdair scherte sich nicht um das Wasser, das ihm kalt über die Hose schwappte. Ihn interessierten keine Dreckflecken im Haus oder eine von der Schulter fast aus den Angeln gehobene Tür. Sein einziger Gedanke war Feuer und Louise mittendrin. Schlitternd kam er an der Küchentür zu stehen, an dem sich ihm der wohl seltsamste Anblick seines ganzen Lebens bot. Kein Flammeninferno, sondern ein Teig- und Wasserinferno. Der ganze Herd war mit teils verkochtem Wasser überschüttet. Schwarzgebrannte Teigklumpen stanken zum Gotterbarmen. Zumindest ahnte er nun, was vermutlich der Auslöser der Rauchwolken gewesen war, die ihn alarmiert hatten. Inmitten dieses Chaos war Lou die Königin. Absichtlich verweilte er einen Moment, ohne auf sich aufmerksam zu machen. Prägte sich lautlos lachend ihren Anblick ein. Sie trug eine dieser typisch kitschigen Touristenmitbringsel. Eine Schürze, die einen nackten Männerkörper im Kilt zeigte.

Teigreste sowie diverse Flecken verunzierten Schürze samt Gesicht seiner A' gearmailteach. Sie war barfuß. Die langen dünnen Beine verschwanden in einem unverschämt kurzen Minirock, der den runden Hintern nur noch mehr betonte. Ein rotgepunkteter Haarreifen bändigte ihre kurzen braunen Haare und gab ihr, der Körpergröße zum Trotz, das Aussehen eines kleinen Mädchens. Soeben hatte sie ihn wahrgenommen. Ihre weichen, rosigen Lippen formten ein entsetztes O, das er ihr am liebsten sofort von den Lippen geküsst hätte. Auf die Ausrede war er gespannt.

Sichtlich amüsiert, lehnte er sich gegen den Türrahmen.

„Es tut mir so leid, Al. Ich hab's wirklich versucht, aber …" Ihrer Stimme war eine leichte Hysterie anzuhören, die ihn dazu zwang, sofort den Eimer abzusetzen. Statt sie zu beschimpfen oder sich über den Rauch zu ärgern, schloss er sie einfach erleichtert in seine Arme. Ihre Augen suchten die seinen. Er konnte sehen, dass sie sich auf eine Strafpredigt gefasst machte. Als er nichts sagte, sah sie ihn seltsam an.

„Es tut mir leid wegen deiner Küche. Ich hätte dir sagen sollen, dass ich nicht …", schluchzte sie kaum verständlich und verbarg ihr Gesicht beschämt im Stoff seines Hemdes.

Verzweifelt prustend, versuchter er sein Lachen in ihrem nach Apfel duftenden Haaren zu ersticken. Vergeblich.

„Du lachst mich doch nicht etwas aus?", argwöhnte sie.

„Aye. Schuldig auf ganzer Linie, Lass", flüsterte er neckend in ihren Haarschopf. „Du hättest es mir einfach sagen können, Lou. Wir hätten zusammen kochen können."

„Ich wollte es aber alleine schaffen, für dich. Ich wollte für dich kochen. Außerdem wissen wir doch beide, wozu das geführt hätte!"

„Ach tatsächlich, wissen wir das?", heuchelte er Unschuld, während seine Hände sich begehrlich auf ihrem Gesäß niederließen. „Und was genau meinst du, hält mich davon ab, dich einfach hier auf dem Küchenboden zu nehmen?", antwortete er absichtlich rauer als beabsichtigt.

„Pfui, Alasdair Munro. Und ich dachte, du drehst mir den Kragen rum für dieses Durcheinander. Hat dir schon mal jemand gesagt, dass du ein ganzschön durchtriebener Kerl bist?"

„Aye. Der durchtriebene Kerl wüsste auch, wie du dieses Durcheinander entschädigen könntest."

„Ha. Ich habe es befürchtet. Aber wenn ich nicht vom Fleisch fallen soll, dann brauche ich erst etwas in meinen Magen."

Zur Bestätigung knurrte just dieser im selben Augenblick unüberhörbar. Ihren klimpernden Lidern oder diesem herrlichen Schmollmund war er nicht gewachsen. Übten Frauen solche Blicke vor dem Spiegel? War es Frauen überhaupt bewusst, was sie mit solchen Blicken bei einem Mann auslösten? Für Schusswaffen brauchte man einen Waffenschein. Hierfür seiner Meinung nach auch.

„Aufgeschoben ist nicht aufgehoben. Jetzt machen wir ein bisschen Ordnung. Dann erklärst du mir, was hier schief gelaufen ist", willigte er ein, um sich selbst etwas abzukühlen. Es glich wirklich einem Wunder, dass sie nicht auf dem vor Mehl und Eierschalenresten strotzendem Boden gelandet waren. An Lust fehlte es augenscheinlich keinem von ihnen. Die Küche war auch für eine einzige Person verhältnismäßig klein. Für zwei große Menschen, wie sie beide es waren, war sie winzig. Genau das war es jedoch, was den Reiz ausmachte. Immer wieder blieben ihre Körper aneinander hängen. Streifte Haut auf Haut. Noch nie in seinem Leben war er auf die Idee gekommen, dass Teig zubereiten etwas Erotisches an sich hatte. Bis zu diesem Tag.

Zu zweit bereiteten sie den Teig vor, bevor es an das Spätzleschaben ging. Lou hatte ihm das Prinzip des Spätzleschabens besser erklären können, als er dank ihres Chaos angenommen hatte. Die Schwäbische Alb, Louises Heimat, schien ihre Vorzüge zu besitzen. Was seiner Bonnie Lass misslungen war, gelang ihm nach nur wenig Übung. Was sicherlich auch daran lag, dass Teig aller Arten schließlich zu seinem Hauptberuf gehörte.

Damit er mehr Platz zum Arbeiten hatte, gleichfalls aber auch damit Lou nichts anstellen konnte, hob er sie kurz entschlossen hoch und setzte sie auf die Abtropffläche der Spüle. Von dort aus beobachtete sie sein Tun mit baumelnden Beinen, was ihn schwer an Grace erinnerte, welche die selbe Angewohnheit hatte. Es hielt Lou allerdings nicht davon ab, ihn immer wieder abzulenken, indem sie ihre hinreißenden nackten Zehen reizvoll über sein Gesäß streichen ließ. Das anschließende Essen war wirklich vorzüglich gewesen.

Alasdair nahm sich vor, dieses einfache Gericht öfter zu kochen. Allerdings würde er zukünftig doch dafür Sorge tragen, dass Lou die Finger vom kochen ließ. Wusste der Himmel, was sie sonst abfackeln würde. Nach dem Essen war die Spannung zwischen ihnen so hoch gewesen, dass er sich gezwungen sah, sie beide abzulenken. Lou war leicht zu einer Spritztour mit dem großen Traktor zu überreden gewesen. Den Hund hatten sie jedoch in der Wohnung gelassen,

wo dieser sich bereits über den Boden der Küche herge-
macht hatte. Er hatte die Fenster des Führerhauses weit geöffnet, damit sie beide etwas vom Fahrtwind abbekamen.

Um die späte Nachmittagszeit waren auch kaum mehr Autos auf den Straßen. Die holperigen Feldwege ließ Lou
jauchzend über sich ergehen, was ihn dazu verleitete, schneller zu fahren, als eigentlich erlaubt. Auf der oberen Weide
fuhr er den Traktor an eine seiner Lieblingsstellen, von wo
aus man eine fantastische Sicht auf den Loch und die Berge
hatte.

„Unbezahlbar", wisperte sie vom Sitz aus und schlang die
Arme um seinen Nacken.

„Aye. Ich hatte so eine Ahnung, dass dir die Aussicht hier
gefallen könnte!"

„Ich hatte noch nie bessere Aussichten", bestätigte sie, die
Lippen liebkosend an seiner Schulter entlang knabbernd.

Alasdair wehrte sich nicht, als sie ihm das Hemd auszog.
Sein Körper erschauderte unter den sanften Fingern, welche
den Seeadler, der seine kompletten Schulterblätter einnahm,
nachzeichneten.

„Ich fürchte, ich habe noch etwas gutzumachen, mein
Schotte", erklärte sie mit einer Stimme, die dabei so sexy
klang, dass er Mühe hatte, sich zu zügeln. Am liebsten hätte
er ihr einfach die Kleider vom Leib gerissen. Wie er feststellte, war das allerdings nicht mehr nötig, da im nächsten Augenblick ein feuerroter BH, der mit verschwenderischen
Spitzen ausgestattet war, an ihm vorüberflog. Für einen Lidschlag lang schloss er die Augen, um sein bestes Stück im
Zaum zu halten, dem es unangenehm eng in der Jeans wurde. Dann spürte er bereits ihre verlockenden Brüste, die sich
an seinen Rücken schmiegten. Er konnte nicht mehr widerstehen, zog sie mit seinem Arm nach vorne, wo sie dank des
Platzmangels, die in der Fahrerkabine eines Traktors

herrschte, wie beabsichtigt auf seinem Schoß landete.

„Du weißt wohl ganz genau, wie du mein Blut in Wallung bringst, mo chridhe", hauchte er heiser vor Lust, bevor seine Lippen den Weg an ihre erregten Spitzen fanden. Es war nicht einfach, sich auf dem beengten Raum seiner Kleider zu entledigen. Aber schon alleine dieser Umstand, gefolgt davon, dass sie sich verbiegen mussten wie die Akrobaten, machte etwas ganz besonders daraus.

Sie liebten sich stürmisch, ohne einander Einhalt zu gewähren. Selbst später, als sie lachend und immer noch nicht vollständig bekleidet im Gras vor dem Traktor lagen, eng aneinandergeschmiegt, kicherten sie immer wieder wie Teenager. Nachdenklich fuhren seine Fingerspitzen ihre Gesichtskonturen nach.

„Du wolltest mir von Graces Problemen erzählen", flüsterte er zärtlich.

Lous Reaktion hätte nicht schlimmer sein können, wenn ein Spanner plötzlich aus einem Gebüsch gesprungen wäre. Sie schrak derart zusammen, dass er selbst unbewusst zusammenzuckte. Hätte er den Arm nicht um ihren Leib geschlungen gehabt, war er sich nicht sicher, ob sie nicht sogar davon gelaufen wäre.

„Lou?", argwöhnte er.

Ohne das er etwas dagegen hätte tun können, machte sie sich von ihm los. Hielt Abstand zu ihm. Was zum Teufel war auf einmal los? Angst machte sich in ihm breit.

„Was zum Teufel hat sie angestellt, Lou?"

Seine Bonnie Lass räusperte sich lautstark, während sich ihre Zähne überlegend in ihre vollen Lippen gruben. Langsam übertrug sich ihre Nervosität auf ihn selbst.

„Sie ähm Grace hat nichts angestellt ...", fing sie mit ihrer Erklärung an.

Schlagartig wurde ihm noch kälter.

„Es ist deine Exfrau die … naja … sie ist will wohl Grace besser kennenlernen und deshalb hat sie ihr, in Begleitung einer Dolmetscherin, aufgelauert …"

Sein jäher Sprung auf die Beine, ebenso wie die gälische Flut an Flüchen, die er dabei ausstieß, ließen Lou in mitten des Satzes verstummen. Er kam sich vor wie ein Tiger im Käfig. Zu tiefst beunruhigt, ging er halb nackt wie er war auf der Wiese auf und ab. Dieses elendige Miststück. Er und Felicitas hatten das bei der Scheidung geklärt. Verdammt. Seine Exfrau hatte keinerlei Ansprüche auf Grace gestellt. Warum jetzt? Seine Augen blitzten vor Zorn. Alasdair konnte sehen, wie Lou sich unter seinem Blick betroffen wand.

„Es tut mir so leid, Al. Grace hat mich bei ihrer Lehrerin ebenso wie bei deiner Exfrau als ihre neue Mutter ausgegeben", merkte sie zaghaft an. Herr im Himmel. Wie peinlich war das denn. Am liebsten wollte er vor Scham im Boden versinken.

„Wie konnte sie das tun! Was fällt ihr ein, verdammt!", schrie er Lou an, die unter seinen Worten gequält zurückschreckte.

„Al, ich glaube, du solltest Grace nicht böse sein. Sie wünscht sich nur so verzweifelt eine Mutter. Wahrscheinlich dachte sie, weil du und ich …"

Er spürte, dass Lou verzweifelt nach Worten rang, die ihn besänftigten. Worte die ihn dazu zwangen, nachzudenken. Doch sie traf auf taube Ohren. In ihm war solch eine Wut, ihm war, als könne er nicht mehr richtig atmen.

„Grace hat kein Recht, dich als ihre Mutter auszugeben. Felicitas hat kein Recht, schon wieder mein Leben zu zerstören …", brüllte er und schlug mit den Fäusten gegen den nächstbesten Baum, sodass seine Fingerknöchel blutend aufbrachen. Bevor er weiter seine Wut am Baumstamm auslassen konnte, spürte er ihre Hände auf seinem Rücken.

Lou sagte kein einziges Wort.

Es war die Selbstverständlichkeit, mit der ihre Finger sein Rückgrat entlangfuhren. Halt gebend. Trost spendend. Sie öffnete seine geballten Fäuste, pustete sacht den Schmerz davon.

„Hast du sie nicht genug über dein Leben bestimmen lassen? Lass nicht zu, dass sie dich kaputt macht, Al", wisperte sie. „Ich werde nicht zulassen, dass sie dich zerstört, Alasdair. Hörst du?"

Er ließ zu, dass Lou ihn in ihre Umarmung zog. Barg seinen Kopf zwischen ihren Brüsten. Die halbe Nacht schlugen sie sich auf der Weide um die Ohren, indem er Lous Bericht über ihren Nachmittag in Inverness lauschte. Wenngleich sie beide bereits erbärmlich froren und auch das Fahrgehäuse des Traktors nichts gegen die herbstliche Kälte auszusetzen hatte. Was er seiner A' gearmailteach nicht sagte, war: Wie stolz er auf ihre Reaktion gegenüber Felicitas war. Schließlich war ihm ihre einnehmende und gleichfalls einschüchternde Art mehr als bekannt. Es war ihm damals nicht leicht gefallen, Lou die ungeschminkte Wahrheit in Bezug auf seine Finanzen zu beichten. Jetzt war er froh, dass er ihr den größten Teil bereits erzählt hatte. Es tat gut, jemandem so zu vertrauen, dass man ihm ungeschönt erzählen konnte, was einen belastete. Umso erfreuter war er, dass Lou trotz des ganzen Fiaskos eingewilligt hatte, mit ihm den Ausflug nach Glen Coe und Edinburgh zu unternehmen. Obwohl sie die Nacht nicht gemeinsam verbrachten, fühlte er sich auf eine seltsame Art erleichtert. Fast beschwingt.

Loslassen

Viel zu wenig Schlaf und viel zu viele trübe Gedanken sorgten dafür, dass Lou am kommenden Morgen kaum die Augen aufbekam. Alasdair hatte kein Blatt vor den Mund genommen, was seine Finanzen anbelangte. Wie sie bereits befürchtet hatte, stand der Schotte mit dem Rücken zur Wand. Was sie ihm jedoch nicht gesagt hatte, war ihre Vermutung, dass seine Exfrau etwas mit diesem Umstand zu tun hatte. Die komplette Gassirunde mit Doc hatte sie sich das Hirn zermartert, wie sie ihm helfen konnte. Schließlich hatte sie sich auf den Weg ins Café gemacht, um Marge einen Besuch abzustatten, da sie wusste, dass Alasdair mit seinem Vater auf einer der vielen Weiden war.

Bei einer gemütlichen Kanne schwarzem Tee sowie leckeren Keksen hatte sie Marge letztlich soweit gebracht, dass diese ihr half. Während Lou sämtliche Räume fotografierte, sortierte Marge die Baupläne des Hauses heraus. Es war eine Kleinigkeit, alles einzuscannen und an Debbie zu schicken mit der Nachricht, es an Christoph ihren Mann weiterzugeben. Manchmal war es nicht schlecht, einen Anwalt im Freundeskreis zu haben, dessen Hobby, wie es der Zufall so wollte, Innenarchitektur war.

Im Anschluss daran fuhr sie zurück ins Cottage, wo sie ihr Kostüm anzog und die ziemlich ruinierten Jimmy Choos auf den Beifahrersitz warf. Business like angezogen, machte sie sich ein weiteres Mal auf den Weg nach Inverness, um dort die Hausbank der Munros zu besuchen.

Mission Rettung meines Schotten ist eingeleitet.

In ihrer großen Handtasche tummelten sich Rechnungen und Belege. Zum ersten Mal nach unendlich langer Zeit fühlte sie so etwas wie Erleichterung. Das war ein guter

Weg, einen Neubeginn zu starten! Trotz der immensen Entfernung des Parkplatzes zur Bank stöckelte sie tapfer und unbeirrt das löcherige Kopfsteinpflaster entlang. Als sie endlich bei der Bank angelangt war, ohne verdrehte Füße und ohne das Kopfsteinpflaster zu küssen, machte sie innerlich sieben Kreuze. Ein letztes Mal legte sie die schwarze American Express Karte vor und zuckte mit keiner Wimper, als der Bankangestellte sie verunsichert ansah, um sie dann sofort zu behandeln, als wäre sie die Queen höchst persönlich.

Mit Sicherheit würde es nun keine zwei Stunden dauern, bis Alexander ziemlich genau wusste, wo sie zu finden war. War ihr das nicht sogar recht? Schluss mit Lügen, Schluss mit dem Verstellen! Zurück im Auto griff sie zu ihrem Smartphone, rief Christoph persönlich an.

„Hey Lou, es ist alles angekommen. Sieht vielversprechend aus. Was genau soll ich denn für dich tun?", erklang es so fröhlich aus dem Smartphone, dass Lou sich bildlich vorstellen konnte, wie der hagere, blonde Mann ihrer Freundin auf seinem Stuhl hin und her wippte, wie er es immer zu tun pflegte.

„Hallo Chris, da bin ich beruhigt. Ich möchte, dass du für mich passende Handwerker hier aus der Umgebung findest. Schreib ein Aufgebot für diese Arbeiten aus."

„Dir scheint es ja bestens zu gehen. Hast du vor, ein B & B zu eröffnen?"

Lou verkniff sich ein Lachen.

Christoph war schon immer sehr direkt gewesen.

„So ähnlich. Außerdem möchte ich, dass du ein Motorrad für mich kaufst!" Konzentriert gab sie ihm alle Daten der 74 Knucklehead durch, die Alasdair verkaufen musste.

„Es muss diese Maschine sein. Keine andere!"

„Langsam wirst du mir unheimlich, Lou. Du hast doch nicht mal einen Führerschein, oder?"

„Keine Sorge, Chris. Ich habe nicht vor, auf meine alten Tage Motorradfahren zu lernen. Chris, noch etwas."

„Noch mehr? Langsam wird es teuer, Schätzchen!", witzelte ihr Anwalt amüsiert.

„Chris, erinnerst du dich an meine Scheidungspapiere? Ich war sie vor mehreren Jahren mal mit dir durchgegangen …"

„Selbstverständlich erinnere ich mich daran. Du hast einen Rückzieher gemacht, wolltest es dir noch mal überlegen."

„Die Sache ist die, ich hab es mir überlegt. Wenn du die Papiere noch nicht entsorgt hast, dann möchte ich, dass du die Scheidungspapiere fertig machst!", stieß sie mit Nachdruck aus, als ob sie es sonst nicht mehr aussprechen könnte. Nervös klopften ihre Finger dabei eine Melodie auf das Lenkrad.

„Nicht dein Ernst, Lou. Scheiße verdammt. Ich dachte nicht, dass du wirklich irgendwann den Mut dazu aufbringst! Ich hab alle deine Daten abgespeichert, es ist also noch nichts verlorengegangen."

„Tust du es?"

„Lou. Ich bin dein Freund und dein Anwalt. Natürlich tue ich es. Ich glaube mir hat noch nie eine Scheidung so eine diebische Freude bereitet. Du bist dir wirklich sicher, ja?"

„Ja!", stieß sie aus und ignorierte die Tränen, welche die mühsam geschminkten Augen verschmierten.

„Und du willst Alexander immer noch nicht mehr Geld abknöpfen als damals? Du weißt, dass dir die Hälfte eures Vermögens zusteht?"

Ja. Sie wusste, dass sie eigentlich für den Rest ihres Lebens ausgesorgt haben könnte. Nur zu welchem Preis? Außerdem hatte Alexander bereits unwissentlich mit seiner American Express Alasdairs komplette Schulden getilgt.

„Quitt pro quo", murmelte sie und antwortete stattdessen:

„Nein, Chris. Lass es gut sein. Ich möchte Alexs Geld

nicht. Mach nur einfach alles schnell fertig, bitte!"

Zurück im Cottage entzündete sie das Feuer im Kamin. Was wenn Alasdair es nicht ernst mit ihr meinte? Würde er seiner älteren Frau irgendwann überdrüssig werden? Trotz der vielen Zweifel die an ihr nagten und sie bis ins Mark erschütterten, fühlte sie sich seltsam losgelöst. Als die stumpfe Klinge der alten Schere, welcher bereits ihre Haare zu Opfer gefallen waren, sich tief ins Plastik der Kreditkarte grub und diese zerschnitt, verspürte sie Erleichterung.

Die kleinen Plastikstreifen fielen ebenso den Flammen zum Fraß wie das Foto aus ihrem Geldbeutel, auf dem sie im Arm von Alexander fast aussah wie ein Gangsterpaar. Bis sie ihren Rucksack für den Ausflug nach Edinburgh gepackt hatte, gewährte sie dem Feuer noch Aufschub. Schließlich hatte sie alles erledigt und kippte einen Eimer kaltes Wasser über den stinkenden Berg aus Holz und Glut. Doc beäugte sie dabei skeptisch.

„Bis ich aus Edinburgh zurück bin, ist es wieder trocken. Hoffentlich!", verteidigte sie ihr Tun. Ihren Rucksack hatte sie bereits vor der Tür deponiert. Alasdair war nicht gerade gut auf derlei Unfug mit Feuer zu sprechen. Immerhin war er bei der Freiwilligen Feuerwehr. Seitdem sie wusste, woher er die unschöne Narbe auf seiner Wange hatte, beim Retten von mehreren Rindern aus einer Scheune in die der Blitz eingeschlagen hatte, war ein Dachbalken auf ihn gekracht, verstand sie seine Sorgen, wenn es um Feuer oder große Hitze ging. Unter Garantie wäre er nicht begeistert von verbranntem Plastik in seinem Kamin.

„Was er nicht weiß, macht ihn nicht heiß!", murmelte sie, während sie die Tür ins Schloss zog.

Lou hatte sich schnell an das Motorradfahren gewöhnt. War sie zu Anfang noch etwas steif an seinem Rücken gelehnt, saß sie nun locker und an ihn geschmiegt hinter ihm. Automatisch folgte ihr Körper jeder seiner Bewegungen.

Das Wetter war zwar frisch und wartete mit einer Herrschar an finsteren Wolken auf, doch der befürchtete Regen blieb aus. Die immer wiederkehrenden Sonnenstrahlen, die durch die unheimlichen Wolkenberge brachen, tauchten Glen Coe in ein gespenstisches Licht. Es waren kaum Busse mit Touristen unterwegs, sah man von den ein bis zwei einheimischen kleinen Tourenbussen von Rabbies und Co ab.

Die kurze trostlose Strecke durch Teile von Ranoch Moor wusste er durch kleine Geschwindigkeitskicks aufzupeppen, die Lou etliche freudige Jauchzer entrissen. Immer wieder mussten sie Fotopausen einlegen, damit seine Bonnie Lass die Momente festhalten konnte, um sie später auf Leinwand zu verewigen. Wie befürchtet, hing seine alte Fransenlederjacke an ihr wie ein Sack. Doch selbst das tat ihrer natürlichen Schönheit keinen Abbruch. Lou liebte die Fransen, die im Fahrtwind tanzten mindestens genauso wie das mystische Spiel des Lichts. Tatsächlich hätte er nie gedacht, dass er je jemanden finden würde, der dieses Gefühl kannte und mit ihm teilte. Wenngleich ihm nicht immer klar war, wegen was sie ständig anhielten.

Sah er dann jedoch durch das Objektiv ihrer Kamera, hörte ihre sich vor Glück überschlagende Stimme erklärend an seinem Ohr, gelang es ihm, mit ihren Augen zu sehen. Tatsächlich war er zu Anfang sogar eifersüchtig auf sein Baby, seine Maschine. Lous Finger strichen mit solcher Intimität, solcher Zärtlichkeit den Waffengurt seines Vorfahrens entlang und zurück über die Brosche am Tankdeckel, dass er wünschte, es wäre sein eigener Körper, den sie liebkoste.

Um das Besucherzentrum machten sie einen Bogen, stattdessen fuhr er mit Lou auf einen weniger besuchten Parkplatz unterhalb der Three Sisters of Glen Coe. Auf einer Holzbank setzten sie sich. Bei einem kleinen Wee dram Whisky und Steakpie sowie Shortbread zum Nachtisch tat er das, was er nur noch bei den Bustouren tat. Er gab für Lou den privaten Guide. Unerwartet bereitete ihm dies sogar richtig Freude. Lou kannte die traurige Geschichte von Glen Coe bereits, dennoch klebte sie förmlich an seinen Lippen.

Sie hatte eine besondere, ganz eigene Art mit ihm Dinge zu erörtern. Es waren nicht die Fragen, wie so etwas Schreckliches überhaupt passieren hatte können. Vielmehr die Fragen, wie die Überlebenden überhaupt aus diesem Tal herausgekommen waren, die sie von ihm wissen wollte. Als sie Edinburgh erreichten, war es bereits später Abend.

Anstatt gleich in die Old Town zu fahren, wo ihre Wohnung für diese Nacht auf sie wartete, fuhr er die Princess Street entlang bis ganz hinauf zum Calton Hill. Streng genommen war das natürlich nicht erlaubt. Aber der unumstrittene Vorteil eines einstigen Guides waren die Schleichwege. Es gab keinen schöneren Anblick auf Edinburgh als vom Calton Hill aus, sah man mal vom Arthur's Seat ab.

Allerdings kam dieser nicht infrage, brauchte man doch eine ganze Weile Zeit, um ihn zu Fuß zu bewältigen. Edinburgh glich einem Meer aus Lichtern, die sich bis zur Burg erstreckten. Während man auf der anderen Seite aufs Meer und den Firth of Forth sah. Selbst um die späte Uhrzeit war es hier oben nicht ruhig. Pärchen betrachteten händehaltend den wundervollen Ausblick. Kleine Gruppen von jungen Menschen erklommen das unfertige Denkmal der Akropolis. Von irgendwoher drangen Gitarrenklänge an seine Ohren.

„Edinburgh schläft wohl nie, oder?", flüsterte Lou an seinem Ohr.

„Nein, nicht wirklich. Komm, mo chridhe. Lass uns zur Wohnung fahren und im Anschluss was essen gehen, bevor du mir vom Fleisch fällst", witzelte er.

Ihre Wohnung lag unmittelbar neben der Royal Mile in einer der Closes. Sie hatten es jetzt kurz nach 21 Uhr und noch immer herrschte reger Betrieb in der Old Town. Über die North Bridge bog er kurz auf die Royal Mile, um diese dann über die Cockburn Street zu verlassen und von der Market Street über die St. Giles Street wieder zurück auf die Royal Mile, die hier auch High Street hieß, zu gelangen.

Von dort aus bogen sie in die Borthwick's Close ab, in der im fünften Stock Patricks kleine Zweizimmerwohnung lag.

„Das hier ist eine sogenannte Close, die habe ihren Namen daher, weil man sie mit Toren oder Gittern abschließen konnte. Die Wynds hingegen konnte man nicht abschließen", erklärte er Lou, die sich einmal mehr die Lippen zu einem stummen O geformt in dem beeindruckenden Hinterhof umsah.

„Irgendwie schön und doch beklemmend", erwiderte sie, den Kopf in den Nacken gelegt nach oben blickend.

„Aye. Dabei standen die Häuser früher noch viel enger beieinander. Wenn wir damals im fünften Stock wohnen hätten müssen, Lass. Das wäre weder romantisch noch angenehm gewesen." Lou im Schlepptau klingelte er bei Patricks Nachbarin, die seinen Schlüssel für ihn aufbewahrt hatte.

„Wenn ich mir vorstelle, dass ich jeden Einkauf hier hochschleppen muss …"

„Aye. Stell dir vor, dass wir spätestens ab dem vierten Stock keine Steinstufen und keine gemauerten Wände, sondern Holz um uns herum hätten. Dann weißt du, wieso im 18. Jahrhundert die meisten Bewohner Edinburghs durch einstürzende Häuser getötet wurden."

„Nicht wahr!", stieß Lou schockiert aus.

„Ich fürchte doch. Außerdem hatte Edinburgh nicht umsonst den bei Namen Old Smelly. Das kam vom bestialischen Gestank, den man bereits von Weitem roch."

Nach mehrmaligem Rütteln bekam er endlich die Tür, deren Holz sich vermutlich durch Feuchtigkeit etwas verzogen hatte, zu Patricks Wohnung auf. Die Wohnung war zwar mit zwei Zimmern, einem winzigen Bad und einer kleinen Küche nicht gerade groß. Dafür war sie jedoch gemütlich eingerichtet und mit den vielen Fenstern am Tag vermutlich lichtdurchflutet. Den nicht gerade malerischen Blick in den Hinterhof machte die zauberhafte Aussicht direkt auf die Royal Mile auf der anderen Seite mehr als wett.

Patrick hatte Wort gehalten. Die Wohnung schien Lou ihrem Gesichtsausdruck zu beurteilen zu gefallen. Alasdair war ein Stein vom Herz gefallen, als sie Patricks Reich betreten hatten und dieser weder leere Pizzaschachteln noch den Müll von Wochen hinterlassen hatte. Sein alter Freund schien gerade eine neue Freundin zu haben. Anders konnte sich Alasdair den Wandel des Oberchaoten nicht erklären. Sogar der Kühlschrank war prall gefüllt. Auf einem Zettel, der seinen Name trug, fand er die Bestätigung für die Tour durch die Southstreet Vaults, die er über Patricks Beziehungen kurzfristig bei Mercat Tours buchen hatte können.

Nachdem sie sich beide kurz erfrischt hatten, machten sie sich auf den Weg zu Edinburghs ältestem Pub. The Worlds End, der sich am Ende der Royal Mile befand und in dem er einen Tisch für zwei reserviert hatte. Obwohl so viel der Old Town ihn an sein früheres Leben an der Seite von Felicitas erinnerte, verspürte er zum ersten Mal seit Langem keinen Ärger oder Trauer, wenn er an diese alten Zeiten dachte.

Statt sich unwohl zu fühlen, war ihm, als blühte er mit jedem Lächeln und jedem begeisterten Laut seitens der Frau an seiner Seite selber auf. Ihm war, als könne er Bäume ausreißen. Noch immer waren diverse Straßenkünstler unterwegs, bei denen sie hier und da anhielten, um zuzusehen. Immer wieder erklärte er Begebenheiten der Altstadt, verzückt darüber, dass seine Bonnie Lass geradezu gebannt an seinen Lippen hing. Er war dankbar über den kalten Wind, der die Old Town hinauffegte, sorgte er doch dafür, dass Lou sich Schutz suchend in seine Umarmung schmiegte.

Viel zu schnell kam der Pub in Sicht und sie tauchten in die urige Atmosphäre von Livemusik, dunklem Holz, Whisky und lauten Gesprächen ein. Die Fish & Chips machten ihren mehrfachen Auszeichnungen alle Ehre und sorgten neben dem süffigen Bier des Hauses sowie dem ein oder andern Whisky für beste Laune. Rechtzeitig zum Beginn der Gruseltour fanden sie sich bestens gestärkt beim Marcet Cross, dem früheren Marktplatz, an der St. Giles Kirche ein.

„Was für ein schöner Tag", flüsterte Lou Alasdair glücklich zu. Er hatte beide Hände unter seinem Kopf und lag entspannt auf dem Rücken in ihrem gemeinsamen Bett für diese Nacht. Fast bildete sie sich ein, sein Lächeln im Halbdunkel des Zimmers sehen zu können. Gut gestärkt hatten sie an der Gruseltour durch die Southstreet Vaults teilgenommen, wo sie ganz nebenbei einiges Interessantes über die Altstadt Edinburghs sowie seine Bewohner erfahren hatten. Auf die gruseligen Geschichten hätte sie allerdings getrost verzichten können. Dummerweise war ihr Englisch nach der Zeit, die sie bereits ihn Schottland war, um einiges besser geworden, was sie nicht zuletzt Alasdair zu verdanken hatte.

Sie hatte mehr verstanden, als ihr zuträglich gewesen war. Natürlich war ihr dabei nicht entgangen, wie sehr ihr Schotte es genoss, im schummerigen Kerzenlicht der Vaults ihren Beschützer zu geben. Seine Absicht war aufgegangen, denn sie hatte sich an ihn geklammert, als ginge es um Leben oder Tod. Das sie im Dunklen nicht gut sehen konnte, war ihr dabei ebenso wenig zugutegekommen wie der Umstand, dass der Boden vor Stolperfallen nur so strotzte.

Jetzt lagen sie beide völlig erschöpft in einem mehr als bequemen Bett. Dennoch fand sie keinen Schlaf. Lous Gedanken waren damit beschäftigt zu überlegen, wie sie Alexander den neuen Mann in ihrem Leben erklären sollte. Ja sie hatte sich entschieden. Nur machte das den Schnitt, den sie nun in ihrem Leben machen musste, nicht einfacher. Wie würden ihre Kinder auf eine anstehende Scheidung reagieren?

Seufzend legte sie ihren gedankenschweren Kopf auf Alasdairs Arm ab.

„Was ist los, mo chridhe? Gruselst du dich noch immer oder zerbrichst du dir bereits dein hübsches Köpfchen über die Dekoration der Hochzeitstorte, die wir beide übermorgen zu meistern haben?“, raunte Alasdair hörbar belustigt in ihr Ohr, um ihr im Anschluss zärtlich einen Kuss auf den Scheitel zu geben.

„Hmm“, wich sie ihm aus. „Genau in der Reihenfolge.“

Ein Albtraum nimmt seinen Lauf

Der nächste Morgen begann mit dem Duft von Eiern mit Speck, der ihrer Nase schmeichelte. Nachdem sie mit gesundem Appetit gefrühstückt hatten, zeigte Alasdair Lou sein Edinburgh. Gemütlich schlenderten sie händchenhaltend durch die Gassen. Erkundigten etliche malerische Hinterhöfe. Sahen sich das Castle von außen an und begutachteten die Webstühle in der Tartan Weaving Mill, wo sie eines der typischen Touristenfotos machen ließen, bei denen man in Klettverschluss versehene Highlandertracht gesteckt wurde.

Noch waren verhältnismäßig wenige Touristen unterwegs. Dort passierte es das erste Mal. Lou war gerade dabei, sich ein Schultertuch in Alasdairs Tartan, dem Munro Tartan, näher anzusehen, um es später käuflich zu erwerben, als sie aus den Augenwinkeln einen schlanken jungen Mann ausmachte, der sie anzustarren schien. Sie erwiderte diesen Blick gerade so lange, dass sie ebenso wie der junge Mann erschrocken zurückwich.

Lou war, als würde sie ihren rasenden Puls hören. Was passierte hier gerade? So schnell konnte Alexander doch nun wirklich nicht herausgefunden haben, wo sie sich befand! Dennoch war das eindeutig das Gesicht ihres jüngsten Sohns gewesen. Zitternd lehnte sich Lou hinter eines der großen Stoffregale, argwöhnisch beobachtet von ihrem Schotten.

„Was ist los, Lass? Du siehst aus, als hättest du ein Gespenst gesehen."

„Ich … äh … nein. Himmel, nein. Mir war nur kurz schwarz vor Augen, der Kreislauf", stotterte sie entschuldigend, während sie den Arm um Alasdairs Hüfte schlang, um ihn mit sich weiter zuziehen.

Vielleicht war es ja gar nicht Philipp gewesen, versuchte sie sich einzureden. Andererseits hätte sie Philipps hellbraune mit Gel zu Stacheln geformten Haarschopf überall erkannt. Sie wusste schließlich ganz genau, wie ihr eigener Sohn aussah. Zudem war sie sich sicher, dass Philipp sie, der neuen Haarfarbe samt Frisur zum Trotz, ebenfalls erkannt hatte.

Wie kam er nach Edinburgh? Und wenn er da war, wo war dann Alexander? Sie mussten hier raus, bevor sie beide entdeckt wurden. Verflucht. Sie war noch nicht soweit, um es auf eine Konfrontation der beiden Männer ankommen zu lassen. Nicht hier und nicht jetzt! Wenn sie nur daran dachte, wurde sie regelrecht panisch. Alexander war ein Choleriker und Alasdair musste bei seiner Kraft lediglich einmal ausholen, um ihren zukünftigen Exmann K. O. zu schlagen.

Was für eine chaosbringende Konstellation! So schnell es ging, ohne Alasdairs Aufmerksamkeit zu erregen, brachten sie den Rundgang zu Ende. Beim Zahlen ihres Schultertuchs standen ihr Schweißperlen der Angst auf der Stirn. Weitere zweimal bildete sie sich ein, den Haarschopf ihres Sohnes zu sehen, bis sie endlich im Strom der Touristen auf der Royal Mile untertauchten. Auf der Höhe von Gladstone Land entgingen sie nur ihres beherzten Handelns wegen dem Blick ihrer Sprösslinge, von denen zumindest einer suchend die Straße entlangblickte.

Verdammt, Richard war auch mit dabei.

„Du hättest mir auch einfach sagen können, dass dich dieses alte Wohnhaus interessiert, mo chridhe. Wobei ich nichts gegen deine leidenschaftlichen Küsse einzuwenden habe, noch nicht mal, wenn du mich einfach mit deinem sexy Körper hier hereinschiebst. Allerdings hätte ich auch nichts gegen einen dunklen Hinterhof gehabt.", raunte er, die Hand liebkosend um einer ihrer Pobacken gelegt.

Sie schenkte ihm ein sarkastisches Lächeln und wand sich

dem Mädchen an der Kasse zu, um ihren Eintritt zu zahlen.

„Auf eine beschissenere Idee hätte unser Alter gar nicht kommen können. Er weiß weder wo Mutter ist, noch hat er eine Ahnung, wie scheiß langweilig dieses elendige Edinburgh ist. Hätte ich nur nicht auf dich gehört. Ich könnte noch im bequemen Hotelbett liegen!"

Philipp ignorierte das Gejammer seines Bruders. Eben hatte er die Frau mit dem großen muskulösen Mann aus den Augen verloren. Sie war es gewesen. Er war sich hundertprozentig sicher. Die Frau mit den kurzen Haaren, Haaren in seiner eigenen Farbe, war seine Mutter gewesen. Er war sich mehr als sicher, auch wenn er weder ihr Aussehen noch den fremden Mann an ihrem Arm mit seinem Gewissen in Einklang brachte. Seine Mutter ging fremd, so wie sein Bruder und sein Vater es behauptet hatten. Hätte er nicht gerade eben erst mit eigenen Augen gesehen, wie seine Mutter diesen Fremden geküsst hatte, würde er es nach wie vor nicht glauben.

Natürlich wusste er von den Problemen in der Ehe seiner Eltern. Er war schließlich 17 Jahre alt und nicht unwissend. Keiner der Eltern seiner Schulfreunde hatten getrennte Schlafzimmer. Er würde seine Mutter zur Rede stellen. Würde eine Erklärung von ihr verlangen. Er hatte bei Weitem keine Probleme mit einem neuen Mann. Aber heimlich still und leise sich einen Liebhaber zuzulegen, das passte gar nicht zu seiner Mutter. Aber das konnte er nur tun, wenn weder sein Bruder noch sein Vater mit von der Partie waren.

Das Einzige was ihm jetzt blieb, war Schadensbegrenzung zu betreiben. Er musste dafür sorgen, dass sie nicht ausgerechnet Richard begegneten. Statt ihnen ins Gladstone Land zu folgen, überredete er seinen Bruder in den Holyroad Palace zu gehen. Im Anschluss würden sie ihr Mittagessen einfach im Hotel einnehmen. Dort war die Chance sicherlich am geringsten, ihnen erneut über den Weg zu laufen.

Der Tag in Edinburgh verging viel zu schnell. Von einem Hopp on Hopp off Bus aus sahen sie sich die meisten Sehenswürdigkeiten an, wenngleich sie auf die Ohrstöpsel für die akustische Tour verzichteten. Lou liebte es, dem sichtbar vergnügten Alasdair und seinen Geschichten über die Stadt, die er liebte, zu lauschen. Auch wenn sie ihn beim Ausmalen der grausigen Details bremsen musste. Zu ihrem Glück begegneten sie keinem ihrer Kinder mehr.

Am späten Nachmittag besuchten sie Patrick im Hotel, in dem er arbeitete, um sich bei ihm zu bedanken. Alasdairs Freund war ein ziemlich hibbeliger kleiner Kerl, der kaum ruhig stehen konnte. Augenscheinlich besaß er indische Wurzeln. Er war Lou sofort sympathisch. Auf dem Weg zum Aufzug, der sie von der Rezeption im ersten Stock wieder zum Ausgang bringen sollte, passierte es. Just als sie im Begriff waren, in den Aufzug einzusteigen, stieg Richard aus.

Ihr ältester Sohn war jedoch so mürrisch und übel gelaunt, dass er sie keines Blickes würdigte. Dennoch war Lou geistesgegenwärtig hinter Alasdairs breitem Rücken in Deckung gegangen. Dummerweise nutzte ihr das nicht wirklich viel, da sie im Inneren des verspiegelten Gefährts direkt in Philipps Arme gelaufen waren.

„Hallöchen, Mama!", sprach er sie mit einem unverschämten Grinsen an, das zu sagen schien: *Jetzt hab ich dich in flagranti erwischt!*

Alasdairs Augen wanderten abwechselnd fragend von ihr zu ihrem Sohn. Das schrille Pling des Aufzugs kam ihr wie die Rettung aus dieser misslichen Situation vor.

„Ich ruf dich an, Flipp. Vertrau mir!", murmelte sie und zog den verblüfften Alasdair im Eiltempo aus dem Hotel hinaus.

„Was war das? Oder sollte ich lieber fragen, wer war das?"
Alasdair blieb direkt vor dem Hotel stehen. Sah sie auf eine
Erklärung wartend an. Ausgerechnet ihr musste das passieren. Als ob es nicht Hotels wie Sand am Meer in Edinburgh
geben würde.

„Kann ich dir das bitte später erklären? Nicht hier, bitte",
presste sie so beherrscht wie es ihr noch möglich war heraus.
Ohne auf ihren Schotten zu warten, lief sie bereits in die
Richtung, aus der sie gekommen waren, los.

„Was ist denn auf einmal los mit dir, Lou? Der junge Bur-
sche sah dir verdammt ähnlich …"

Lou spürte, dass er sie abwartend beobachtete und mit ihr
Schritt hielt, obwohl sie nicht hatte verhindern können, dass
sie in eine Art Stechschritt verfallen war. Mit einem „Hey,
Lass!", hielt er sie an ihrem Arm fest, bremste sie aus. „Wir
verpassen keinen Bus, noch sonst etwas. Ich glaube wir
müssen reden und zwar jetzt!" Er zog sie zu einer Parkbank,
die unter mehreren Bäumen stand.

Sie nahmen Platz, sahen kurz den vielen Passanten zu, die
geschäftig die South Bridge hinaufeilten.

„Ich höre", sagte er und legte dabei beruhigend eine Hand
auf ihren Oberschenkel.

„Der Junge war mein jüngster Sohn, Philipp. Vielleicht er-
innerst du dich an den kleineren dunkelhaarigen jungen
Mann, der so mürrisch dreinschaute? Er hat vor uns den
Aufzug verlassen. Nun, das war mein ältester Richard."

Alasdair sagte nichts, sah sie nur mit einem ausdruckslosen
Blick an, den sie nicht zu deuten wusste.

„Du weißt, dass mein Mann, nun ja, nennen wir es vermö-
gend ist. Ich schätze, er hat einen Detektiv auf mich angesetzt. Vermutlich haben sie über die Fluggesellschaft herausgefunden, welche Leihwagenfirma ich gebucht habe. Dass

ich in Schottland bin, war kein Geheimnis. Ich nehme an, dass Alexander meine Jungs nach Edinburgh geschickt hat, um zu reagieren, wenn der Detektiv meinen Aufenthaltsort herausgefunden hat. Ich hab dir nichts verheimlicht, Al. Nichts verschwiegen. Ich hatte einfach nur die Hoffnung, dass mich Alexander selbst entscheiden lässt, was ich tue …"

Alasdair rieb sich über das Gesicht, wirkte plötzlich auf eine Art müde und zweifelnd, die ihr nicht behagte. „Aye. Louise. Es ist wahr. Du hast mir nichts verheimlicht und nichts verschwiegen. Ich hätte mir nur mehr Zeit mit dir gewünscht. Wirst du … ich meine, wirst du …"

Es gelang ihm nicht, das Wort auszusprechen, vor dem es sie scheinbar beide grauste. „Gehen?", vervollständigte sie seinen Satz kaum hörbar. Lou versuchte, tapfer zu lächeln. Klopfte aufmunternd auf sein Bein.

„Aye. Gehen. Es muss wohl sein." Die Melancholie in seiner Stimme brachte sie fast zum Weinen.

„Natürlich muss ich gehen. Aber das heißt doch noch lange nicht, dass ich nicht zurückkomme!" Das war ihre Chance. Jetzt hätte sie ihm sagen müssen, dass ihre Scheidung bereits in die Wege geleitet war. Doch irgendetwas hielt sie davon ab.

„Du könntest deinen nächsten Urlaub hier verbringen …", hob er an.

„Meinen Urlaub? Alasdair, für wen hältst du mich?" Wieso sollte sie ihren Urlaub hier verbringen, wenn sie ihr Leben bei ihm verbringen wollte? Sein Anblick glich einem geprügelten Hund. Warum waren Männer nur so schwer von Begriff? Weshalb konnte er ihr nicht glauben, dass sie zu ihm zurückkam und zu keinem sonst?

„Lass uns einfach über etwas Erfreulicheres reden, bitte, Lou!", wiegelte er ab. Wie konnte ein gestandener Mann mit so einem Charisma, solch einer Ausstrahlung nur so ein mickriges Selbstvertrauen besitzen? Frustriert schloss Lou für ein paar Sekunden die Augen. Überlegte, wie sie ihm ihre Gefühle für ihn begreiflich machen konnte. Ausgerechnet du fragst nach einem Warum? Bist nicht du selbst die Frau mit dem Selbstbewusstsein einer Schnecke? Verkriechst du dich nicht selbst ständig, um nicht aufs Neue verletzt oder betrogen zu werden? Du weißt doch ganz genau, wie es sich anfühlt, wenn man Nähe und Geborgenheit nur aus Büchern kennt. Wenn man im wahren Leben am langen Arm verhungert vor Sehnsucht nach Liebe! Alasdair straffte neben ihr die Schultern, zog sie mit festem Griff an sich. „Komm mit, Lou. Ich will die wenige Zeit ausgiebig genießen, die wir noch zusammen haben!"

Eine Hochzeit mit Hindernissen

Nach einem wunderschönen Ausklang auf Alasdairs Motorrad in der sagenhaften Kulisse der Highlands und einer recht kurzen Nacht begann der Morgen sehr früh. Sie hatte bei Alasdair übernachtet, um sich seiner Nähe bewusst zu sein. Aber auch weil sie wusste, was für ein anstrengender, langer Tag auf sie beide wartete. Alasdair war bereits lange vor ihr in der Backstube verschwunden. Sie hingegen schnappte sich ihr Smartphone und kletterte aufs Vordach der Veranda, um endlich das längst überfällige Gespräch mit ihrem Jüngsten in Angriff zu nehmen.

Die Luft war erfüllt von Vogelgezwitscher, raschelndem Herbstlaub und dem fröhlichen guthörbaren Pfeifen, welches vermutlich von ihrem Schotten stammte. Der Himmel war grau, kündigte einen baldigen Regenschauer an. Das Gespräch mit Philipp verlief ruhig und gesittet. Leicht fiel es ihr jedoch nicht, ihrem Sohn zu erklären, dass sie sich von Alexander würde scheiden lassen. Wenigstens versprach Philipp, es ihr zu überlassen, mit Richard und Alexander zu reden, was mehr war, als sie erwartet hatte. Für den Moment verspürte sie eine gewisse Erleichterung.

Alasdair war gerade dabei, die verschiedenen Stockwerke, es waren immerhin ganze vier Stück, der Hochzeitstorte aufeinanderzusetzen. „Du kommst gerade richtig, Lass", empfing er sie mit einem Strahlen, das über beide Wangen zu gehen schien. Er warf ihr einhändig eine der Schürzen zu, die sie sich wie selbstverständlich umband.

Er hatte das Marzipan bereits für sie vorgeknetet sowie verschieden farbig eingefärbt. Sie brauchte nur noch mit dem Formen zu beginnen, was sich als schwerer herausstellte, als sie gedacht hatte. Ständig drifteten ihre Blick zu dem Mann, dessen unrasierte Wangen bereits wieder Mehlstaub zierte. Hier in dieser Backstube an der Arbeitsfläche auf der sie sich alle Mühe gab, Marzipanblüten zu formen. Hier hatte letztendlich alles seinen Anfang genommen. An Alasdairs roten Ohren aber gleichfalls auch an den Blicken, die er ihr immer wieder zuwarf, konnte sie sehen, dass es ihm nicht anders erging als ihr. Die vom Marzipan geschwängerte Luft rief Erinnerungen wach, die ihr ebenfalls die Wangen zart rot färbten. Keinesfalls fehlte es ihnen an der nötigen Stimmung, wohl aber an Zeit. Es gab an diesem Morgen einfach noch viel zu viel zu tun.

Einige Stunden später holte er Lou, herausgeputzt mit seinem besten Kilt nebst allem, was dazu gehörte, vor seinem Cottage ab. Gott sei Dank hatte er es sogar noch fertig gebracht, mit dem Jeep durch die Waschanlage zu fahren. Seine Bonnie Lass sah aus wie eine Fee. Ihr rotes Kleid passte farblich wunderbar zu dem Schultertuch im Munro Tartan, welches sie in Edinburgh erstanden hatte. Vor der kleinen Dorfkirche hatten sich bereits alle Bewohner des Ortes sowie die geladenen Hochzeitgäste versammelt.

Nicht nur er konnte sich nicht an Lous Anblick sattsehen. Seine Freunde schenkten der Frau an seinem Arm größere Beachtung, so schien es ihm, als der strahlenden Braut selbst. Er hatte ihr eine Ansteckblüte aus dem Stoff seines Tartans geschenkt, welche jetzt ihr entzückendes Dekolleté zierte. Die Trauung in der winzigen Dorfkirche, gefolgt vom anschließenden Handfasting unter der großen Linde, war malerisch gewesen. Immer wieder warf er Lou einen Seitenblick zu, freute sich über die Tränen der Rührung in ihren Augen. Im Stillen fragte er sich, wie es wohl wäre, wenn jetzt er und Lou an Stelle von Cormack und Emily stünden. Wenn sie beide es wären, die sich so innig vor aller Augen als Mann und Frau küssten. Seid Edinburgh hatte er Panik, dass sie auf einmal weg war.

Nichts und niemand konnte zwischen einer richtigen Mutter und ihren Kindern standhalten. Daran gab es keine Zweifel, zumindest nicht wenn diese Mutter Lou war. Es war die gleiche bedingungslose Liebe, die auch er für Grace empfand. Wie hätte er ihr da Vorwürfe machen können? Ärgerlich schob er die finsteren Gedanken beiseite.

Die Hochzeitstorte war zauberhaft geworden. Mit Lous Hilfe war ihm wahrlich ein Meisterwerk gelungen. Die Lobpreisungen vom Brautpaar sowie den Gästen waren ihm fast schon peinlich. Selbst das Wetter hatte ein Einsehen gehabt, wartete nach einem kurzen Regenguss mit freundlichen Sonnenstrahlen sowie einer lauen Brise auf. Optimale Bedingungen, um im großen Festzelt, welches er mit seinen Freunden von der Freiwilligen Feuerwehr aufgebaut hatte, zu feiern. Allen voran seiner Mutter Marge sowie den Frauen des Dorfes war eine hübsche Dekoration aus verschiedensten Blumen und Blüten gelungen, bei welcher auch Lou involviert gewesen war. Langsam wunderte ihn an dieser Frau nichts mehr.

Gut, ihre Kochkünste waren katastrophal und sie hatte einen ziemlichen Hang zum Tollpatsch. Andererseits konnte sie sowohl mit Hammer und Nägeln wie auch mit Farbe und Pinsel umgehen. Außerdem war sie bisher die einzige Frau, die ihm bekannt war, die sich trotz Reichtum nichts aus Geld und Äußerlichkeiten machte.

Am späten Nachmittag, nachdem er ihr zwei Gläser Sekt verabreicht hatte, gelang es ihm sogar, sie zum Tanzen zu bringen. Dabei störte es ihn noch nicht einmal, dass sie ihm immer wieder auf die Füße trat.

„Ich hatte dich gewarnt, Mr. Schotte. Ich kann nicht tanzen", flüsterte sie kichernd in sein Ohr, nur um sich noch mehr an ihn zu schmiegen.

„Aye. Ich kann mich erinnern, Mistress. Es ist mir gleich, solange du deine Absätze unter Kontrolle hast!", zog er sie auf. Galant drehte er sie einmal aus seinem Arm und holte sie wieder zurück. Sie waren beide so vertieft, dass sie nichts von dem Tumult mitbekamen, der auf einmal losbrach.

Plötzlich fühlte er sich aus der Umarmung von Lou weggerissen. Ein Mann, den er irgendwo schon einmal gesehen hatte, funkelte ihn mit hochrotem Kopf zornig an. In schlechtem Englisch brüllte der Fremde: „Nimm sofort deine dreckigen Hände von meiner Frau!"

Lous Gesicht wurde aschfahl. Ihr Lächeln gefror zu einer Maske. Er hob in einer Geste die beruhigend wirkend hatte sollen die Hände. Leider nützte dies nichts. Fast als würde er das Geschehen von außerhalb betrachten, hörte er sich laut und deutlich sagte: „Ganz ruhig, Mister. Benehmen wir uns doch bitte wie Erwachsene!"

Wie im Zeitraffer sah er dann die Faust des Fremden kommen, die ihn treffen hatte sollen und Lou traf, die sich jäh wie eine Furie zwischen sie beide warf. Durch die Totenstille, die für eine kurze Zeit geherrscht hatte, schrien Gäste durcheinander, Blut spritzte. Lou weinte.

Alasdair wurde von ihr weggerissen. Es gelang ihm nicht, sich um sie zu kümmern. Panik breitete sich in ihm aus.

„Lou. Louise!", brüllte er voller Sorge, schlug um sich. Jäh fand er sich in mitten einer Schlägerei wieder. Er konnte Lous Söhne sehen, die ebenfalls in die Schlägerei verwickelt waren. Der Herr im Himmel sei ihm gnädig. Er war dabei, die Hochzeit seines besten Freundes zu ruinieren, und hatte keinen Schimmer, wie er aus dieser Misere wieder herauskam. Vergeblich versuchte er, den Schlägen auszuweichen und selbst so wenig wie möglich auszuteilen. Mehrmals wich er Lous Söhnen aus, um ja nicht der zu sein, der sie K. O.

schlug. Leider war ein Entkommen gänzlich unmöglich. Glas zersprang. Holz zersplitterte. Es tobte das Chaos.

Irgendwann nach einer gefühlten Ewigkeit gelang es ihm, Lous jüngsten Spross aus dem Pulk der kämpfenden Männer mit sich in Sicherheit zu ziehen.

„Hast du das gesehen, Barb? George Clooney hat sich mit Alasdair um seine Frau geschlägert!", vernahm er aus einem Kreis voller schaulustiger Frauen, die interessiert die Schlägerei beobachteten.

„Wirklich. Ich sollte George Clooney sagen, dass er mich mitnehmen kann, Cleo!"

„Ich bin mir sicher, George mag Frauen um die achtzig besonders gerne, Barb. Du hast Erfahrung!"

Schallendes Gelächter war zu hören.

„Haben wir das dir zu verdanken, Jungchen!", knurrte er Lous jüngsten Sohn an, während er sich dabei mit dem Ärmel das Blut aus dem zerschlagenen Gesicht wischte.

Der Junge hob beschwichtigend die Hände in die Luft.

„Ich habe kein Wort gesagt, Mann. Die Detektei hat Mutters Kreditkartenrechnungen überprüft ... ist dabei auf ihren Namen gestoßen, Munro. Mein Vater ist im Privatjet eines Freundes hergekommen. Ich habe nichts damit zu tun. Lassen sie mich los."

Widerwillig nickte er, nahm die Finger vom Hemdkragen des Jungen.

„Es tut mir wirklich leid, okay. Ich hab alles versucht, um meinen Vater und Richie aufzuhalten. Echt!"

„Ich glaube dir, Junge. Komm mit, du musst mir helfen!"

Den Jungen im Schlepptau, gelang es ihm, Cormack, seinen Vater und einige der Frauen zu organisieren, mit deren Hilfe er den Feuerwehrwagen vom Gerätehaus holte, den Schlauch ausrollte und an dem Hydranten neben der Kirche anbrachte. Die Dekoration am Tanzboden sowie die hinteren Tische waren so oder so schon ruiniert. Da kam es auf Wasserschäden wahrlich nicht mehr an. Schließlich brachte ein gezielter Wasserstrahl die Schläger binnen Sekunden auseinander.

„Was bin ich froh, dass die Hochzeitsbilder schon im Kasten sind!", merkte Cormack an und klopfte ihm lobend auf die Schulter.

„Samt deiner Trauung", ergänzte Alasdair trocken, wies mit dem Kinn auf den Pfarrer, der just aus dem Berg der Männerkörper hervorkam, indem er dem Aussehen nach mächtig mitgemischt hatte. Dann besann sich Alasdair.

„Lou. Louise?", rief er in den Raum.

„Hier hinten!", erklang es unter einem der nicht zerstörten Tische. Ohne Rücksicht bahnte er sich einen Weg zu ihr. Er atmete erst wieder auf, als er sie unter den stark lädierten Überresten des Tisches hervorgezogen hatte. Sanft tastete er ihren Körper ab.

„Braucht ihr mich?" Doc Carneby tauchte neben ihnen auf. Sah Lou fragend an.

„Danke, Doc. Ich verzichte für dieses Mal! Aber falls sie eine der großen Monsterspritzen dabei haben, vielleicht mit einem Betäubungsmittel? Da wäre ein Kerl der aussieht wie George Clooney. Der könnte diese Spritze gut vertragen", knurrte seine Bonnie Lass sarkastisch.

Vorsichtig fuhr er ihr mit dem Hemdärmel über ihre geschwollene Lippe, wischte ihr das Blut von der Wange. „Bist du dir sicher?"

„Wegen der Spritze oder wegen dem Tierarzt?"

Das Lachen, das in ihm empor wallte, schluckte er beim Anblick ihres Gesichtes wieder hinunter. So sah Lou also aus, wenn sie ernsthaft sauer war. Neben ihm zuckte ihr jüngster Sprössling zusammen.

„Dein Jüngster kann nichts dafür, Lass", hörte er sich den

Jungen verteidigen.

„Wirklich, Ma. Ich habe kein Wort von unserem Telefonat erwähnt!"

„Schon gut, Flipp. Ich glaube dir!" Und an ihn gewandt: „Ich möchte, dass du die Hochzeit deines Freundes rettest, Al. Ich schätze, ich habe noch Einiges zu klären!"

Sie küsste ihn sanft, wandte sich zum Gehen. „Ach, Al. Egal was jetzt passiert. Ich möchte, dass du an das denkst, was ich dir gesagt habe!"

Mit all deinen Farben, wie du bist!

Am nächsten Tag war sie einfach verschwunden. Weggegangen, ohne sich von ihm zu verabschieden. Weder konnte er ihren Anblick am Vortag vergessen, noch ihre Worte. Alles, was ihm Halt gegeben hatte, alles, was ihn vervollständigt und bewegt hatte, war weg. Ausgelöscht von jetzt auf gleich. Es schien ihm, als hätte sein Leben alle Farbe verloren. Er arbeitete, trank und schlief. Jeden verdammten Tag. Um das Cottage machte er einen großen Bogen. Wieder war dieses Haus nur mit schlechten Erinnerungen gefüllt.

Nach einer Woche kam die erste Postkarte aus Deutschland. Er ignorierte sie. Was gab es Mieseres, als einen Abschied per Postkarte? Er fühlte sich dem nicht gewachsen. Welchen Grund hätte er auch, ihren Entschuldigungen zu glauben. Louise hatte ihn verlassen. Seine Bonnie Lass hatte ihn sitzen gelassen. Ihm war, als wäre von seinem Herz nichts mehr übrig, als irreparable Trümmer.

Nach einer weiteren Woche mit einer weiteren Postkarte für ihn und einer für Grace, lockte ihn Marge unter dem Vorwand, das Dach wäre leck, in sein Cottage. Mit seiner Mutter war in dieser Hinsicht nicht zu spaßen. Schweren Herzens und unter reichlich Alkoholeinfluss öffnete er die Tür. Verdammt, das musste ein ganz schön großes Loch im Dach sein. Denn der Wind hatte ziemlich viele Rosenblätter in den Flur geweht. Seltsam. Eigentlich blühten die Rosen, die um das Cottages herum im Garten wuchsen, schon lange nicht mehr.

Beunruhigt folgte er der Blütenspur bis ins Wohnzimmer und erstarrte. Ungläubig rieb er sich die Augen, konnte nicht begreifen, was er sah. Die Wände waren tapeziert mit kleinen

Post-its, in den unterschiedlichsten Farben, welche sich mit Holzkohle und Pastellkreide Zeichnungen abwechselten.

Es waren nicht die typisch schottischen Landschaften oder Sehenswürdigkeiten, die ihn zum Weinen brachten. Es war sein eigenes Gesicht, das ihn von jeder zweiten Zeichnung anstrahlte. Auf dem Couchtisch lag ein dicker Ordner, auf welchem ein Brief an ein gerahmtes Foto, einen Schnappschuss am Loch, auf dem sie beide wie verliebte Teens in die Linsen des Fotoapparates sahen, gelehnt war.

Zitternd bis ins Mark öffnete er den Umschlag.

Liebster Al,

erinnerst du dich noch daran, wie wir uns kennengelernt haben? Weißt du noch, wie du mich gefragt hast, warum ich mich in dich verliebt habe? Ich habe dir gesagt, weil du, du bist Alasdair. Du siehst mich. Nicht die reiche Ehefrau. Nicht die Künstlerin oder die Mutter. Du siehst mich. Ungeschminkt, mit all meinen Narben, allen meinen Fehlern. Du gibst mir das Gefühl, wieder Ich zu sein. Deshalb habe ich mich in dich verliebt!

Ich will keinen Urlaub in Schottland, du Narr.

Ich will DICH!

Als ich hier bei dir ankam, war ich eine gefrustete Mutter auf der Suche nach einem Romanhelden. Ich habe mich in deine Heimat verliebt und in einen Mann, der viel besser ist als alle Jamies, Mr. Darcys und Christian Greys dieser Welt!

Ich weiß, es wird dir nicht behagen, dass ich deine Rechnungen beglichen habe, ohne um deine Erlaubnis zu fragen. Und ja. Ich höre dich bereits schreien: Ich lasse mich doch nicht von meiner Frau aushalten! Keine Angst, ich halte dich nicht aus.

Du wirst, fürchte ich, den Rest deines Lebens jedes Pfund bei mir abarbeiten müssen. Wie du das tust, bleibt jedoch dir überlassen! Meine Scheidung ist eingereicht. Ich muss noch einige Dinge klären und habe eine Vernissage zu meistern, vor der mir graut. Lies die verdammten

Post-its und tu deinen Job!

Deine dich liebende Louise

Der Umschlag glitt ihm aus den Händen, die auf einmal nicht mehr aufhören wollten zu zittern. Etwas schlug mit einem leisen Pling auf dem Boden auf. Als wäre es das größte Geschenk auf Gottes Erde, lächelte er den Platinring mit dem großen Diamanten an, den er aufgehoben hatte. Lou hatte ihn abgenommen. Sie hatte ihren Ehering abgenommen und bei ihm in Schottland gelassen. Der Stein, der von seinem gequälten Herzen fiel, wog Zentner. Strahlend widmete er sich den einzelnen Post-its an der Wohnzimmerwand.

Da standen Dinge wie: Weil du genauso schnarchst wie ich selbst! Fragen die ihn zum Lachen brachten: Bekomme ich deine alte Lederjacke geschenkt, wenn ich bei dir bleibe? Neben: Ich liebe dich, weil ich bei dir nie mehr hungern muss. Schließlich kannst du ja kochen! Oder: Ich liebe dich, weil ich in deinen Armen beim Tanzen schwebe, obwohl ich nicht tanzen kann! Aber es gab auch Nachrichten wie: Wichtige Telefonnummern der Handwerker für die Renovierung der B & B Zimmer. Preis aushandeln! Solche wie: Wichtig! Inverness, Cullodenroad 17b, dein Motorrad abholen!, ließen ihn mit offenem Mund auf den Sesseln sinken.

Plötzlich hatte sein Leben wieder Farbe.

Deutschland

„Hör auf, dreinzuschauen wie drei Tage Regen, Lou." Debbie versuchte vergebens, sie aufzumuntern. Die Vernissage war ein großer Erfolg. Sie war der gefeierte Star des Abends. Trotzdem fühlte sie sich miserabel. Jeder wollte ihr die Hand schütteln, ihr zu ihren farbenfrohen, lebendigen Bildern gratulieren. Mehr als die Hälfte davon hatte bereits im Vorfeld einen Käufer gefunden. Zu allem Übel war auch Alexander aufgetaucht, in dessen Arm eine strahlende Konstanze, die in das Blitzlichtgewitter der Presse sah. Das alles würde sie schon irgendwie ertragen. So wie immer.

Gute Miene und Kopf hoch, auch wenn sie sich am liebsten übergeben hätte. Menschenmengen waren ihr einfach zuwider. Das sich Alasdair noch immer nicht gemeldet hatte, trieb sie fast an den Rand der Verzweiflung. Mit Tränen in den Augen sah sie zu der einzigen unverkäuflichen Zeichnung empor. In Körpergröße sah ein Schotte im Kilt, von einer 74 Knuckelhead Harley Davidson, auf sie hinab.

„Ich finde, du hast deinen Schotten ganz gut getroffen!", kommentierte Debbie ihren Blick.

„Woher willst du das den wissen, Deb. Du hast doch kaum ein Foto von ihm gesehen", erwiderte sie traurig.

„Wieso Foto? Er steht doch neben dir ..."

Bevor ihr das Champagnerglas aus der Hand fallen konnte, nahm Alasdair es ihr weg. Ohne es zu wissen, bestätigte er Debbies Aussage.

„Ich mag das Bild von mir, Lass. Du hast mich gut getroffen. Mit dem Original kann es allerdings nicht mithalten. Und ein Bild kann auch nicht das hier mit dir tun!"

Ehe sie sich versah, lag sie in seinen starken Armen. Vergessen waren alle Zweifel. Selbst das Applaudieren der Gäste und das Blitzlichtgewitter der Presse, die sich nun auf sie beide stürzten, machte ihr nichts mehr aus. Alles, was zählte, war Alasdair Munro und sie. Wo er war, war ihr Zuhause. Plötzlich war die Welt voller Möglichkeiten und voller Farbe!

Ende

MÓRAN TAING

Vielen Dank!

Liebe Leserinnen und Leser, ihr seid es, die meiner Fantasie Flügel verleiht. Dafür möchte ich euch von ganzem Herzen danken! Wenn es mir auch dieses Mal gelungen ist, euch mit meinem Buch zu unterhalten, würde ich mich freue, wenn ihr dieses Buch weiterempfehlt.

Natürlich würde ich mich auch über eine Rezension oder eine Nachricht auf meiner Facebookseite, bei Twitter oder per E-Mail (info@piaguttenson.de), sehr freuen!

Neuigkeiten, Termine zu Lesungen und Wissenswertes über Schottland findet ihr auf: www.piaguttenson.de oder auf www.piaguttenson.blogspot.de meinem **Schottland Blog.**

Eure Pia Guttenson

Tapadh leat!

Danke möchte ich auch Basil Wolfrhine sagen, für ein wundervolles Cover und die viele kostbare Zeit die er in meine Werke investiert.

Simone, danke für Wortverdreher und so manches passendere Wort.

Corinna, danke für offene Ohren, Gälisch, Ideen und großes Herz.

Ursula, danke für deine gälische Hilfe.

Marlon Baker, danke für Lektorat & Korrektorat sowie passendes Layout. Du hast meinem Buch einen tollen letzten Schliff verpasst!

Und natürlich ein ganz DICKES Danke an meine Familie, die wie bei jedem Buch etwas zu kurz kommt und trotzdem hinter mir steht.

Ich LIEBE Euch!

Glossar

Schottisch Gälisch/ Deutsch

Dearg Amadain / Vollidiot
A Dhia / O Gott
Cac / Scheiße
Daingead / Verdammt
A' gearmailteach / Die Deutsche
Òinsich / Blöde Ziege
Pog mo thon! / Leck mich am Arsch!
O mo chreach! / Um Gottes Willen! / Wörtlich: O mein Ruin
Lass bzw. Lassie / Mädchen/ mehrere Mädchen
Ladd bzw. Laddie / Junge/ mehrere Jungen
Bonnie / Schön
M'eudail / Schätzchen
Mo cridhe / mein Herz
Athair / Vater
Mac / Sohn
Mathair / Mutter

Máire Brüning

Roana

Roman

Ein Brief der alles verändert.

Eine Frau auf der Spur eines Vermächtnisses.

Zwei Männer zwischen Pflicht und Versuchung.

Auch als **ebook** erhältlich

Sizilien 1254.

Als ihr Onkel Gandar auf ungeklärte Weise verschwindet, brechen für Roana schwere Zeiten an. Sie setzt alles daran, um die Wahrheit herauszufinden. Wurde der Herzog von seinen Feinden entführt oder ist es sein gebrochenes Herz, das ihn endgültig am Leben verzweifeln lässt?
Roana wird bald klar, dass Eile geboten ist, wenn sie ihren Onkel lebend wiedersehen will. Ihr bleibt nur noch ein Ausweg. Sie muss Rafael um Hilfe bitten, einen Mann, dem man nachsagt, ein skrupelloser Mörder zu sein. Nichts ist jedoch, wie es scheint und Roana erkennt beinahe zu spät, in welchen Strudel aus Intrigen und Missgunst, Eifersucht und roher Gewalt sie hineingeraten ist....

Lightning Source UK Ltd.
Milton Keynes UK
UKHW012244300620
365805UK00007B/1262

9 783738 638516

Who has not heard how Tyrian shells
Enclosed the blue, that dye of dyes,
Whereof one drop worked miracles,
And coloured like Astarte's eyes
Raw silk the merchant sells?

— *Robert Browning, "Popularity"*

To our seven wonders,

Adiv, Yair, Yedidya, Eran,

Meital, Gilad, and Eyal,

who give our world its color.

Published by Ptil Tekhelet, 14 Hagoren, Efrat, ISRAEL 90435
www.tekhelet.com

Originally published by Lyons Press in 2012
Lyons Press is an imprint of Globe Pequot Press.

Library of Congress Cataloging-in-Publication Data
Sterman, Baruch
The rarest blue: the remarkable story of an ancient color lost to history and rediscovered / Baruch Sterman with Judy Taubes Sterman.
pages cm
Includes bibliographical references and index.
ISBN 978-0-692-89003-5
1. Tekhelet (dye) I. Sterman, Judy Taubes. II. Title.
BM657.T44S74 2012
296.4 – dc23

2012028637

Printed in Israel
Second Edition
Updated and Expanded

10 9 8 7 6 5 4 3 2 1

THE
RAREST
Blue

The Remarkable Story of an Ancient Color
Lost to History and Rediscovered

BARUCH STERMAN

WITH JUDY TAUBES STERMAN

Ptil Tekhelet
Jerusalem